事件持ち

伊兼源太郎

角川文庫
23769

目次

1

奥歯を嚙（か）み締め、永尾哲平（ながおてっぺい）は逸（はや）る気持ちを抑え込んだ。耳を澄ませ、正面に座る内藤（ないとう）をじっと見る。

ほんの数秒前までは、ご贔屓（ひいき）のプロ野球チームに『優勝マジックが点灯した』と満面の笑みを浮かべていた。今は、津田沼（つだぬま）署の当直主任らしい……いや、刑事課長らしい引き締まった面構えだ。眼光は鋭さを帯び、四十半ばにして刻み込まれた眉間（みけん）の皺（しわ）も一層深くなっている。短い髪の毛先にまで緊張感が滲（にじ）んでいるようだ。

内藤の額を一筋の汗が伝っていき、永尾のもとには扇風機の風が気休めに流れてきた。署の一階は出入りが多いのでエアコンがほとんど効かず、いつも夏場は蒸し風呂（ぶろ）状態になる。

「殺しですか」

「さあな」

否定ではない。

「現場はどこです？」

返答はない。内藤は汗を拭おうともせず、瞬きを止め、こちらを見据えてくる。自ずと永尾は背筋が伸びた。

辺りはしんとしている。

津田沼署の一階には無線が設置され、窃盗、交通事故、ひったくりなどの発生情報が随時流れる。管内だけではなく、近隣署の発生事案についてもだ。つい先ほどまでひっきりなしに鳴っていたのに、ぴたりと止まった。交通事故処理などで現場に出た当直員も、無線の使用を自重しているのだ。

やはり聞き間違いではない。今日は当たった——。

県警を取材する新聞記者『サツ回り』の中でも、特に所轄を担当する『署回り』には、こうしていち早く事件事故の発生を確知する目的がある。報道機関には県警広報課から事件事故の報道連絡文——ペラがＦＡＸで流れてくるとはいえ、その頃にはもう捜査は第一段階を越えている。熱いうちに現場に出る方が取材に厚みが増し、大きな事件事故ともなれば尚更だ。

他社の動きが気になる。……動いていても、おそらく署には来ないだろう。

——永尾サンってさ、あんなに警察が好きなら、サツ官になれば良かったのにな。

他社の一年生記者が発する陰口は、県警本部の記者室で何度も耳にしている。

各社、署回りは一年生の仕事なのに永尾だけは二年生だ。主に刑事裁判を担当する『司法回り』と兼務している。

署回りは決して楽しい業務ではない。当直主任を務める各署の幹部と、時には古いソファーセットで一時間以上も膝をつき合わせるのだ。いくら日中はほとんど話せない相手で、夜なら顔を出せば言葉を交わせるといっても、二十五歳の自分より一回りも二回りも上の警官と世間話をしつつ、趣味嗜好などを探っていくのは骨が折れる。日付が変わる頃にはコーヒーで胃がたぷたぷになっているのもざらだ。警官はやたらコーヒーを飲む。

年次が上がればサツ回りのままとも限らず、人間関係を作っても翌年には役立たない可能性もある。おまけに一晩で全担当署を回れるはずもなく、今晩のように大きそうな事件事故の発生に当たるのも稀。わざわざ署回りする必要はない、と割り切る記者もいる。彼らの言い分も理解できる。早朝から深夜までの長い勤務時間、一ヵ月ぶりの休日だろうとお構いなしに鳴る呼び出し電話、一日に何度も訪れる『抜かれ』の緊張感。心身を休めるため、端折れる作業は端折りたい。第一、ここまでしても永尾は独材、いわゆる特ダネを出した経験がない。では、なぜせっせとほぼ毎晩署回りをしているのか。

仕事だからだ。それ以上の意味を見出せていないし、かなり面倒だけれど。

腕時計に目を落とした。九時過ぎ。もう早版には間に合わない。紙面に原稿を突っ込めるのは十時締切の途中版からで、実質的には県内も配達区域である遅版が勝負だ。遅版の締切までは、あと四時間強。

背後で慌ただしい足音が重なり、永尾はすかさず体ごと振り返った。現地に出動する当直員たちだ。体勢を元に戻すと、内藤が立ち上がっていた。

「解散だな。気をつけろ」

署の車についていけという示唆だ。

失礼します、とさっとお辞儀し、半ば走って署を後にした。表の駐車場から捜査車両が次々に発進している。永尾も駐車場の隅に止めていた車に飛び乗り、エンジンをかけた。

捜査車両の後を追いつつ、携帯電話を取り出す。運転中の通話が減点対象でも構っていられない。呼び出し音はワンコールで途切れ、押し殺した声が漏れてくる。

「服部（はっとり）です」

電話の向こうは静かだった。住宅街にいるのだ。県警キャップの服部壮太（そうた）は経験豊富な十年生記者で、三日前に船橋（ふなばし）中央署管内で発生した殺人事件の続報のため、県警幹部の自宅に行く『夜回り』に出ていた。まだ幹部が帰宅する時間ではない。だが、ごくたまに早く戻ってくる日もある。

永尾は津田沼署の状況を手短に説明して、付け加えた。

「在庁は何班でしょうか」

県警捜査一課は複数の強行犯係で構成されている。事件を抱えていない係が在庁班として県警本部に詰め、新たに発生した強行犯事件を受け持つ。在庁班にどこかで見た顔がいるかもしれない。

「二係。津田沼署管内なら、当番検視官は本部の宗島さん」

即答——。さすがだ。

「永尾は宗島さんの顔、知ってたっけ？」

現場に検視官がいれば殺しの線が濃い。

「さっぱりです」

「一目瞭然だよ。今晩みたいな熱帯夜でも、紺色スーツにネイビーのソリッドタイ姿だから」

「了解です。管理官は誰になりそうです？」

捜査に本部が入るなら、指揮は本部捜査一課の管理官が執る。検視官同様、管理官が来れば殺人事件の公算が高まる。

「さあ。それぞれヤマを色々抱えてっから。片岡さんじゃないのは確実かな」

捜査一課には三人の管理官がいる。片岡はその一人だ。三日前に船橋中央署管内で発生したばかりの「熱い」事件を扱っている。

管理官への夜回り朝駆けは、永尾の役目ではないが、片岡の顔は知っていた。三日前の事件現場で、服部に教えてもらった。こけた頬に銀縁眼鏡できっちり七三分けという容貌は、捜査一課というよりも知能犯を扱う捜査二課の方がお似合いだった。

「こっちも電話かメールで一課長に当ててみる。何か摑んだら一報をくれ」

通話を終えると、永尾は携帯を助手席に置いた。ハンドブレーキのくぼみから飴を取り、包み紙を外して口に放り込む。どうやら今日も飴が夕食になりそうだ。三日前に殺人事件が発生して以来、昼も夜もまともに食べていない。もっとも、普段だってコンビニのおにぎりかサンドイッチがいいところなので、飴は欠かせない。聞き込み中や張り番時にトイレに行きたくならずに済み、喉の渇きも誤魔化せる。

十分ほど走り、住宅地に入った。乗用車やパトカーが数台、無造作に路肩に止まっている。人だかりもできており、夏休み期間とあって少年少女の姿も多い。車を出た途端、熱波と潮のニオイが押し寄せてきて、むっとした。

人いきれの中に体をねじこみ、野次馬の舌打ちを浴びつつ進んでいくと、通路が黄色い規制線によって途中で封鎖されていた。立ち番の制服警官も睨みを利かせている。規制線の前に立つと一瞬、汗が引いた。十メートルほど先にブルーシートが張られ、内側では煌々とライトが灯り、鑑識が焚くフラッシュも疎らに散っている。さらに奥に広がるのは、一面の漆黒。

谷津干潟だ。波音はなく、暗い海面が喧騒や物々しさを吸い込んでいくようだった。

谷津干潟は四方を道路や住宅に囲まれながらも、水路で東京湾と繋がっている。封鎖中の通路は一本道で、谷津干潟と県立高校の敷地に挟まれていた。逆側に出ても、別の規制線が張られているだけだ。ここの方が現場にも近い。周囲を見回した。他社の姿はない。一眼レフのデジカメを構える。ズームし、行き来する警官に見知った顔がないかを探して、規制線から身を乗り出して写真を何枚か撮った。露骨に眉を顰める捜査員もいる。

「はい、もういいでしょ、下がって」

立ち番の若い制服警官に強く押し戻された。

「報日新聞です、何があったんですか」

無言で制服警官は目を逸らした。永尾は隣に立つ、野次馬の中年男性に声をかけた。

「報日新聞です。何があったのかご存じですか」

「さあ。記者が来るって、やっぱり事件なのかい？」

何人かに同じ質問をしたものの、実りのない返答ばかりだった。検視官や管理官が来た場合に備えよう。永尾は人だかりを抜けると少し離れ、額の汗を手の甲で拭った。野次馬のざわめきが遠く近くに聞こえる。

ほどなく視界の端に四人が現れた。屈強な三人の制服警官の背後に一人の男。永尾は目を疑った。

片岡だ。なぜ……。捜査本部のある船橋中央署が近いから？　いや、そろそろ捜査員が署に戻る頃で、あと一時間もすれば捜査会議も始まる。

制服警官が人だかりを割り、片岡が続く。野次馬越しに規制線を潜る片岡が見えた。永尾は運転手が乗ったままの車を探した。管理官は運転手付きの車で移動する。

あった——。規制線から車までは十メートルほど。歩きながらでも一言、二言は交わせる。永尾は速やかに野次馬の外側に身を置き、ぶつけるべき質問を練っていく。シンプルかつイエス・ノーで答えられる質問を。

五分後、片岡が野次馬の間から出てきた。永尾は即座に踏み出して、横に並んだ。

「報日新聞の永尾です。殺しですか」

返事はない。片岡は永尾に一瞥（いちべつ）もくれず、口を真一文字に閉じて足早に歩いていく。

「本部は入るんですか」

やはり返事はない。

「違うなら違うと言って下さい。殺しですか」

尖（とが）った目つきの片岡は無言を貫き、エンジンをかけたままの車に乗り込んだ。窓越しでも携帯電話を耳に当てたのが透けて見える。何を言っているのかは聞こえず、唇の動きも窺（うかが）い知れない。

車はあっさり走り去った。ここで待つしかない。本部が捜査に加わるなら、二係の捜査員がいずれ来る。彼らの風貌は概して重厚で、すぐに捜査一課員だと見て取れる。

薄闇にじわっと人影が浮き出てきた。豊かな髪を整髪料で固めた初老の男。津田沼署の刑事だ。話したことはないが、昨年から刑事部屋で会釈を交わしあい、何度か現場で顔を合わせてもいる。確か名前は井上佳彦（いのうえよしひこ）。

井上も片岡同様、目を合わせてこない。永尾は軽く目礼した。すれ違いざまだった。

「殺し。本部が入る」

井上が囁（ささや）いた。

日頃の署回りの成果だ。永尾は他の警官に悟られぬよう、背中に一礼した。電話が震えた。表示は服部。永尾は出るなり、声を落とした。

「殺し、一課が入ります」

「こっちも今、一課長から言質をとれた」

速い……。

「署にいる橘もそっちに回す。今のうちに地取りを兼ねて雑感をとってくれ。ペラがくるのは早くても一時間後、下手すれば零時を過ぎる。そこで他社と差をつける。写真は？」

「撮りました」

「オーケー。俺は支局に戻る。デスクへの報告と受けは俺がする。他に何かあるか」

「片岡さんが臨場しました」

「片岡さん？」小さな間があいた。「ひとまず現場だ。よろしく」

いきなり通話が切れ、間髪を容れずに再び携帯が震える。事件発生直後らしい一瞬だ。離れているのに、タイミングを見計らったように次々と電話が入る。

「橘です。現場はどこ」

端的な言い回しは、時間との勝負が始まったと物語っている。永尾は簡潔に告げた。

「暑いですけど、よろしくお願いします」

「ほんと暑いね。か弱い女子にはきついよ」

「か弱い？　橘さんが？」

橘沙和は支局で軽口を叩ける唯一の相手だった。年次は橘が一年上でも、一浪した永尾とは年齢が同じなのだ。『早く行政担当か京葉支局みたいな衛星支局か、いっそ通信部に出たい』。一緒に食事に行くと、揃ってぼやいている。二人ともサツ回りからしばらく抜けられないと認識してもいる。人がいないのだ。一ヵ月前に二人の一年生が相次いで退職してしまい、本来は一、二年生が行うべき現場取材に、サブキャップの橘までもが出動する事態になっている。新人が配属される来春までは、服部を含めた三人で戦うしかない。

「じゃあ、あとで」

向こうから通話が切れた。ポケットに携帯を入れると、永尾は人だかりを凝視した。やるべき取材は警察の初動捜査と同じだ。目撃者はいないか、何か聞いていないか、被害者の身元を知らないか、変わった出来事はなかったか。手当たり次第に尋ねるのみ。

やった、これって取材ですよね、オレ、新聞に載っちゃうんですか。はしゃぐ若者がいた。

家の近くが物々しくなって、とても怖いです。若い女性が顔を曇らせた。

子供もいるので、事件なら早く犯人が捕まってほしいです。主婦が不安げに言った。

何があったのよ、記者なら知ってんでしょ、教えなさいよ。目を輝かせ、執拗に食い下がってくる中年女性もいた。

永尾は三十分ほどで十人以上を取材したが、目ぼしい話はなかった。

全身が汗ばみ、喉が渇いてくる。パトカーの赤色灯が一向に減らない野次馬の顔を照らしていた。むしろ数はどんどん増えている。この熱帯夜だ。エアコンが効いた部屋で過ごす方が快適なのに。人間は本質的に不穏な出来事が好きなのだろう。

事件記者なんて、他人の不幸を娯楽として読者に提供しているだけじゃないのか。そんな仕事に体力も気力もすり減らす意味があるのか。こんな日々の先に何があるのか。現場に出るたび、強くそう思わされる。

もはや娯楽ですらないのかもしれない。半年近く前、大学時代の友人から携帯のSNSにメッセージが入った。『暇？　飲もうぜ』。殺人事件を取材していたのでそう知らせると、すぐさま返信があった。『そんな事件、どうでもいいじゃん。俺らに何の関係があんのさ』。件（くだん）の友人は新聞を購読していなかった。ネットで間に合うから、と。以後も何度か似たやり取りがあり、いつしか連絡も来なくなった。永尾抜きのグループができたらしい。

後方で車のドアの開閉音がした。現実に引き戻され、永尾は慌てて目をやる。紺色のスーツにネイビーのソリッドタイを締めた男。意外だった。刑事らしからぬ温和な面貌（めんぼう）。

あれが宗島――。

「検視官」

声をかけると目が合い、途端に永尾は動けなくなった。鋭さがないのではなく、表に出ていないだけなのだ。宗島が目を逸らした直後、永尾は体から強張りが抜けた。宗島は制服警官に先導され、人だかりを割り、しなやかな足取りで規制線を潜り抜けていく。

急に背後から肩を叩かれ、永尾は弾かれたように振り向いた。

「なに？　めっちゃ怖い顔なんだけど。幽霊でも見たの」

橘だった。

「驚いただけですよ」

「あっそ。他社は？」

「まだいません」

「いいねえ。何か聞けた？」

「雑感程度で、これといって」

「永尾っちはどうすんの」

「近所の地取りをしようかと。サツ官の動きも探りたいので」永尾は付け加えた。「野次馬を任せてもいいですか」

野次馬のコメント取りは楽だ。彼らは興奮しているし、そもそも当該事件に興味があるので話を引き出しやすい。かたや周辺の家々に当たり、情報を得るのは難しい。近隣で事件が発生しても表に出ないのは、はなから関わりたくないからだ。面倒な作業を引き受けるのは後輩の役目。警察も周辺住民に聞き込む。住民から捜査状況の一端を仕入れられる望みもある。

「なら、その分担でいこう。支局に雑感は送ったよね」

「まだです」

「うそっ。そろそろ入れないと。もう十時だよ。県版と本版の書き分けもあるっしょ」

しまった。県版への意識がすっかり抜けていた。大きな事件事故なら一面や社会面などの全国面——本版に送らないと、という一念だけだった。県版は各地域のニュースを掲載する。当然そこにも記事が必要だ。県版校了までは、あと一時間弱。もう余裕はない。

「じゃ、頼むよ」と橘が野次馬の山に飛び込んでいく。

永尾はその場で、膨れ上がった鞄からノートパソコンを取り出した。写真データを送りつつ、携帯を耳に当てる。原稿を打ち込むのは面倒だし、取材時間も減る。報日新聞です、とワンコールで市政担当の先輩記者が出た。行政担当は滅多に夜回りをしない。

「永尾です。服部さん、お願いします」

「オーライ」

保留音。即、途切れた。服部です。落ち着いた声音だった。

「原稿、吹きます。受け、お願いします」

「オーケー。ちょい待ち」

ごそごそと服部が受話器を肩と顔で挟む気配があった。書いた原稿を送るのではなく、こうして口頭で伝える行為を『吹く』と呼び、支局では受け手が直ちに原稿化していく。

「いいぞ」

永尾はノートを見つつ、取材内容やこの場の雰囲気を脳内で記事の体裁に作り替え、吹いていく。たちまち五人分を吹き終えた。服部の復唱を聞き、『オーケーです』と応じる。

「ひとまず雑感コメントは充分かな。あとは目撃者とか、悲鳴を耳にした人なんかを探してくれ。いれば随時入れ替える」

「ペラはきましたか」

「いや。被害者の身元もまだ割れてないらしい」

携帯電話を持つ手に力が入った。このままいけば、他社はペラに多少肉づけした程度の原稿にせざるをえない。他社との勝負には勝てる。

「谷津干潟からちょっと行ったら船橋だよな。あの辺、こんな物騒だったっけか」

そういえば三日前に起きた殺人事件の現場は、ここから直線距離で一キロもない。

「まあ、今は津田沼の取材だ。引き続きよろしく。写真も受け取った」

電話が切れると、永尾は周囲をざっと見回した。戸建てが並び、アパートやマンションもある。腕時計の針は十時過ぎを示していて、普通なら民家のインターホンを押す時間ではないが、仕方ない。現場から近い順に当たっていこう。

視界の隅で動きがあった。乗用車が細い路地に次々と止まり、人相の悪い男たちが降りてくる。県警本部の捜査一課員だ。永尾は内心首を捻った。二係だけにしては人数が多い。彼らの厳めしさに圧倒されたのか、人だかりは自然に割れ、男たちが続々と規制線を潜っていく。捜査一課員の姿が見えなくなると、永尾は目の前の戸建てのインターホンを押した。はい？　怪訝そうな女性の声だった。

「報日新聞の永尾と申します」

「うちは結構です。ずっと東洋新聞なので」

「勧誘ではなく、近くで起きた殺人事件の取材をしておりまして。この数時間で何か目撃したり、聞いたりされていませんか」

「何も知りませんので」

唐突にインターホンが切れた。無理強いはできない。一人に時間をかけるより、当たる数を優先すべき時だ。隣の家。はい、と鼻にかかった男性の声が返ってきた。永尾は同じように用件を告げる。ドアが勢いよく開いた。顔を突き出してきたのは、初老の男性だった。

「人の不幸を弄んで楽しいのか。だいたい、こんな時刻にインターホンを押すなんて非常識だろうが。さっさと帰れッ」

ドアが乱暴に閉まった。よくある応対だ。永尾は自分に言い聞かせ、躊躇いを禁じて機械的にインターホンを押していく。

一つの筋を潰すのに三十分かかり、特に収穫もなかった。いくら事件現場に近くても、十一時がインターホンを押すリミットだろう。飛ばしていたマンションを見上げる。十階建てでワンフロアに四部屋。ベランダの広さを見ると、ファミリー向けか。永尾は小走りでエントランスに入った。オートロックのため、郵便受け横のテンキーでインターホンを順番に押していく。

空振りが続いた。説明だけで一軒ごとに三十秒、一分と時間が過ぎていく。エントランスに籠(こ)もる熱気が、永尾の体内を煮え立たせていた。

2

ドアが静かに開き、部屋の方から生ぬるい風が吹きつけてきた。住人は三十歳前後の猪首(いくび)の大きな男性で、永尾が取材を始めると、顔が強張った。

「殺人？」

凶悪事件が自宅近くで発生したのだから、当たり前の反応か。最初の関所を越えた。住民の一人がオートロックの共用扉を開けてくれたものの、『ウチは結構です』と門前払いがこの七〇二号室まで続いていた。

「どんな事柄でも構いません。何か目撃されたり、耳にしたりしてませんか」

発生時間が特定できない以上、漠然と尋ねるしかない。

間が空いた。男性は何かを推し量っているようにも、躊躇っているようにも見える。

ポケットで携帯が震え、永尾は呼び出しを無視して返答を待っていると、首筋に視線を感じた。他社？　素早く顔を振る。二人組の男がこちらを見て、階段を下っていくところだった。一人は津田沼署の井上だ。永尾は顔を正面に戻し、いかがでしょう、と改めて尋ねた。

「いや、特に」

「今までこの辺りで何か事件が発生したことは？」

「子供の頃から住んでますけど、空き巣やひったくりだってないですよ」

「最近この付近で何か物騒な話は出てませんか」

被害届が出ていない犯罪を想定しての質問だ。騒ぎになるのが面倒で、ひったくりや痴漢に遭っても警察に届けない市民も多い。ただし、総じて地域では噂が広まる。

「いえ、まったく」

「いまの質問を、ご家族の方にも伺わせて下さい」

「両親は数年前から地元に戻ってますので。私は一人暮らしなんです」

永尾は先ほどの間の意味を読み解こうとした。何も知らないと答えるだけなら、あんな間は生まれない。ポケットの携帯が切れた。また震え出す。何か事件に動きが？

男性に断りを入れ、永尾は五、六歩離れてから電話に出た。服部だった。

「取材中に悪い。十三版統合が校了した。社面肩で見出しは三段。十三版セット校了までであと二十分。何かあるか」

報日新聞では、朝刊なら締切時間が早い順に十二、十二セット、十三、十三セット、十四の五つの版があり、夕刊にも二、三、四の版が存在する。朝夕刊ともに数字の少ない方を早版、多い方を遅版と呼び、どの版が読めるのかは当該地域への輸送時間で決まっている。また、セット地域と呼ばれるエリアには朝夕刊を、それ以外の地域には夕刊の記事も組み込んだ統合版の朝刊を送る。

「……まだ特には」

「了解。紙面にしない約束で被害者の名前を割った。ほぼ間違いないらしい。習志野市の会社員、ナカタダイチ。字解きは上中下の中に、田んぼの田、大きいに、地面の地。三十一歳」

原稿では名前以外の要素を入れ、『警察は身元の確認を急いでいる』とするのだろう。

「死因は――」と服部が平静に続ける。「ロープ状のもので絞殺。発生時刻は夕方から午後九時頃の間。仕入れられたのはこの程度だ。追加の雑感があれば速攻で頼む」

通話が切れた。永尾は再度男性に近寄り、浅く頭を下げた。

「すみませんでした」

「いえ。被害者はどんな方なんです？」

かすかな落胆があった。先ほどの間の意味だろう。探りたいので、永尾が電話中でも男性はドアを閉めなかったのだ。切り上げ時か。

「まだ詳しい次第は何とも。最後にお名前と年齢、ご職業を教えて下さい」

「名前？」

「私が発言を捏造してない証拠にもなり、紙面の記録性も高まります」

とってつけたような言い分のようで、言葉通りの面もある。匿名性が高まると、ネット上を飛び交う有象無象の記事や書き込みと同レベルになりかねない。原稿を好き勝手に作れてしまえば、記者が暴走して歯止めが利かなくなる恐れもある。

「魚住優（うおずみまさる）、三十一歳、会社員です」

聞いたはいいが、この雑感は紙面になりそうもない。恐怖した程度の雑感なら何本も送ったし、橘も出したはずだ。礼を言い、ドアが閉まりかけた時、ノートに記したメモでハッとした。

「あのっ」永尾はやや強い声を発した。ドアが再び開く。「聞き忘れた点がありました。被害者は、習志野市の会社員で中田大地（なかただいち）さんという方のようです。ご存じないですか」

魚住の目が見開かれた。被害者と同級生か？　年齢が同じなのだ。

「お知り合いですか」

「かもしれません」喉に詰まったような声だった。「小中学校の同級生と同姓同名なので」

十三版セットにはまだ間に合う。魚住のコメントには同級生という価値が生じそうだ。

永尾はペンを構えた。

「どんな方でした？」

「ほとんど接点がなかったのでなんとも……」

「お知り合いが事件で亡くなったとすると、どう思われますか」

哀しいです、驚きました、別人であってほしい——そんな月並みの一言でいい。雑感を締める材料が必要だ。一秒、二秒と過ぎていく。

「いや、特に」

違和感があった。同じ学校に通っただけの間柄でも、普通はお悔やみの言葉の一つや二つは出るはずだ。ポケットで携帯が震えた。催促。礼を言って切り上げると、ドアが閉まり、同時にポケットの振動も切れた。即刻、かけ直す。呼び出し音が鳴った瞬間、服部が出た。

「永尾です。吹きます」

聞いたばかりの話を、慌ただしく記事の体裁に仕立てていく。向こうでは服部がキーボードを叩く音がする。吹き終わると、すかさず服部が早口でも聞き取れる口調で読み返してきた。オーケーです。永尾が言うなり、『デスク、原稿送りました』と服部が声を張り、椅子が軋(きし)む音が電話越しにした。

「一応、魚住さんに三日前の被害者についても聞いてくれ。中田さんと同じ歳で、地理的にも近い。高校の同級生って線もある」

あ……。通話を切るなり、インターホンを押した。はい？　怪訝そうな魚住の声。名乗ると、ドアを開けてくれた。

「何度もすみません。三日前に船橋で殺害された相澤邦男(あいざわくにお)さんをご存じないでしょうか」

魚住は目を狭めた。またしても雄弁な動作だった。

「小中学校の同級生です」

同じ小中学校に通った男性が、短期間で二人も殺された？　だから先ほど中田の名前が出て、魚住は驚いたのか。

「どんな方でした？」

「相澤も接点がなかったので、何とも言えません」

魚住は素っ気なく、驚きや哀しみの一言は今回も出てきそうもない。

「記者さん、そろそろいいですか。明日も早いので」

「遅くまで失礼しました。当時の卒業アルバムがあれば、お借りできませんか」

さっきは頼むのを忘れてしまった。殺人などの重大事件を報じる際、新聞社は被害者の顔写真も併せて掲載する。より事件の悲惨さを周知でき、説得力や記録性も増し、同じような事件の再発を防ぐ一助になる――という意図からだ。読者の野次馬根性を満たす面もある。新聞業界では顔写真を『ガンクビ』と呼ぶが、相手を馬鹿にしているようなので永尾はその隠語を使わない。服部も橘も、同じ理由で顔写真と言っている。

最近では被害者たち本人がSNSにアップした写真を紙面に載せる場合も多い。三日前の被害者、相澤邦男は利用しておらず、まだ顔写真を入手できていない。中田もSNSを使っていたのかは不明だ。永尾も学生の頃はよく利用したが、もう止めた。友人たちのメッセージも来なくなったし、フォローする時間もなく、SNSに時間を費やすくらいなら、その分眠りたい。人事部にも私用を含めて使用しないように言い含められている。数年前、紙面にできなかったエピソードを裏話としてSNSに流した記者がいたそうだ。

「物置の奥にあるので勘弁して下さい」

魚住は困惑顔で、時間も遅く、引き下がるしかなかった。

まだ何か聞き忘れているような。そんな引っ掛かりを胸に、永尾は支局に電話を入れ、服部に魚住の話を復命した。

「了解。時間も時間だ。地取りを打ち切って、現場で橘と警戒してくれ」

近隣住民の雑感が記事に入るのは多くても三人。永尾だけで五人分は送っている。橘も五人以上の雑感を送っただろう。本版と県版を合わせても充分な量だ。他社もいない。十四版の締切——午前一時過ぎまでは時間があるけれど、さすがにもう一般人の家は訪問できない。

「写真は見つかりました？」

SNS上の検索は、支局で夜勤や泊まり勤務の記者が行っている。

「いや。中田さんもSNSを利用してなくてさ」

通話を切り、階段で六階に下りると、津田沼署の井上たちが聞き込みをしていた。永尾はマンションを出た。少し離れ、今晩吹いた雑感に何か漏れがないかとノートを見直していた時、マンションのエントランスから人影が現れた。

魚住だった。

寝ないのか？　さりげなく目で追う。魚住は険しい顔で自転車に乗り、走り去っていった。

十一時を過ぎても現場は雑然としていた。殺人現場特有の物騒がしい空気で辺りが満ちている。強盗発生現場には強盗発生現場の、火事現場には火事現場の、交通事故現場には交通事故現場の空気がある。記者となり、永尾はそれを知った。

ワイシャツやズボンが肌に張りつき、額や腋に汗が滲み出てくる。今日、日中の最高気温は三十五度を記録した。昼の余熱が足元のアスファルトや街全体に溜まっている。汗で顔を光らせた橘が小走りで来た。

「お疲れ。何かわかった？」

永尾は、中田大地が三日前の殺人事件の被害者と同級生らしいと伝えた。

「わお」橘が目を広げる。「顔写真は？」

「同級生はいたんですけど、借りられませんでした」

「今回もSNSになかったらしいし、気が重いね。子供じゃないだけマシだけど」

被害者の写真を持っているのは、その周辺だ。紙面に顔写真を掲載する意義をいくら訴えようと、大抵彼らは貸してくれない。死者に鞭打つ気になるからだ。写真探しは精神的にもきつい作業になる。

「飴が主食になる生活に戻った気分はどう？」

「虫歯が心配です」

橘は声をあげて笑った。

「にしても、本当に起きたね」

「やっぱ、言霊ってあるんですよ。いると言った方がいいのかな」

一週間前だった。三ヵ月近く平穏な時期が続き、『暇だなあ、何か起きないかな』と橘が冗談で言った。すると三日前に殺人事件が起きた。昨日、『春から暇だったんで連続殺人事件にでもなって、もっと忙しくなったりして』と永尾が軽口を叩くと、またしても殺人事件が発生した。安易に妙なことを口走らない方がいいのだ。

「国際部に行ってパリ総局に赴任して、優雅なパリジェンヌになれますように」橘の口ぶりは参拝時さながらだった。「言霊さん、お願いしますよ。永尾っちは政治部志望だっけ」

「ええ、政界ってどんな業界より虚実入り混じった情報が乱れ飛ぶらしいんで。ちょっと覗(のぞ)いてみたくないですか」

「変わり者だねえ」

橘の電話が鳴った。ええ、はい、他社はいません、ええ。橘が携帯を差し出してくる。

「服部さん、替われって」

受け取り、永尾です、と応じる。

「お疲れさん。橘は三日前の事件の警戒で船橋中央署に戻す。今、京葉の丸本(まるもと)さんに向かってもらってるから。永尾はそれまで待機だ」

　船橋や習志野で発生した事件は県警担当だけではなく、京葉支局も担当する。京葉支局員三人のうち、一人は佐倉市におり、その地域で何かあった時に備えて動けない。もう一人は長期入院中で、動けるのは京葉支局長で間もなく定年の丸本孝夫だけなのに、目が悪く、腰痛持ちで、事件取材という激務はできない。とっくに帰宅して、風呂に入っていた頃だろう。今回は動いてもらうしかない。

「丸本さんが来たら、津田沼署に転戦してくれ」

　締切時間内に犯人逮捕がなされた場合、紙面に突っ込まないとならない。津田沼署にいれば、いち早く摑める。

「了解です。大刷りは出ました？」

「まだだ。ぎりぎりで送ったからな。来たら送るよ」

　組み上がった紙面は、点検用に専用の機械で支局に送られてくる。大刷りと呼ばれ、それを見て誤字脱字、事実関係などをチェックするのだ。現場に散る記者には、支局からPDFが携帯に送られてくる。

「魚住さんに被害者二人と仲良かった同級生が誰かは聞けたか」

「いえ」

　これだ。何か問い忘れている気がした。詰めておけば、今後の取材が楽になったのに。

「そうか」

端的な返答だけに、永尾は自分の未熟さをかえって痛感した。服部に怒鳴られた経験はない。他社に独材を抜かれた時ですら、すぐフォローしろ、と冷静に指示されるだけだ。他のキャップに仕えた経験はないが、他社や他県の同期に聞くと、理不尽な要求をされるケースも多いらしい。服部が紛れもなくいいキャップだからこそ、不甲斐ない自分が情けない。

通話を終えると、携帯を橋に返した。

「じゃあ、私は転戦するね」

手を振り、船橋中央署に戻る橋を見送った。

喧騒が引かない現場を眺めていると、携帯にPDFが届いた。社会面の肩。四コマ漫画の隣に陣取っている。原稿を読み進めていく。魚住の雑感がない。時間切れ？　いや、間に合ったはず。

永尾君、と後ろから呼ばれた。丸本だった。ゆっくりとした歩調だ。

「他社はいないみたいだね」

のんびりとした物言いに、長らく事件取材と距離を置いている節が垣間見えるが、この場は任せるしかない。永尾は支局に電話を入れ、服部に丸本と合流したと告げた。

「現場は丸本さんに任せて、津田沼署に行ってくれ」

「了解です。PDF見ました。魚住さんの雑感は預かりですか」

「十四版にむけて調整中だ」

電話を切ると、永尾は丸本に向き直った。

「すみません、私は署に転戦しますので、ここをお願いします」

「すまないのはこっちだ。張り番なら動けないジジイにもできるよ」

丸本は寂しそうに笑った。

車で約十分走り、津田沼署に到着した。署の駐車場は空いており、大会議室がある四階や柔道場の五階の電気は消えている。永尾は一階に入った。いつも通り無線が飛び交う反面、署員の動きは鈍い。

妙だった。本部の一課が入る事件なのだ。今晩中に犯人が逮捕されるかどうかも不透明だろう。発生から相応の時間も経ち、捜査本部が立つ準備が始まっていないとおかしい。普通なら所轄の警務課員が呼び出され、臨時電話やコピー機などの設置に駆けまわり、大会議室の電気も煌々と灯っている。

永尾は当直主任席に向かった。そこで内藤は腕組みしていた。

「どうしたんです？　帳場の準備が始まってませんよね」

「ここはいいんだ」

声色はやけに落ち着いている。犯人が逮捕された気配はない。されていれば、署内の温度が上がっている。この落ち着きは何だ。

「帳場が立たないんですか」

「ホシが逮捕されればな」

現状では帳場——捜査本部を構える意向だと窺える。

「報道連絡文はいつ出ます？」

「零時過ぎの予定だ。でも、何もわかってないぞ。詳しくは明日の朝の会見だな」

腕時計に目を落とす。零時まで、あと五、六分。

「現場はどうだった？」

「騒然としてました」

ふうん、と内藤が目元を引き締めた。

「三日前と比べると？」

アッ、と永尾は声を出しそうになった。ここはいいんだ。今しがた内藤はそう言った。加えて、三日前の船橋の殺人事件を持ち出した——。

「帳場は船橋と合同になるんですか」

「明日の会見でわかるさ」

明確な否定ではない。

「船橋と同一犯なんですね」

「逮捕されてみないと、何とも言えないな」

またしても否定ではない。つまり、同一犯の線が濃い。内藤はそう仄めかしてくれたのだ。永尾の脳がめまぐるしく回転する。

「三日前の被害者と今晩の被害者は小中学校の同級生ですよね。事件に関連はありますか」

「へえ、そうなのか。ま、関連の有無は捜査しないと割れんよ」

内藤が机に一枚の紙を置いた。間もなく流れる予定のペラだった。

「まだちいとばかし早いけど、ここに来た駄賃だ」

受け取り、目を落とす。いかにもお役所的な記述だ。発生時刻は夕方から午後九時の間と幅があり、身元についても三十歳代の男性と曖昧（あいまい）。絞殺、という手口もない。備考欄に、事件性があるとおまけのように書かれている。永尾は顔を上げた。

「この内容じゃ、各社納得しませんよ」

「俺が作ったんじゃない。本部の広報課に言ってくれ。せいぜい悪態をつかれるさ」

「殺しの手口は言うんですか」

絞殺と明かすのなら、船橋の事件と同一犯の線に勘づく記者がいて、十四版で同着にされかねない。

「ずばり問われたら、言っていいという指示はある。ずばり以外は『捜査中』で通す」

「絞殺ですね」

内藤はにやりと笑った。

「ずばりだ」

「合同捜査本部の件は答えるんですか」

「明日帳場が立つ、としか言わんよ」

「書いたら、間違いになりますか」

「そりゃ、朝までにホシが逮捕されればな」

抜ける――。永尾は、内藤の背後にかかる壁時計を見た。零時ちょうど。十四版には余裕で間に合う。ほどなく卓上の電話が鳴った。

始まったな、と内藤が呟き、受話器を無造作に摑んだ。永尾は当直主任席の傍らにあるソファーに座った。他社への対応を聞くためだ。ソファーはぐっと沈み込み、膝が胸につきそうになる。警察署のソファーはどこもこうだ。座り心地をわざと悪くして、一秒でも早く来客を帰そうという魂胆があるとしか思えない。

内藤は宣言通りの応答だった。はぐらかし、言える部分は明かしている。永尾は立ち上がり、支局に電話を入れ、服部に内藤とのやり取りを伝えた。

「よくやった」

良かった。ほんの少しだけ服部に報いる働きができた。

3

県警捜査一課四係の津崎庸介は、まじろぎもせずに前を見据えていた。頭の内側が凍てつくようでもあり、灼けつくようでもある。三十六年の人生で初めての感覚だ。腹立ち、悔しさ、敗北感。それらが入り混じった感情の渦の仕業か。

間もなく午前一時。エアコンが稼働していても会議室は蒸し暑く、男たちの体臭と熱で息苦しい。いっそ窓を開けた方が涼しそうだが、音漏れ予防で開けられない。夜中に捜査会議が開かれるケースはままあり、そんな時、どの顔にも眠気と疲労が張りつく。今回はいつもと違う。

――手口から見て、連続殺人だな。

先刻、捜査会議の進行役、捜査一課四係班長の国領大吾が野太い声できっぱり言った。連続殺人。その響きが各自を覚醒させている。誰もが頭にあっても、予断を排すべく口にせずにいた単語。それを幹部が明言した。眠気や疲労が訪れるわけがない。

ひな壇に座る、管理官の片岡の目つきもいつに増して鋭い。捜査本部長の船橋中央署長と、副本部長の捜査一課長の姿は、この遅い時間にはない。片岡がいれば、事足りる。

「ガイシャは会社員の中田大地、三十一歳、住所は習志野市秋津……」

国領が訥々と続けている。中田は三年前に体調を崩して仕事を辞め、一人暮らしをした都内から実家に戻り、父親の営む産業廃棄物処理施設に転職していた。

津崎は船橋中央署の霊安室で、遺族の本人確認に立ちあった。彼らは言葉を失い、目の前の光景をにわかに現実として認識できない様子だった。無理もない。目は見開かれて血走り、顔も鬱血して赤黒く、首には絞められた痕と擦過傷――と生前の面相とはかけ離れていた。司法解剖は明日。解剖後ならいくらかは面相を整えられたが、先に本人確認してもらうしかなかった。無言のまま一分近くが過ぎ、堰を切ったように霊安室に満ちた遺族の泣き声は今も耳に残っている。いつまでたっても、この役目だけは慣れない。

津崎はその後現場に戻り、国領に報告をして、新たに津田沼署の刑事・井上と組み、地取り捜査に入った。それまでの相勤が別の人間と地取り捜査に出ていたのだ。

――お久しぶりです。井上組の復活ですね。ご指導のほどよろしくお願いします。

――おい、もう井上組じゃない。津崎組だよ、警部補殿。五十を過ぎた万年巡査部長が、本部の捜査一課員に何を指導すんだよ。

刑事は大抵二人一組で動き、どちらかの名前を取り、津崎組などと呼ぶ。かつて井上とは千葉美浜署刑事課でともに働き、刑事のイロハを叩き込んでもらった。

国領はペットボトルを持って腕を振り、何かを殴る真似をした。

「後頭部に棒状の凶器で殴打された跡が一ヵ所ある。一撃で意識を失ったんだろう。死因は窒息。ホシはガイシャの首に背後から紐を巻きつけ、絞め殺した。溢血斑と吉川線がある。今回も地蔵担ぎだな」

吉川線。首の擦過傷だ。気を失っていた被害者が息苦しさで目覚め、本能的に首を掻きむしったのだろう。地蔵担ぎとは相手の首にロープなどを後ろから巻きつけ、背中に担いで絞め殺す手口で、首吊り自殺に装う場合などに使われる。屋内で実行され、梁などに吊られた死体では見抜くのが難しい。現場は谷津干潟に近い路上。そんな場所で首吊り自殺を装うはずがない。連続殺人……。窃盗や保険金詐欺などをはじめ、一度成功した犯行形態を繰り返す犯罪者は多い。

「明日の司法解剖で、死亡推定時刻をできる限り絞り込みたいな。指の件は当然、部外秘になる」

船橋の事件では親指が、今回は右手の指すべてが鮮やかに切断されている。人を殺したのだ。誰にも見つからぬよう、直ちに犯行現場から離れるべきなのに、犯人は余計な時間をかけている。犯人にとっては余計な手間ではなかったのだろう。

「鑑識によると、指を切断した道具は船橋のヤマと似てる。厚みがあり、肉や骨を楽々と切れる鋭さを持ち、家庭にあるナイフや包丁の類じゃない」

一般的ではない道具からしても、同一犯だと踏める。

国領が紙に目を落とし、顔を上げた。

「ランニング中の男性会社員が、九時頃に被害者を発見。男性は何も見てない、聞いてないと言ってる。怪しい素振りはない。毎日同じ時間に走ってて、これまで不審な人間を見た覚えもないそうだ。なお、夜間に谷津干潟周囲を走ってる人間はほとんどいない」

犯人には土地鑑がありそうだ。いつもの状況を知っていれば、指を切る余裕も生まれる。

国領は谷津干潟付近の治安がいい点にも触れ、いいか、と声を張った。

「朝から正式に合同捜査本部が立つ。本来ならその時に全体会議をすりゃいいが、記者会見が九時に入ったから、夜中に集まってもらった。朝一に動き出せるしな」

会見に出る幹部は、現時点での詳細を頭に入れ、表に出せる部分と秘すべき部分をきっちり分けておかないといけない。明朝、幹部がその選別を速やかに済ませられるよう、こんな時間の会議となったのだ。

「新しく二係が加わるんで三日前の、もう四日前か。船橋のヤマの概要を説明する」

昼間は本部の在庁班だった二係にも出動がかかっている。津崎も改めて耳を傾けた。

「四日前、後頭部を鈍器状の何かで殴られた上、首を絞められ、習志野市に住む三十一歳の会社員、相澤邦男が殺された。皮膚変色の具合などから、手口は地蔵担ぎだと見られる。現場は谷津干潟に近い、国道十四号と湾岸道路を繋ぐ県道から一本入った空き地。地面から相澤以外の血痕(けっこん)がわずかに発見されてる。相澤と同じA型だ。複数の靴跡が検出されてるが、大手メーカーのもので容疑者の絞り込みは難しい。携帯電話の電波は現場付近で途絶えてる」

津崎は現場に立った時の印象を反芻(はんすう)した。周囲には民家はおろか工場やオフィスもなく、小石が転がり、雑草が生え、エアポケットのような土地だった。

「遺族が『持って出かけた』と証言した、相澤が携帯や文庫本を入れたバッグが奪われてる一方、ズボンの後ろポケットには財布が残されており、さらに親指も切断されてた」

そこで捜査本部は強盗を装った通り魔的愉快犯の線が濃いと睨み、一応津崎組だけが被害者の交友関係を探る鑑取り捜査を担当し、他組は現場周辺を洗う地取り班に回っていた。

「相澤と中田は同じ歳で、犯行現場も近い。今夜、二人の関係性も含めて周辺を捜査した。すると共通点が浮かんだ」

そう。二人は小中学校の同級生だったのだ。先ほど内勤班の報告もあった。相澤の通話履歴を見直すと、一週間前に中田の携帯に電話していた――。

「切断された指もある。津崎、船橋のヤマでは中田に当たってたのか」

国領が問いかけてきた。

振り返ってくる捜査員こそいないが、全身に絡みついてくるような視線を津崎は感じた。相勤だった船橋中央署の中年刑事はうつむいている。津崎は静かに立ち上がった。

「いえ。大学時代の友人や会社関係者に該当しないためです」

被害者は三十一歳だ。鑑取り捜査で、小中学校の友人にまで手を広げる段階ではない。犯人と被害者に何らかの繋がりがある「鑑」の犯行なら、殺人事件の基本的な発生原因が金、怨恨（えんこん）、男女関係のもつれである以上、まず洗うべきは直近の人間関係だ。鑑取り捜査では、誰もが「真面目で優しく、人に恨みを買う性格ではない」と相澤を評している。

「おい、待て」片岡が冷ややかに言った。「なぜ洗ってなかった」

なぜ？

「どうした、理由を言え」

「直近の人間関係を洗うのが先決でしょう」

「怠慢だな。昨晩の段階で発生三日目だ。普通なら、地元の同級生に当たってる」

なんだと……。鑑取りに人数を割かなかったのは捜査本部の方針だ。方針を打ち立てたのは、他ならぬ片岡。また、「鑑」も会社の同僚や付き合いの続く大学時代の友人を中心にする、と決まっていた。通話記録をもとに当たるべき対象を抽出したのも内勤班だ。

「指示通りに動いたまでです」

鈍い音がした。片岡がお茶のアルミ缶を握り潰している。

「いい気なもんだな。言われたことだけやって、仕事した気になってんのか。お前の頭はただの飾りか？　習志野の人間が船橋で殺されたんだ。土地鑑も洗うべきだ。土地鑑を洗うなら、地元の同級生に当たるのも筋。鑑担当が発想すべきだろ。ＳＮＳの登場以来、やたら学生時代の繋がりが復活してる時代だぞ」

「被害者二人は今時珍しく、どちらもＳＮＳを使ってません」と国領が割り込んだ。

「そういうことじゃない」片岡がぴしゃりと撥ねつける。「現に相澤は中田に電話を入れてる。津崎が通話記録をよく見てれば、当たれてたんだよ」

言いがかり……いや、一理ある。警察は結果論で語られるべきなのだ。

数年前、県内の所轄署がストーカーの相談を保留していたところ、殺人事件に発展したケースがあった。ことなかれ主義の能無し、組織的怠慢の果て、著しい警官の質の低下。県警は厳しい非難を浴び、捜査に出向いても呆れられ、そっぽを向かれる時も多かった。

　ストーカーの九割九分は口頭注意で引き下がる。なのに残り一分のために、明確な被害が出ていない事案の捜査に力を入れるのは非効率で、何より他に解決しなければならない凶悪事件もごまんとある。津崎は一人の警官として、警察側の理屈をよく理解できる。非難する連中に、もっともらしい正論を吐いてんじゃねえよ——と言いたい気持ちもある。

　他方、自分がストーカー被害者の関係者なら、警察の理屈など一蹴するだろう。結局、警察は結果で黙らせるしかない。

　捜査とは、結果を出すための手段。結果論で進むしかないからこそ、自分なりの意見や見通しがあるのなら会議で述べ、認めさせ、捜査の筋に加えるべきなのだ。方針があっても、小中学校の同級生に当たるのを思いつかず、通話記録リストを要求しなかったのは何も考えなかったのと同じで、敗北だ。

　ですが、と国領が言いかけると、黙れ、と片岡の尖った声が遮った。

「津崎はたいした情報も取ってない。何も出てこない連中への鑑取りなんて、さっさと切り上げればいい。いくらでも時間を作れたはずだ」

　この男……。根気よく話を聞くのは基本だ。会話の中から、いつどんな重要情報が飛び出すのかは予想できない。同級生に接触しなかったのとは別問題だろうに。

片岡が睨みつけてくる。

「県警の状況を知ってるはずだ。明日の会見で、課長がどんな目に遭うと思う？」

近年、県警では不祥事が相次いでいる。現職警官の覚醒剤使用、セクハラ、淫行、誤認逮捕。職員の大半が真っ当に働いていても、ごく一部の所業で県警全体が傷を負う。不祥事の原因は個人の性格、ストレス、システムの欠陥など様々あっても、内側の事情で対外的には何の言い訳にもならない。もう失敗は許されない状況だった。

「俺のせいじゃない。津崎のせいだ」

責任転嫁——。嫌悪感が津崎の全身を駆け抜けた。

まあ、と穏やかな声が上がる。

「全員で気合を入れ直しましょうや。責任問題は後回しにすればいい」

四係の部屋長、仲武だった。国領より年上で、遺族への聞き取りなどの嫌な役回りを進んで引き受け、『ジジィは熱湯じゃねえと風呂に入った気がしねえんだ』といつも嘯いている。

片岡の叱責が止まった。正論に、正論を持ち出した仲武の勝利だ。座れ、と国領に促され、津崎は腰を下ろした。国領は一呼吸挟み、ノブさんよ、と仕切り直した。

「遺族は、ガイシャが谷津干潟にいたワケを知ってんのか」

身元確認後の遺族担当は仲武だった。

「いえ。中田は同居する両親に、『ちょっと出かける』と言い残しただけです。相澤殺害についても報道を見て暗くなってた程度で、特に言及はなかったそうで」

「船橋の殺しでは、ガイシャが現場にいた訳は判明してんですか」

新しく入る二係の一人が言うと、国領が口を開いた。

「いや。相澤と同居してた婚約者も、皆目見当もつかんそうだ」

「相澤と中田の通話記録を照らし合わせ、同じ番号があれば、持ち主に呼び出されたとも想定できるんじゃ？」と別の捜査員の声が飛ぶ。

「中田の通話履歴は明日から洗う。相澤の通話履歴は洗える分は精査した。相手が割れた通話に不審点はない。ただし、何度かプリペイド携帯からの電話も受けてる。相手は割れてない。同じ番号が中田の履歴にもあれば人を投入する」国領が捜査員全体を見渡す。「相澤に関しては、勤務先の悪評が約一ヵ月前からネット上に流れてる。事件との因果関係は不明。今のところ中田とは無縁だが、怨恨の線が強まってる以上、頭に入れとけ」

「誰の仕業かは洗ってんですか」と二係の捜査員の声が飛ぶ。

「ああ。どれもネットカフェからの書き込みで、誰がやったのかは特定できてない。店の防犯カメラ映像も不鮮明でな」

この解明も津崎組の担当だった。相澤は三年前、都内の大手デベロッパーから父親の経営する社員二十人ほどの地元密着型の建設会社に移り、ゆくゆく社長の地位を禅譲される予定だった。古い従業員がやっかんだ末の行為ではないかと洗ってみたが、空振りに終わっている。

国領が捜査員をもう一度見やった。

「地取り班から鑑取り班に人を回す。二係も津田沼署も加わるんで、編成も組み替えた」

国領が編成を事務的に読み上げていく。鑑取り班には伸武組が加わるのをはじめ、四係の半数が動員された。津崎も井上と組んで鑑取り班に入った。合同捜査本部に移行する事件でも、それまで組んだ相勤と離れ、別の人間と組むケースは余りない。少なくとも津崎には経験がない。国領の意図が二つ読み取れた。

一つは、被害者である相澤も中田も京葉地区の住民なので、地元署の井上と組ませて地元鑑を強化するという計算。

もう一つはメッセージ。

鑑取りから外さなかった。地元のベテラン刑事とも組ませた。だから結果を出せ——。

「三箇日が終わった途端、次の三箇日がきた。見方によっちゃ、チャンスだ。冷めないうちに一気にいくぞ」

国領が皆を鼓舞するように威勢よく締め括った。捜査の行く末は最初の三日間が左右する。三箇日と呼び、その間にできる限り多くの人間から話を聞くのだ。記憶が残っているうちに情報を吸い取らねばならない。

全体会議が終わると、地取り、鑑、ブツ、特命の各班に分かれた。鑑取り班は伸武が仕切り役になり、きびきびと割り振りの指示を飛ばした。津崎組は小中学校時代の名簿を入手し、順次そこに名前のある人間を当たる担当となった。

　各班の分担会議もほぼ同時に終わり、ほとんどの捜査員が柔道場に向かい始めた。終電はとっくに終わっているし、早朝から動くのだ。マイカー通勤者も柔道場に泊まった方がいい。津崎も寝床を確保しようと列に加わろうとした時、仲武に呼び止められた。

「ウチに帰んなくていいのかよ」

「どうせ誰もいないんで」

「ああ、そうだったな。詩織ちゃんと景虎君は今、鹿児島だったけか」

　妻の詩織とは千葉美浜署時代に知り合った。彼女は交通課員だった。警察組織は警官に一日でも早く結婚するよう、陰に陽に迫ってくる。家庭を持てば妙な真似はしない、という思惑からだ。同じく早く家を買うように促してもくる。津崎はこの風潮には反発を覚えたが、それ以上に深夜へとへとになって帰っても、誰かが家にいる安心感が欲しくなった。詩織は結婚を機に退職している。

　夏休みの家族旅行で鹿児島に行く予定だったのに、船橋の殺しでおじゃんになった。詩織は「仕方ないね」と言ってくれ、息子も「仕方ないね」と彼女の口調を真似していた。寂しがってくれなかったのはいささか悲しかったが、男親なんてこんなものか。自分の代わりに津崎の母親が同行している。

「俺もきびなごの刺身とさつま揚げで、芋焼酎を一杯やりたかったですよ」

「残念だったな。景虎君は何歳だっけ？」

「五歳で、来年はもう小学生です」

早いな、と仲武が目を細め、やおら肩を柔らかく叩いてきた。

「気にすんな。インテリヤクザの八つ当たりさ」

「提案できなかったのは事実ですので」

「お行儀がいいこった」

仲武がニッと笑い、つられて津崎も笑みを返した。

「せめて外面だけでも良くしないと」

「ま、片岡さんは東京行きがかかってっからさ」

警察庁に出向できれば中央とパイプができ、県警でのステップアップも見込める。今、片岡はその切符を捜査二課の管理官と争っている。

「あんまり派手にやり合わなきゃいいけどな」

仲武は、国領と片岡の間柄を言っているのだ。二人はウマが合わない。性格だけでなく、見た目も違う。国領は武闘派ヤクザで、片岡はインテリヤクザ。片岡は国領のやり方が気に食わず、着実に実績を積んでいるのも面白くないらしい。

国領は部下を管理する気はさらさらなく、勝負所で手綱を引き締めるだけで、普段は「いい大人なんだから」と放任している。厳しく管理される他の係とは雲泥の差だ。殊に片岡は係を率いていた頃から、管理主義者だ。

四係に配置されて良かった。心底そう言える。警察が求めるタイプではない自分を、受け入れてくれるのだ。警察組織にしてみれば、使いやすいのは正義感が強くて、やる気に漲った人間。自分は真逆だ。正義感が強く、やる気に満ちた警官ほど役に立たないと思っている。やる気や正義感に逸る人間は視野が狭くなり、見えるものを見落とし、聞こえるものを聞き逃し、力を抜くべき場面でも全力で進んだ挙げ句、肝心な勝負所で息切れしてしまいがちだからだ。この私見を国領は許容してくれる。

　そんな国領にも四班全員に課す行為が一つだけある。事件発生が夜中で帳場に集合するのが翌朝でいい時でも、国領の一声ですぐさま現場に集まることだ。今夜も国領班は、普通は所轄や機動捜査隊に任せる段階で現場に入った。船橋の殺しの捜査で誰もが足を棒にして歩き回った後に。

　国領班の墓参り――。他班の聞こえよがしな揶揄も耳に入ってくるが、勝手にほざいていればいい。事件が発生すれば今回みたいに休みは消え、無駄にも思える捜査を愚直に重ねる。仕事量に比べると給料は安く、尊ばれる職種でもない。昼夜の別なく捜査に徹する原動力は、熱しかない。犯罪を憎む熱。被害者を悼む熱。犯罪は警察への挑戦で、喧嘩を売られたのだと憤る子供じみた熱。熱の種類は何でもいい。熱を現場で体に刻み込むのが国領の流儀だ。

「ただな」伸武がかぶりを振った。「八つ当たりを受けたのも、俺たちがホシを割ってないからだ」

　ずしりと胸にこたえる一言だった。最近、津崎はどうしようもない徒労感と無力感に襲われる時がある。

いくら熱を心身に刻み込み、事件を解決しても、すぐに次の事件が起きる。真に自分たちの仕事は社会のためになっているのだろうか……。

4

午前二時、永尾が支局に戻ると、服部と泊まり勤務の市政担当記者、デスクの山浦脩の三人がいるだけだった。山浦はデスク席にだらしなく座り、ワインをボトルでラッパ飲みしている。空の瓶がすでに一本、机上に転がっていた。

永尾は自席に鞄を置いた。鈍い音が散る。放り込み続けた資料などで、五キロ近くはある。整理する時間がないのだ。

結局、永尾は三十分前まで津田沼署にいた。合同捜査本部になると示唆されたとはいえ、締切時間内の犯人逮捕に備えた。他社は来なかった。橘と丸本によると、船橋中央署にも現場にも姿を見せていない。ひとまず今晩は電話で最低限の要素を聞いて原稿を作り、詳しくは明日の会見まで待てばいい——各社、そんな腹らしい。

机に散乱する大刷りから県版と本版社会面を手に取った。被害者の名前も出ている。締切間際に確定されたのだろう。

「お疲れさん」服部が声をかけてきた。「やっぱり、魚住さんの雑感は掲載を見送った」

理由はすでに電話で聞いていた。魚住のコメントには知り合いという価値しかないのに、余りにも情の薄い反応だからだ。外すのは服部の判断で、異論もない。それより。

「合同捜査本部の件ですが」

「すまん。言質をとれなかった。橋には船橋中央署を突いてもらったし、俺は一課長や広報課を突いたんだけどな」

「ハズレですか」

「いや、アタリだよ。署には、いつもより多い人間が戻ってきた。一課長も否定しない。広報課も朝の会見場について、六時には知らせると繰り返すだけだ。だから、原稿でもやんわりと示した」

永尾は再び大刷りに目を落とした。連続殺人という語句こそないが、三日前に今回の現場近くで殺人事件が発生している点、その被害者と今回の被害者が小中学校の同級生だった点が記されている。

「二人が同級生って部分、魚住さんの話の裏をとったんですか」

「ああ。船橋のヤマで被害者の友人を橋が取材してたな。夜遅かったけど、電話を突っ込んでもらった。サツ官にも確認した」

おい、永尾ォ。デスク席から、山浦の気怠そうな声があがった。

「危ういネタを持ってくんじゃねえ。もう二年生だろうがよ」

「危ない？　何がですか」

思わず問い返すと、山浦の眼が据わった。

「合同捜査本部の件に決まってんだろ。言質も取ってねえ話を吹いてくんじゃねえ。だいたい、今晩中に逮捕されれば誤報になんだろうがよ」

合同捜査本部を立てる方針は諸々の反応からアタリ。今晩中に犯人が逮捕され、合同捜査本部が立たなくても誤報とは呼べず、訂正やお詫び記事は不要だ。しかし、山浦は本気で言っている。まだ酔っていない。ワインならボトル五本を空けても平気な男だ。

山浦がぐびりとワインを呷り、瓶を勢いよく机に置き、ねちっこい笑みを浮かべた。

「いいか、誤報になりかねないって言ってんだよ。犯人が逮捕されてんのに合同捜査本部を立てる方針だなんて記事、読者はどう捉える？　締切後に逮捕されたとしても、新聞を読む頃の読者には関係ねえ。いつ逮捕されたのかまで考える読者なんていねえんだ。てめえ一人のせいで、報日は取材力のない記者が集った二流紙だと嗤われるんだよ」

すぅっと山浦の笑みが引く。

「そうなったら、県警がお詫びや訂正を求めてこなくても出すべきだろ。止めてやったんだぞ。訂正ってのはな、『すみません。間違ってました』じゃすまねえ。上司にまで迷惑が降りかかってくんだ。ちっとはアタマを使え」

永尾はこめかみの辺りが疼いた。屁理屈と保身……。

要するに合同捜査本部のくだりを、山浦が握り潰した。何とかしようと服部と橘は手を尽くしてくれ、仄めかす記述となった。貰ったネタを紙面にできなければ、次のネタを取れなくなるからだ。あの記者に話しても無駄だな。そう見切られてしまう。こいつなら信頼して話せる、と記者は警官に認められなければならない。地取りの首尾を念押しという形で警官にぶつけ、向こうが初めてそれを知って一目置かれる場合もある。何度も微妙なやりとりを積み重ねた末、ようやく決定的なネタを耳打ちしてもらえるようになる。こうした現場の在り様を知っているのに山浦は潰した。

お詫びの山浦――。

地方支局を管轄する本社地方部では、そんなあだ名が通っている。赴任前、本社の研修でそれとなく人事部が耳打ちしてくれた。山浦の赴任先で、お詫びや訂正が格段に増えるのが由来だ。山浦は謝る必要のない些細なミスでも無理矢理に屁理屈を捻り出して、訂正やお詫び記事を出すのか。千葉ではまだどちらも出てないが、時間の問題かもしれない。

「お前、二年生のくせに一本も独材を出してねえよな。政治部志望だなんて五億年早え」

永尾の持つ大刷りが音を立てた。力が入りすぎ、手が震えている。独材のない現実は変えようがなく、ここで何を言っても負け犬の遠吠えだ。

「実力不足なんだよ。だから、あの時もまんまと抜かれたんだ」

永尾は視界が揺れた。あれは痛恨だった。一年前、千葉市内で殺人事件があり、日々他社の記者と署を張っていた。ただたった一日、新聞休刊日だけは署を離れた。その隙に容疑者の身柄が署に入ったのだ。地元紙だけが休刊日も署を張っていて、写真と特ダネ記事を出した。

他社に抜かれても売り上げは落ちないし、命が奪われるわけでもない。だが、心へのダメージは深く、大きい。打ちひしがれ、背骨を引き抜かれたような気持ちにさせられる。あんな思いを二度と味わいたくない。

「ったく」山浦が舌打ちした。「ここんとこ新聞社は就職先として人気薄だからな。入ってくんのは人材じゃねえ。ただの人数合わせの連中だ。こっちはいい迷惑だよ」

就職活動で新聞社を受けるというと、確かに友人たちは怪訝そうだった。

――なんで新聞社？　ＩＴ業界がいいって、グラビアアイドルと付き合えるかもよ。

――どうせ『マスゴミ』ならまだテレビの方がマシじゃねえ？

――もっと利口な選択しろよ。

新聞業界は斜陽産業だと言われて久しく、報日新聞も部数減少に歯止めがかからない。そんな現状は永尾も十分承知している。ＳＮＳの登場で誰もが手軽に情報発信できるようになり、マスコミ不要論も氾濫（はんらん）している。けれど、永尾はその論に乗れなかった。

実際に全ての報道機関や記者が日本から消えたら、自分はきちんと情報を集められるのだろうか、正しい情報と間違った情報を取捨選択できるのだろうか。

永尾には自信がなかった。一度、失敗したのだ。学生時代に起きた、熊本地震の際だった。『動物園の檻が壊れ、ライオンが逃げだした』とＳＮＳで流れてきたので、よかれと思い、右から左に流した。二次被害が起きないようにと。それがデマだった。

世の中には非常時でも平気で嘘を垂れ流す者がおり、自分は取り返しのつかない失敗をしかねない。だから情報の真贋を見極める技術を身につけたくて、たとえ斜陽産業でも、そのノウハウがある新聞業界に入ってみようと思った。嫌でも就職活動と直面せざるを得ない大学三年の冬を迎えても、他に興味を惹かれる仕事もなかった。

エントリーシート、筆記試験、論文、面接――。永尾は怠惰な大学生だったのに新聞業界に絞った就職活動の結果、幸運にも試験に通った。倍率は三十倍。十年前は百倍以上だったというから、当時なら無理だったはずだ。同期は記者に憧れ、目指した者が大半だった。何年も落ち、やっと試験に通った者までいた。彼らは内定式などで「真実を追いたい」「正義を追求したい」などと高尚な目標を語り、ただノウハウを求めて入った永尾は完全に浮いた。

入社後、この約一年半で情報を見極めるコツを摑めたかといえば、摑めていない。たやすく身につく技術ではないにしろ、一端すら垣間見えない。……見極める目を養えたとして、何に役立てればいい？　このまま記者をしていて、人生で目指すべき何かが見つかるのか？　自分は人生で何をしたいのか、何をするべきなのか――。

ワインを飲み干すと、山浦が面倒くさそうに立ち上がった。

「服部ぃ。せいぜい、特落ちすんなよ。人事は見切りが早いからなあ」

嫌な台詞だった。特落ちは、記者にとって最悪の出来事だ。自分の持ち場で全ての他社が記事にしているのに、自分だけができなかった失態を言う。

山浦が帰宅しても酒のニオイが支局中に漂っていた。服部が肩で息をつく。

「やるべき仕事は、どんなデスクの下だろうと一緒だ」

はい、と応じつつ、服部が言外に込めた求めも受け止めた。独材だ。一本出せば、あいう嫌味を聞かなくて済む。あえて言わず、服部は態度で示してきている。一人の記者として、自分で気づくべきだからだろう。

服部さん、もう寝ていいっすか。泊まりの市政記者が首を揉み、だるそうに言った。

「ああ。俺たちのことは気にせず、寝てくれ」

服部が答えると、市政記者は踵を引きずるような足つきで泊まり部屋に消えた。

永尾は自席でノートを広げ、パソコンを開いた。内藤とのやり取りをはじめ、地取りで聞き込んだ話を一問一答形式で記していく。一問一答の形にすると、不思議とやり取りも蘇ってくるのだ。軽快なリズムでキーボードを叩く音は、今日一日の終わりを告げてくる。メモ起こしは一日の業務の締め括りだ。

いまや働き方改革が日本中で議論され、新聞社も例外ではない。夜回り朝駆けが勤務時間外の行為――違法残業だと認定されかねない。そうなっても、やるしかないだろう。世間には、『勤務時間外の取材が要るのは、新聞記者に取材力がないからだ』『時代に逆行する勤務形態を認めるなんて、やっぱり時代遅れのメディアだ』などと正論をぶつ者も多いが、新聞記者になれば痛感する。

仕事と私生活の間にあるグレーゾーンでしか話せない、聞けない内容がある――と。

ぎりぎりの一線で新聞記者は体を張っている。グレーゾーンの攻防を放棄すれば、発信者の「大本営発表」がまかり通り始めるだろう。情報で溢れかえる現代、全てを発表と同時に精査できるはずがない。もちろん、過度な勤務時間の是正には賛成する。業界の実態にあった改革がなされてほしい。

でも——。そこまでして報道する行為に何の意味が？　情報社会といっても、自分に興味のある話題だけを求める時代。政治、経済、事件事故、文化、国際問題……新聞がカバーする範囲に誰も興味を持たないのなら、続けても仕方ないのでは？　新聞購読者も広告も減っているし、新たなビジネスモデルを生み出せないのだ。

ドアが開き、橘が疲労を感じさせない軽い足取りで帰ってきた。

「帳場は船橋中央署での合同で決まりですよ。あの人数の多さなら、捜査一課から二つの係は入ったんじゃないですかね」

船橋中央署の張り番は永尾がすべきだが、橘が買って出てくれていた。『永尾っちには署回りの勘どころを早く取り戻してもらわないと』と言って。

「そうか。会見は俺と永尾が出る。橘は県警クラブで待機。会見後はひとまず同級生に当たろう。二人が戻る前に地方部から打診というか指示があってさ。朝夕刊、一週間は社会面で繋げだと」

夏場は政治も経済も世界的に動きが止まるので、ニュースが薄くなる。いわゆる夏枯れだ。そんな時に、ほど近くで二件の殺人が相次いだ。事件に動きがなくても、一週間は社会面に続報を送るのは当たり前だろう。三人の小さな所帯では厳しい戦いになる。幸い永尾が兼務する司法では、今月は特に取材すべき公判もない。愚痴を言っても始まらない。

「相澤さんと中田さんの間柄を教えてくれた同級生に、もう少し突っ込んでみます」

橘が神妙に言い、服部が顎に手をやった。伸びた髭がじょりじょり音を立てる。

「相変わらず相澤さんの遺族も婚約者も取材拒否か？」

「ええ、完全に。婚約者は取材を逃れるため、地元の三重に帰ってますし」

「じゃあ、同級生周りから名簿を借りる以外ないな。そこから広げていこう。写真も借りてほしい。永尾も会見後はそっちに回ってくれ。県警は俺が守っておく」

「明後日付の夕刊はどうしますか」と橘が心配そうに言う。

「そりゃ、明日の取材次第。生モノを扱う新聞の宿命だよ」

「必殺、でたとこ勝負ですねっ」

短い打ち合わせが終わると服部は早々に帰宅し、永尾も帰ろうと鞄を肩にかけた。

ちょっとちょっと、と橘の声が飛んでくる。

「まさか帰る気？　うら若き乙女と泊まりの男性記者とを二人きりにするわけ」

「それこそ、まさかですよ。何も起きませんって」

「万が一もあるでしょ。メモ上げが終わるまで待ってよ。そしたら、私も帰れるから」

永尾は重たい鞄を床に置き直し、机の大刷りをもう一度手に取ってみる。そういえば殺人事件に気を取られ、県版を良く見ていなかった。細かな事件事故——発生モノの原稿も何本か出している。市原市内の小火、千葉市内のひったくり、牛乳配達車による重傷事故。署回り前、モニターと呼ばれる紙面化前の確認原稿で見ているものの、念のために大刷りでもペラや取材結果と照らし合わせていった。誤りがあっても、とっくに校了されていて、もう直せないが。

特に問題はなく、永尾は顔を上げた。

「疲れましたね」

「だね。さすがにこのヤマは、サボれないもんね。『ベランダ電話の術』とか、『車中すやすやタイム』とか使えない」

朝五時に家を出て、午前一時過ぎに帰宅する日々を過ごすうち、記者は自分なりに休息をとる方法を身につけていく。さもないと潰れてしまうからだ。『署回りに行く』と支局やクラブを出て、どこかで路上駐車して昼寝したり、朝駆けをパスしてゆっくり眠ったり。自宅にいる時に電話が鳴ったらベランダに出て、外にいる風を装い、『取材中なので』とさっさと切ってしまう。一度、橘の電話にこの手を使うと、『いっぱしの記者になったねえ』と見抜かれた。自宅の駐車場に永尾の車があるのを現認されていたのだ。

サボるのにもタイミングがある。記者を半年もしていれば、不思議と『今日は大丈夫』という勘が働き出す。人間の生存本能はたくましい。

「ああ、肌の調子が悪くなる。私、二十五歳の肌じゃないっしょ」

「ノーコメントで」

「ひどっ。こういう時は嘘でも『そんなことないですよ』って言うもんでしょうが」

「嘘は嫌いなんです」

「最悪。だから彼女に捨てられたんじゃないの」

「最初から縁がなかったんですよ」

昨年の秋、別れた。休みはおろか、電話する時間すら取れない仕事が理解できないようだった。

「そういう橘さんだって、彼氏いませんよね」

「根性のない男ばっかなんだもん。『新聞記者をやるような女はきつそう』って怖がってんの」

他愛ないやりとりをする間も、橘の指は軽快に動いた。永尾は瞼が、額の奥が、体の芯が熱かった。発生初日特有の感覚だ。緩やかに目を閉じる。瞼の裏が燃えるように赤々と色づいていた。心地よい疲労感だった。一方で、山浦に吐かれた一言が脳にこびりついている。

このヤマで山浦を黙らせたい。報道に、仕事以上の意義を見出せないとしても。

九時前だというのに、会見場は人いきれで蒸していた。船橋中央署の大会議室には折り畳み式の長テーブルが並べられ、各社の記者が陣取っている。永尾はエアコンの効いた会見場の中ほどに座っていた。窓を閉め切っていても、セミの大合唱が盛大に響いている。

昨晩、永尾が支局を出たのは三時過ぎだった。六時半には朝駆けに赴いた。津田沼署の署長からは何も得られなかったが、体は軽く、眠気もまるでない。

席から周囲を見回すと、各社苛立っていた。報日に先行されて焦っているのだ。

朝刊は圧勝だった。他紙には現場写真も雑感もなく、ペラを少々肉厚にした程度の記事で、唯一、東洋新聞が四日前に起きた船橋中央署管内での殺人事件に触れていた。

まだ第一ラウンドに過ぎず、各社、必ず巻き返しを図ってくる。報日は人海戦術では負ける。事実、会見場にはどの社も一年生記者はいない。二年生記者すらいない。現場に散っているのだ。永尾は気を引き締め直した。

テレビ各局も会見場に乗り込んできていた。カメラマンはスタッフに白い紙を持たせてひな壇に立たせ、そこにカメラを向けてホワイトバランスの調整にいそしんでいる。

不意に服部が顔を近づけ、声を潜めてきた。

「今日のシャツ、しわだらけだな」

「ストックが切れちゃって」

アイロンをかける時間がないため、永尾は夏用に半袖の白シャツを三十枚近く買っていた。昨日が最後の一枚だったのに、コンビニで追加のシャツを買うのを忘れてしまい、洗濯後にクローゼットに放り込んでいた一枚を着るしかなかった。

服部が眉を寄せる。

「取材相手の立場になってみろ。シャツのしわも気にしないような奴に大事な話を明かそうと思うか？　シャツのしわにすら気が回らない奴が、心の機微や物事の真相に迫れる記者になれるか？」

ぐうの音も出ない。服部は毎日しわがなくノリもきいたシャツを着ている。一方、他社の記者は無頼漢を気取っているのか、シャツは大抵よれよれだ。服部が他社に後れをとったことがないのは、こういう細かな心掛けも要因なのだろう。

「会見が終わったら、すぐシャツを買って着替えろ。洗っても、どうせアイロンをかける時間なんてないんだから、全部クリーニングに出してこい。クリーニングから引き取る時間くらい融通する。と言いつつ、俺もバスタオルは三日連続くらいで使うけど」

「俺、一週間は使ってます」

「ちょっとやりすぎだろ」

服部が苦笑した。

永尾の携帯が震えた。支局からで、日中にスクラップ作りや電話対応をしてくれる嘱託のベテラン女性事務員だった。

「取材中にごめんね。杉村（すぎむら）さんって女性が、朝刊に載ってた牛乳配達車の事故の件で担当記者と話したいって。お手空（てす）きの時間に電話してもらえる？　番号は今から言うので」

　あれは牛乳配達車が若い女性を撥ね、けがを負わせた事故だった。ベタ記事として県版に出稿している。何の用だろう。

「今から会見なので、また電話があったら『取材が終わり次第連絡する』と言ってもらえますか」

「うん、わかった」

　通話を切り、服部に今のやり取りを話した。何だろうな、と服部も首を捻っていた。

　五分後、捜査一課長の米内、署長の加茂が会見場に現れ、ひな壇に座った。米内は柔道の猛者らしく、重厚な体つきだ。背筋を伸ばし、記者を睥睨している。端整な顔立ちながらも鋭い目つきには、迫力がある。口数が少なく、歴代でも記者泣かせな一課長という話だ。傍らの加茂は地域課ひと筋という経歴もあり、好々爺然とした雰囲気を醸し出している。

　各社、録音機をひな壇のテーブルに置いた。広報課長がペラを配り、紙が擦れる音だけがする。

　永尾も手元にきたペラに目を落とした。


　　船橋、津田沼連続殺人における合同捜査本部設置について永尾は声なきざわめきを聞いた。各社、報日に先を越された現実を噛み締めているのだ。

「それでは会見を始めます」

広報課長が平坦に切り出した。会見場が静まり、米内が中身のないペーパーを滔々と読み上げていく。事件発生日や被害者の身元など、必要最低限の記述を。

すぐに読み上げが終わり、米内が顔を上げた。

「何か質問はありますか」

最前列に座る、東洋新聞の県警キャップが広報課長に目配せした。今月の県警記者クラブの幹事社は東洋だ。幹事社は電話連絡やクラブ費の徴収だけでなく、こういう場で先陣を切るのも暗黙のルールになっている。

「連続殺人事件だと判断した根拠は、具体的に何でしょうか」

「手口、犯行現場の近さなどです」

「被害者同士が小中学校の同級生だったという一部報道は事実ですか」

「ええ」

会見場の空気が一段と硬くなり、温度まで上がったようだった。誤報であってほしい、という各社の願望が打ち砕かれたのだ。

「被害者二人の関係者が犯人だとの見立てですか？　小中学校の同級生という共通点は、事件に何か関わりが？」

「捜査中です。あらゆる可能性を視野に入れています」

今の段階ではそう言うしかないだろう。

東洋新聞の隣の机に座る、千葉日日新聞の記者が手を挙げた。

「連続殺人と判断した根拠なんですが、つまり、絞殺の手口が同じなんですね」

「そう思われます」

「手で？　あるいは何か道具を使って？」

「捜査中です」

服部が手を挙げた。

「二つの事件のどちらでも構いません。目撃者はいますか」

「捜査中です」

千葉日日新聞の真後ろに座る、関東新聞のサブキャップが新たに言う。

「現場の近さを勘案する以上、犯人は船橋から津田沼界隈に詳しい人物だと捉えてるんですね」

「限定はできません」

何かがおかしい……。

服部が再び尋ねた。

「一課長のお話では、合同捜査本部を立てるには根拠が薄い。何か他に共通点が？」

永尾の戸惑いを言語化した質問だった。

「総合的に考慮して、合同本部にしました」

答えになっていないが、切り込む隙は見出せない。この場で切り込むべきでもない。

次の抜き合いのポイントだ。

服部の前に座る、首都通信社のキャップが手を挙げた。落武者。長く伸ばした髪と髭から、記者の間ではそう呼ばれている。来月には本社政治部に栄転らしい。異動直前に抜かれ、内心は穏やかでないだろう。

「最初から特別捜査本部を組み、大きく構えていれば、第二の犯行は防げたのでは？」

同じ殺人という犯罪でも、特に住民や社会に深刻な影響を与えそうな凶悪事件では通常の捜査本部よりも大規模な態勢――特別捜査本部が設置される。

「県警としては合同捜査本部を設置し、人員を投入する選択をしました」

「返事になってませんよ。可能性があったのかなかったのか。どうなんです」

「ここで論じても無意味でしょう」

米内が抑揚もなく応じると、落武者が身を乗り出した。

「無意味と仰るが、二人も殺されてるんですよ」

「今は犯人逮捕に集中すべきで、反省すべき点はその後にすればいい」

「一課長。まるで熱意を感じませんよ。所詮、他人事という態度じゃないですか」

「私はそうは思いません」

「それですよ、その冷たい言い草。口先だけじゃないんですか。県警は今、県民の信頼を失ってるのをお忘れでは」

「信頼を回復すべく、犯人逮捕に全力を尽くします」と米内は淡々と切り返した。

「今回も昨今の不祥事に連なる一つでしょう」

「そうは思いません」

「そうは思いませんって、そればっかりだなあ」

落武者は呆れた口調で、机を拳で叩いた。いいですか、と聞こえよがしに声量を上げる。

「県警が船橋の犯人を逮捕していれば、津田沼の事件は起きなかった。最初の被害者はともかく、二番目の被害者は怠慢な県警の犠牲者でもある。県警の不手際ですよ」

「そうは思いません」

「本気ですか？　大きく構えていれば防げた事件なのに、不手際だと認めないんですか。被害者があんまりでしょう」

「特別捜査本部を構えるほどの事案ではありませんでした」

「つまり、事件を軽く見てたんですね」

「そうは言っていません」

今の返答こそ軽く見ていた証拠ですよ。現実に二件目の殺人が起きたじゃないか——。

各社から声が上がり出した。苛立ちが弾けたのだ。出だしで負けた上、この米内の応答。頭に血が上るのも理解できる。反面、どうしようもない違和感もある。あたるべきは警察ではない。取材しなかったのは自分たちではないか。

「一課長」と千葉日日新聞が話を継いだ。「先ほどから被害者への配慮が感じられません」

「何を仰りたいので？」

「連続殺人と捉えられる以上、第二の事件を県警は防げなかった。今さら合同捜査本部を構えたって、この現実は変わらない。犯人も野放しでしょう。『当初に大きく構えなかったのは不手際だった』と率直に遺族らに謝罪するのが筋じゃないですか」

耳ざわりのいい理屈だが、公平に見て、他社の言い分はフェアではない。最初から連続殺人でも発生しない限り、特別捜査本部が立たないのは記者なら知っている。

「遺族に謝罪した際、どんな反応でした？」と千葉日日新聞の記者が勢いよく続ける。

「お悔やみは担当官が申し上げております」

「お悔やみは？　まさか謝罪してないんですか」

「お悔やみは申し上げております」

「謝罪したかどうかを質問しているんです」

「謝罪すべき事案ではありません」

「謝罪しない理由は？」

「二人の被害者に対しては、犯人逮捕が県警にできる最大の供養です」

「被害者に何か一言を」

千葉日日新聞は引き下がらない。

「全力を挙げて犯人を検挙いたします。それだけです」

米内の落ち着きは微塵も揺らがなかった。

各社、警察の不祥事ネタに落とし込みたいのだ。自分たちが取材しなかったがために報日に先走られた失態から、社内的な目を逸らせられる。

にわかに永尾の胸の奥はささくれ立った。せっかく一課長と話せ、色々な材料を集められる絶好機なのに記者自らが潰している。これでは何も得られない。朝駆けや夜回りで警官と話せる時間はせいぜい一分。貴重な一分は、勝負ネタをぶつけて言質をとったり、感触を得たりする時間にすべきだ。一分を概略の把握に費やしては取材も深まらない。取材が深まって初めて、捜査の不手際も見えてくる。

くだらない質問は止めろ——。永尾は叫びたかった。こんな風だから、記者クラブ不要論が湧き上がるのだ。自分たちで隙を与えてどうする……。永尾自身、入社前まで記者クラブに懐疑的な見方があったのは否定できない。内定後もネットやSNSで不要論に触れるたび、不安になった。ひょっとすると新聞社はもう情報を扱う能力を失ったのではないのかと。記者クラブ加盟社は当局から全ての情報を与えられているので、逆らえなくなり、意のままに操られているのではないのかと。

実情は大きく違った。記者クラブは砦なのだ。大抵の記者は最前線で少しでも多くの情報をもぎ取ろうと踏ん張り、戦っている。取材相手に取り込まれ、権力の監視機能を失っているわけではない。

発表する側は、自分たちの得になる事柄については言葉を尽くして説明する一方、他の事案は何も言わないに等しい。警察の場合、交通安全や暴力団排除キャンペーンなどは、これでもかと説明してくれるが、事件事故の報道発表は必要最小限だ。たった十行のベタ記事を作るのでさえ、引き出すべき要素は多い。交通事故の現場に関するだけでも、ペラに書かれているのは発生場所の住所のみなので、すべき質問はかなりある。見通しがいいのか、信号はあったのか、路面は滑りやすかったのか、ブレーキ痕はあるのか、事故発生頻度が高い箇所なのか——。同じように被害者や被疑者についても質問を重ねていき、なるべく情報を出すまいとする警察側から聞き出していくのだ。

現実を説明しても、反対派は『とっかかりも発表に頼らず、自分の手で取得すべきだ。借りになって、厳しい指摘はできなくなる』『端緒を頼るから、取材力がいつまでも上がらない』と主張するに違いない。

永尾はまったく同意できない。一度、泊まり勤務でひったくり事件のペラを電話取材している時、相手の当直主任に冗談半分で言われた。

——記者さんは楽でいいよねえ。ウチから事件事故があったって流れてきてさ。

その場は生返事をしたが、通話後にパソコンに向かっていると、原稿を打つ手が止まった。当直主任の飾らない発言に、警察全体の本音が透けているように思えたのだ。記者クラブ制度がなければ、警察は報道発表しなくて済むのに……という本音が。

そして、たとえごくわずかな量であっても当局に情報を出させる仕組み――記者クラブがなくなると、どんな深刻な事態を招くのかに思い至り、ぞっとした。

大きな事件事故や社会的に注目を集める問題なら、当局の動向に記者の目も行き届く。しかし小さな事件事故までは、とても手が回らない。記者クラブへの発表がなくなれば、当事者以外は当該事件について誰も知らずに終わりかねないのだ。警察が逮捕を隠せるようになり、誤認逮捕であっても、誰も検証できなくなる恐れが生じる。誤認逮捕された当人が事実をSNSなどで発信しても、警察は痛くも痒くもない。「当初は逮捕する相当の事由があった」などと発表しておけばいい。逮捕された当人が捜査の妥当性を検証するにもかなりの費用がかかり、わざわざしまい。

他の官公庁も、国民に反対されそうな施策は黙って進めるだろう。どんな組織も自分に都合のいい発表だけをしたいのだから。記者クラブ制度があってもなお、この兆候はある。なくなれば、隠蔽の流れに拍車がかかるのは明白だ。

第一、記者クラブ不要論は過去の記者たちの努力をあまりにも蔑ろにしている。過去の記者たちが当局と戦い、交渉を重ね、獲得した仕組みなのに、どうして放棄して誰も得しない流れにしないといけない？　記者クラブに入っていようがいまいが、優秀な記者は未発表の案件を掘り出すはずだろうに。

もちろん、「御用記者」「大本営発表の一部」「排他的」といった問題は山積みだ。けれど、この問題の本質は記者クラブの存在自体にではなく、記者の質と運用面にあるはずだ。単純に存在を否定するのは、『交通事故は日々あちこちで起こっている。危険なので、車を一台残さずなくせ』という暴論と変わらない。

自分の意見はまるで見当違いで、経験不足の二年生記者が馬鹿を言っているだけなのだろうか。現実、目の前にいる県警記者クラブの連中は、不毛な時間を生み出している。制度を活かし、社会に還元する責任を放棄している。

「警察には感情がないんですか」

落武者の居丈高な声で、永尾の思考は現在に引き戻された。

たちまち米内が顔を引き締め、眼球だけをぎろりと動かして会見場を見やった。空気がひりつくようだった。

「感情に流されていいのは被害者や遺族だけです。それは警察の役割ではない」

誰もが息を呑んでいた。二秒、三秒。何かに抵抗するように落武者が声を荒らげた。

「だから千葉では、ストーカー殺人みたいな悲劇が起きるんです。昨晩の事件も同じ構図じゃないですか。ドライ過ぎますよ」

会見場ではさらに各社の声が飛び、綺麗事、お仕着せの正義、偽善にもたれかかった追及が続いている。その側に自分はいるのだ。止められない……。もし米内が不手際を認めれば、ニュースになる。

いや、そもそも——。永尾は長い瞬きをした。

記者クラブの是非や在り方、記者の質を論じたところで、現代に報道機関は必要なのか？　誰もニュースに興味がなく、権力を監視したいなど露ほども思っていないのではないのか？

5

ドアの隙間に、津崎の名刺は挟まれたままだった。

今朝八時、津崎と井上は習志野西中学校に行った。出勤していた教員に卒業アルバムと住所録を借り、チェックしていると、眼に食い込む住所があった。記者に先を越されたので飛ばし、改めて向かった時には住人が不在だったマンションだ。

住人は魚住優。小中学校時代、被害者二人と同じクラスの男だった。

津崎たちはまず九時に訪れたが不在で、別の住民に共用扉を開けてもらい、名刺の裏に携帯番号と『連絡がほしい』と記してドアの隙間に挟み、別の同級生宅を数軒訪問した後、こうして午後一時に再度訪れてみた。

昨晩の、ドアから顔を出した魚住の様子。印象は漠としている。当たっていたのは若い記者で、最近現場で見かける顔だった。津崎は小さく舌打ちした。邪魔すんな。

「どうした」と井上が目を狭めた。

「いえ、昨晩の記者が魚住に何を聞いたのか気になって」

「刑事の性だな」

——捜査は順番通りに決着がつく代物じゃない。人生と同じだよ。生きてれば、近づこうとしても遠ざかったり、割り切れずに消化不良を起こしたりする。誰だって、そんな釈然としない塊をいくつも抱えて生きてる。刑事は気がかりをいくつ潰せるのかが勝負さ。

かつて井上はそう言っていた。

マンションを出て、強烈な陽射しを受ける谷津干潟を横目に歩いた。時折、野鳥が飛び立ったり、降り立ったりし、自生する葦（あし）はしなやかに風にそよいでいる。

いい景色だろ、と井上が目を細めた。

「たとえ狭くても旅鳥にとっては、渡りの中継地として不可欠な干潟さ。こういう場を守るのは俺たちの仕事と似てるよな。ここはもう完全な自然じゃない。野鳥や海の生き物が暮らせる環境を守るには、ある程度人間が手を入れなきゃならん。社会だってそうだ。誰もが安心して暮らせる社会を維持するには、俺たち警察という手が欠かせない」

派手な羽音がした。真っ白な野鳥が夏空に真っ直ぐ飛び立っていく。

「一課らしい顔つきになったな」

「宗島さんには『相変わらず冷たい眼』だと言われましたよ」

昨晩、捜査会議が終わり、伸武と署の道場に行こうとした時、宗島に呼び止められた。検視官が会議に出る必要はない。一応、最後尾で聞いていたそうだ。

冷たい眼。宗島に指摘されるのは二度目になる。一度目は、津崎が千葉美浜署の刑事課にいた二年前だ。ホームレスの連続暴行死事件で帳場が立ち、当時管理官の宗島が捜査指揮を執り、本部から入った四係の兵隊頭が国領だった。津崎は国領と組み、近隣の大学生五人の集団暴行事件だと突き止め、手錠もかけた。犯人の五人は『無抵抗の人間を蹴るのが面白かった』『ゲーム感覚だった』などと、自分たち以外は人に非ずと言わんばかりの供述をした。

　事件解決の宴の最中、宗島にぶっきらぼうに話しかけられた。

――嬉しそうじゃないな。

――逮捕しても休みは帰ってきませんので。

　管理官、と脇から国領が笑顔で割り込んできた。

――津崎は犯罪が憎いんでも、被害者を悼むんでも、ましてや警察への挑戦だと犯人逮捕に燃えてんでもないんです。自分の休暇が潰れた恨みが熱になってんですよ。

　宗島が乾いた声で笑い、津崎を見据えた。

――休みたい人間には過酷な職場だな。

――その分、夢とロマンはあります。犯罪がなくなれば、俺たちは昼寝してても金が稼げるんです。

――そんな冷たい眼をして言ってるんだ。冗談じゃなさそうだな。

「相変わらず？」井上が真顔になる。「ますます冷たくなってるよ。校長に似てきた」

校長。津崎の父親のあだ名だ。もう定年退職している。かつては千葉県警の捜査一課長も務めた。ヒラ捜査員だった頃から同僚や部下に慕われ、周囲に若手が集まり、津崎学校と呼ばれていた。ほとんど家におらず、たまの在宅時は県警の誰かが一升瓶を抱えて訪ねてきたものだ。その一人が井上で、宗島も米内もそうだった。

「オヤジの顔、か。ほとんど家に帰ってこなかったんで、憶えてませんね」

「ったく」井上が顔を歪めた。「ひでえ息子だな」

「そりゃ、ひどい親でしたから」

二人は目だけで笑みを交わし合った。いい舅、いいじいさんではあるのだろう。詩織は景虎を連れて、よく津崎の実家に行く。詩織は自分の実家よりも頻繁に出向き、景虎も『じいちゃん、だっこ』となつき、膝に何時間も座っているそうだ。

「しかし、よく警官になったな。実は校長に憧れてたとか?」

「まさか。俺にとっては、単なる無口なオヤジですよ。警官になったのは成り行きです」

大学三年生の時、津崎は就職先に迷った。おべっかを使えそうもないし、どちらかといえば無愛想で会社員は務まりそうもない。考えてみれば父親もそうだったので、警官としてなら働けると思ったのだ。むろん、因果な仕事なのは知っていた。

高校生の頃だった。時効を迎えた幼女殺人事件について、捜査一課長として発言した父親の姿が新聞やテレビで報じられた翌日だ。この役立たず、税金泥棒、無能……。どこで調べたのか、自宅に誹謗中傷の電話がかかってきた。やがて母親は電話が鳴るだけで怯えはじめた。かたや父は一切動揺を見せず、昼も夜もなく粛々と仕事に出かけていった。

警察学校に入る前日、所轄の署長になっていた父親が久しぶりに家にいた。

——俺も警官になるから。

——そうか。

父親は新聞に目を落としたまま、それしか言わなかった。

警察学校では浮いた。正義感に燃える連中ばかりだし、教官が自分を見る目も他の生徒へのそれとは違った。特別扱いこそなかったものの、『お父さんは立派な人だ。お前もしっかりやれ』といった激励を受け、お手並み拝見といった目も向けられていた。学校で気が合ったのは、気弱なのに安定志向で警察に入った、一人の同期だけだった。『市役所の職員だと、誰かに絡まれた時に弾き返せないだろ』。てらいもなく言っていた。この同期とは警察学校卒業後、同じ千葉署に配属された。

勤務初日、交番に出る前に制服を着て拳銃を腰に装備した瞬間、重みに身が引き締まった。自分のような若造も手にできる権力の重さなのだと。

初任地の所轄でも、『校長の息子』という目で見られた。自分は自分だと受け流す一方、下手はできないと腹を括った。関心ややっかみを寄せられている分、良くも悪くも目立ってしまう。それでも結果は欲しかった。正義感旺盛な同期の大半が捜査一課を目指していたからだ。津崎は彼らとの競争に勝ちたかった。かつて家にかかってきた、父親を誹謗中傷する電話。あの陰には正義感がある、と踏んでいた。彼らは正義感で警察を非難したのだ、と。負の力にもなる正義感に逸る連中に、凶悪事件の捜査を任せたくなかった。

津崎の名が売れたのは一年目の十二月だ。その日は非番で、千葉駅周辺をぶらぶらしていた。すると、明らかに暴力団員の男たちが一人の男を取り囲み、どこかに連れていく姿を目撃した。ひそかに後をつけて到着したのは案の定、暴力団事務所。津崎は署に一報を入れ、応援も待たずに飛び込んだ。連れてこられた男の身に何が起きてもおかしくない。

――なんだてめえッ。

いきなり大柄なスキンヘッドの男に腕を摑まれ、別の男たちも次々に現れた。奥の部屋に連れていかれ、太いドスを突きつけられた。

――何の用だ。

――連れ込んだ男をどうするんだ。

――てめえには関係ねえ。

男は机にドスを勢いよく突き刺した。津崎はドスを一瞥した。机には他にも傷がある。

――いつもこうして脅してるんだな。

――ああ？　怖くねえのかよ。

――別に。俺が怖いのは、自分を善良だと頭から信じ込んでる連中だよ。

最初に事務所に突入してきた応援警官は、気弱な同期だった。人間の本質は見かけによらない。その時に強く実感できた。

この事件で津崎の名は県警中に知れ渡った。反面、「突出しかねない男」という評も出た。それを覆すべく、以降は警察組織の歯車に徹し、交番勤務でも、ひったくり犯や痴漢など数件検挙した。数ヵ月後、暴力団事務所への単独突入は『突出ではなく、被害者の安全を最優先したためだった』と見方が変わり、三年目には希望通りに刑事課に引き上げられた。父親の薫陶を受けた刑事畑の先輩も、陰で手を回してくれたのだろう。

所轄の刑事課に入って数年後、ルーティンワークだけで勤務が終わりかけた日があり、警官は犯罪がなければ出勤するだけで金が貰える仕事だと気づいた。結局、夕方に強盗事件が起き、朝方まで仕事をする羽目になったが。

津崎と井上は谷津干潟を離れ、住宅街を進んでいく。

「この辺りの犯罪発生状況はいかがです」

「治安は良かった。痴漢やひったくり、空き巣の被害届さえ、ここ一年は出ていない」

さすがだ。管轄地域をしっかり把握している。住宅街を抜け、県道に出た。

「あそこで、ちゃちゃっと飯食おう」

井上が素っ気なく言った。県道沿いに、年季の入った中華料理店の暖簾(のれん)が揺れていた。

事件発生から数日は食事にありつけない日も多く、津崎は常に食事代わりの板チョコを鞄に忍ばせている。夕飯はチョコレートかもしれない。もうこの暑さでどろどろに溶け、包装紙に張りついていそうだ。別にいい。どうせ味は変わらない。

お盆中とあって、中華料理店はがらがらだった。冷房が効き、肌にこびりついた汗が剝がれ落ちていくようだ。津崎は水滴がコップの表面に浮く冷えた水を飲んだ。あっという間に胃に染み、喉が渇いていたのを自覚する。

注文を終えると、津崎は午前中の鑑取り捜査を反芻していった。当たった同級生はいずれも実家を出ていたが、家族から携帯電話番号を聞き、話ができた。怨恨や金といった動機に結びつく糸口は皆無だった。卒業アルバムの部活写真に相澤と中田と写る、もう一人の男子部員が誰かすら突き止められていない。クラスごとに顔写真が並ぶページに同一人物がおらず、電話で話をした同級生はいずれもその部員を知らず、手元にアルバムもなかった。

鑑取りが犯人に繫がるとしても、普通は直近の人間関係だ。中学校時代のそれは三十過ぎの大人が人を殺す動機には遠すぎる。片岡の叱責を無意味にするためにも、当たり尽くすしかない。無駄な時間になったとしても。

カンカン、とお玉で中華鍋を叩く音が響いた。ほどなく、井上の冷やし中華と津崎の五目チャーハンがきた。

「ひでえ目で人が頼んだ料理を見んな。食う気が失せるだろ」井上が含み笑いを漏らした。「今も冷やし中華が嫌いなのか」

「食べると力が抜けていくんで、好きになれませんね。去年関西に出張した時は、酷い目に遭いました」

「冷麺って言い方に勘違いしただけだろ。各地の文化を知らないから、そんな目に遭うんだ。物事を知るってのは大事だぞ。色々な見方や意見、立場を推し量れるようになる」

「精進します」

耳が捉えた。

——今朝、船橋中央署で連続殺人事件の記者会見が開かれました。その模様をご覧下さい。

店の隅に置かれたテレビで流れる、昼のワイドショーだった。

記者連中の声高な追及が続き、米内が無表情に対している。画面の下には記者の質問が都度、テロップとして出た。連中の思惑は明らかだ。警察の失態にしたいのだ。マスコミは正義の味方然と警察を批判している。

知った風な口を叩きやがって。津崎は腹の底でそう吐き捨てた。記者のツラを見たかった。報日新聞以外、現場にすら出てきてねえくせに。

——警察は猛省し、一刻も早く犯人を逮捕してほしいですよね。捜査一課長の他人事のような態度はなんでしょう。市民の怯えを無視したも同然ですよ。

コメンテーターと名乗る男は澄まし顔で、とってつけた厳かな口調だ。まったくです、と司会者もしかつめらしく頷いている。少しは自分の頭を使って、相手の立場になってみろ。警察が捜査情報を全て開示するはずないだろうが。米内は他人事だと突き放したんじゃない。事件解決のため、全てを冷徹に見ているだけだ。真剣に捜査に臨む人間が記者におもねったり、テレビ映えするような態度をとったりするか？

くそ。声を漏らしていた。

「珍しいな。津崎が口に出すなんて」

津崎は返事の代わりに五目チャーハンを手荒くかきこんだ。

テレビの話題が芸能人の離婚になった。テレビ局や視聴者にとって、連続殺人と芸能人の離婚は同等の話題なのだろう。

「まともな記者もいるさ」

井上が呟くように言った。二人は黙々と食事に徹した。

中華料理店を出て、路地に入ると、同じタイプの戸建てが並んでいた。千葉県内にはこうした地域も多い。東京のベッドタウンとしての宿命か。表札を確認して、津崎がインターホンを押した。所轄時代、井上と組むと津崎が話す役割だったので、当時の名残で自然と腕が動いていた。井上も何も言わない。

被害者二人と中学三年時に同じクラスだった槙村美里は、心持ち前のめりになった。

「まさか、知り合いが殺人事件の被害者になるなんて。しかも二人も。お気の毒に」

神妙さを装っていても目は好奇心で爛々と輝き、声音には同情心の欠片もない。槙村は都内の会社に就職した後も、親許に住んでいるのだという。

津崎は型通りに始めた。

「お二人はどんな方でした？」

「二人ともクラスの先頭にいる男の子ですね。仲も良かったし」

これまでと変わらない証言だ。

「刑事さん、どんな人が犯人なんです？」

「捜査中です」と津崎はさらりと受け流した。「お二人とは今も交流がありましたか」

「いいえ。最後に会ったのは七、八年前の学年同窓会かな。私が幹事だった時に」

「どんなお話を？」

「別に何も。あの、私との会話なんてどうでもよくないですか」

「様々な事柄を伺うのが、私の仕事でして」

槙村が気のない返事をして続けた同窓会の話は、確かに中身がなかった。

「二人は誰かに恨みを買うタイプの人物でしたか」

槙村の顔の動きがはたと止まり、二秒、三秒と過ぎていく。津崎はさりげなく井上に目をやった。井上が目顔で同意してくる。槙村が見せた数秒の空白。これまでの同級生にはない反応だ。

「もう一度、伺います。二人は誰かに恨みを買うタイプの人物でしたか」

「……わかりません」

「中学生時代の話ですか」

「二人なら恨みを買うかもしれない、と槇村さんはいま考えましたよね。根拠となった出来事を教えてほしいんです」

そう思わないのなら、普通は思わないと述べ、わからないとは言わない。

いや、だから、その……。しどろもどろの槇村から目を逸らさず、無言で待った。

槇村が深い息を吐いた。

「関係ないんでしょうけど、二人が詰め寄られてる場面なら見ました」

「どなたに？」

槇村は一度口を閉じ、ゆっくりと開けた。

「魚住君です。下の名前は優しいのまさるで、魚住優君」

な……。津崎は顎を引いた。

「どうして魚住さんは二人に詰め寄ったのでしょうか」

「いや、そこまでは。見かけたのも一回だけですもん」

放課後に忘れ物を取りに教室に戻った際、魚住が教室の隅に二人を追い詰め、何かを問い質していたのだという。内容は聞き取れず、魚住は槇村を見て、二人から離れたそうだ。

「三人は仲が悪かった？」

「男子のことは知りません。でも、噂が本当なのかもって怖くなったのは憶えてます。

夏休み明けに魚住君の噂が立ってたんです。煙草を吸ったり、隣の中学の人と喧嘩したり、脱法ドラッグ……今は危険ドラッグって言うんでしたっけ？　それにも手を出してるって」

「事実だったのでしょうか」

「さあ。魚住君は優等生だったんで驚いたんです。噂通りなら怖いじゃないですか。進路も関わる時期なので、あんまり近づきたくないっていうか。偶然でしょうけど、夏休みに友達の飼い猫が車に轢かれたのも魚住君のせいって話も出てて」

魚住が二人に詰め寄った理由を知りたい。それが再燃して凶行に及んだ？　いや。卒業して十六年。原因がどうあれ、普通は殺人にまで至らない。殺した上に指を切り取るほどの深い恨みがあったのなら、十六年も待てまい。

「トラブルについて、クラスの誰もが知ってましたか」

「さあ」と槙村はかすかに頰を引き攣らせた。

「槙村さんは、どなたにお話しされたんです？」

この性格なら周りに喋っている。その誰かが、今回の事件と結びつく手がかりを握っている見込みもある。

槙村が答えたのは意外にも一人だけだった。

「魚住君にも話を聞くんですか」

「魚住さんだけでなく、クラスの方全員に伺いますよ」

安心したのか、槇村が目を大きく広げた。

「ほら、自分の発言で誰かに迷惑かけたくないじゃないですか。だから言いたくなかったんです。でも全員に聞くなら、どうせ行き当たりますもんね」

「ええ」と津崎は応じておいた。「相澤さんと中田さんと仲が良かった方をご存じですか」

現状、二人と親しかった人物は浮かんでいない。

「この件、本当に色々な人に聞くんですよね」

「捜査ですので」

「なら、いいか。違うクラスだったので二人と仲が良かったかは知りませんけど、三宅(みやけ)君に会ってみて下さい。私と入れ替わるように廊下に来て、教室の中を見たはずなので」

三宅のフルネームと、同窓会で交換したという携帯電話番号を教えてもらった。津崎はアルバムを見せ、中田と相澤と写る水泳部員についても尋ねた。

「ああ、平山(ひらやま)君です。夏休みに引っ越したんで集合写真とか個別写真がなくて、部活の写真だけが残ったんですよ」

平山の転居先と被害者二人と親しかったのかまでは、槇村も知らなかった。

6

「別に何も話したくありません。あなたたち、何様なんです？」

被害者二人と同級生だった男は取りつく島もなく、永尾が話を継ごうとした時、ドアが閉まった。

四軒目も駄目だった。被害者の周辺取材では、つっけんどんな応対をされるのは日常茶飯事だ。真新しいシャツに着替えても、それは変わらない。彼らにしてみれば、新聞記者に被害者の人となりを話す義理もない。むしろ関係が近ければ近いほど、話したくないのが人情だろう。

かつては学校で卒業アルバムを借り、片っ端から当たったそうだ。今の時代はもうできない。近所を聞き込み、誰それさんの息子は同級生だったよ——などといった些細な伝聞を辿っていき、運が良ければ、住所録などを借りられる。今回はまだいい方だ。船橋の事件で橋がすでに同級生を取材していて、そこから何人かに話を聞けた。顔写真と住所録を借りられていないにしても。

とにかく次だ、と永尾は歩き出した。胸の奥は燻っている。朝の記者会見後、各社のキャップが署の駐車場に集まり、ねちねち毒づいていた。

——不手際のくせに、何で認めねえんだ。

——でもさ、あれは間違いなく不手際だよ。

——うちは責めるぜ。かえって批判しやすくなったじゃねえか。

地取りの合間、永尾は携帯で各社の夕刊を一読した。県警の不手際か。そんな見出しがどの記事にも付けられていた。

そして、先ほど投げかけられた疑問。

——あなたたち、何様なんです？

記者は何のために存在しているのか。報道とは何なのか。永尾は足の動きを一気に速めた。だからどうした。独材を出せば、少なくとも山浦を黙らせられる。

戸建てに辿り着いた。ここが手持ちの最後の駒。インターホンを押すと、被害者二人と同級生だった男が出てきた。

永尾が用件を告げると、男は目を吊り上げた。

「この際だから言わせてもらいますよ。なんで被害者のプライベートを報じるんです？この前、有名人が『被害者の氏素性や人となりの報道は不要だ』って言ってました。オレも同感です。だって、見る方の胸が苦しくなるだけじゃないですか」

「それは……悲惨さを広く伝えたいからなんです。ぜひご協力をお願いします」

永尾の舌先に、とってつけた正論の苦さが広がった。

「はあ？　人の不幸にたかって楽しいですか。大人のする仕事ですか」

鼻先でドアがぴしゃりと閉まった。

一息置き、永尾は力なく踵を返した。他社は顔写真を入手したのだろうか。所々で各社の一年生記者と鉢合わせしている。どの顔も混乱していた。無理もない。斜陽産業に飛び込んだのだから、彼らは学生時代に新聞を読んでいたはずだ。ただし、いくら新聞を読んでいようとも紙面には取材成果が掲載されているだけで、過程で記者がどんな目に遭うのかは知る由もない。インターホンを押してはすげなく取材を断られ、別のインターホンを押しては、また呆気なく断られる。ボタン一つで回答を得られる時代に、たとえ短い原稿であろうと記者は不毛な作業を繰り返している。

辞めていった一年生記者二人の顔が脳裏を掠めた。

——誰もが嫌がる話を聞き出して、紙面にするのに何の意味があるんです？

彼らの言い分は永尾も納得できた。

新聞は社会の公器、権力の監視装置、知る権利の象徴。偉い人は大きく言う。スケールの大きさゆえに現実離れしている。地を這う兵隊とはかけ離れた、殿上人の主張にしか聞こえないのだ。

——辞めます。

後輩に言われても、引き留められなかった。

ブーン。ポケットで電話が震え、支局のベテラン女性事務員からだった。

「忙しいのにごめんね。また杉村さんって女性。電話までですかって」

しまった。今回の取材に集中していて、すっかり忘れていた。もう二時を過ぎている。

永尾は礼を言い、午前中にメモした番号にかけた。

もしもし……。相手は沈んだ声だった。永尾が名乗ると一転、アッと甲高い声をあげた。

「あなたが朝刊の原稿を書いたんですね。一体どうしてくれるんですっ。このままじゃウチは潰れます。あの記事のせいで、朝から配達キャンセルの電話が鳴りやまないんですよ」

永尾は携帯電話を握り直した。

「杉村さんは配達業者の方ですか」

「そうですっ。事故を起こしたからって、なんで実名で報道するんですか。主人を悪者と断言してるも同然でしょう。ウチを潰して楽しいんですか。新聞社は弱い者の味方じゃないんですか」

「ちょっと待って下さい。警察の発表に基づき、適切な取材で書いた原稿です。報日以外の新聞もご覧になりましたか。各社、同じようにこの件を掲載してます。私は間違ったことを書いてません。事件事故は基本的に実名報道しないといけないんです。それが記事の信用性を保ってるので」

「間違ってなければ、それでいいんですか」

「ですから……」

ううっ、と杉村の泣き声に近い呻きが永尾の発言を遮ってきた。

「私たちの生活なんてどうだっていいんですか。警察の発表を確かめて記事にすれば、すべてが正当化されるんですかっ」

永尾は頭を強く殴られたような衝撃を受けた。記者は原稿化された後の被疑者や被害者の人生を背負う必要はないし、できるわけもない。それでも。

ペラを原稿にする仕事が彼らの生活に踏み込む行為だなんて、今の今まで一度も意識にのぼらなかった。紙面に入れるべきペラを選び、何の疑問も持たず、手早く原稿にしてきた。

記者会見での落武者や他社のキャップ連中の姿が胸に蘇ってくる。これでは彼らと変わらない。いや。むしろ自分は彼ら以上に記者クラブ制度にもたれかかっている。県警がペラを送ってくる以上、自分は間違った行いをしていない——正しい側にいると無条件に思っていたのではないのか。

けれど、杉村の意見を呑むのもおかしい。報道はニュースを伝える機関なのだ。追考してみても、牛乳配達車の事故は昨日の県版に載せるべき事案だった。

報道される側の生活や事情。報道機関の論理。ひいては報道の意義——。

永尾は出口の見えない暗闇にいる気分だった。

なんとか杉村を説得して、携帯をポケットに入れるとどっと疲れが襲ってきた。

また電話が震えた。収まりがつかない杉村だろうか。のろのろとポケットから取り出すと、橘だった。

「張り番を交替してくんない？　習志野西中の住所録を借りに行くアポが取れたんだ」

「了解です。そっちに向かいます。中田さんの自宅ですよね」

「そう、相澤さんは取材拒否だから。声が暗いね。なんかあったの」

「いや、まあ」

「あっそ。じゃあ、待ってるよ」

その戸建てからは、季節外れのクリームシチューのニオイがしていた。各社の一年生が中田宅の玄関前に群がっている。橘は集団とは数メートル離れた位置に立っていた。

足早に歩み寄ると、橘が苦い顔をした。

「ドアから離れなよって言ったんだけど、キャップから真ん前にいろって指示されてるから離れられないってさ。何のために張り番してんのか理解してないみたい」

永尾は一年生の集団をちらりと見た。まだ八月だ。彼らは入社半年も経っていない。仕事で手一杯で、周囲の迷惑にまで頭が回らないのだろう。自分だって一年前はそうだった。

「なにそんな難しい顔してんの？　さあさあ、悩みがあるならお姉さんに相談してごらん」

永尾は牛乳配達車の記事についての電話と、自分への疑問を手短に話した。

「ふうん。どんな会見だったの？」

永尾はこれも簡潔に述べた。

「なるほど」橘が眉を寄せる。「レベルが低いね」

視界の端では、各社の一年生が手持ち無沙汰そうに雑談に興じている。

　でもさ、と橘がパッと眉を開いた。

「永尾っちは落武者たちと全然違うよ。何がきっかけにしろ自分を疑ったんだから。誰かが線引きした『正しい』とか『悪い』とかの判別を、そのまま受け入れる性格じゃない証明だよ。ちゃんと自分の目で物事を見て、頭を悩ませ、嚙み砕いて消化吸収できるっていうかさ」

「橘さんは報道の意義について、どう考えてますか」

「それって人に言うこと？　こういう問題って自分で悩んで悩んで悩み抜いた末に、人それぞれ答えらしきものが見えるんじゃない？　偉そうに言ったものの、私にもまだ確固たる見解なんてないけど」

　永尾はいくらか救われた気分だった。ただの慰めだとしても物事には色々な見方がある、と改めて認識させてくれる。

「私さ、『お客様は神様です』って発想、大嫌いなんだよね」

　突然、何だろう。永尾は続きを待った。

「そりゃ、ビジネスの相手や消費者を敬うのは大事だよ。でも、人間は生きてれば必ず何かの客になる。つまり、自分も神様になっちゃうでしょ。自分ってそんなに立派？　不完全なのが人間じゃない。自分が間違ってるかも、って客観視できる目を持ってなきゃさ」

「そう思うようになった出来事があったんですか」

こくりと橘が頷く。

「子供の頃、たまに家族で外食に行くと父親が横柄に注文してたの。嫌で嫌で。お父さんは何様なのって。あれ以来、自分を絶対視する人を見ると、虫酸が走るんだよね。永尾っちは今日、硬直しかけてた価値観をぶっ壊した。それが外的要因にしろさ。揺れ動く心を持つ方が、凝り固まってる奴より健全じゃん。肝心なのはこれからでしょ。今後、私たちが報道の意義についてどんな思いに達するかだよ」

今後の自分、か。

「あっ、そろそろ行かないと。後はよろしく」

橘が細かく手を振り、去っていく。

永尾は遺族宅を見やった。どの窓もカーテンはきっちり閉まっている。エアコンの室外機は回っているが、室内で人が動いている気配はない。

報道の意義。報じる側と報じられる側の気持ち。悩んだ者だけが、取材を積み重ねた先に何かを見出せるのかもしれない。落武者たちは悩むことを放棄したのか、最初から悩みもしなかったのか、自分が正義だと主張するのが最良という結論に達したのか。自分はどうなるのだろう。

三十分が過ぎた頃、タクシーが中田宅の前に止まり、一年生たちが色めきだった。初老の男女がしずしずと降りてくる。

「中田さんのご両親ですね」

一人の記者が威勢よく声をかけた。返答はないが、否定しないのは認めたも同然だった。憔悴した二人を各社の記者が足早に囲み、永尾は輪の外側についた。

——警察から捜査状況の報告はありましたか。

——息子さんのお写真を貸して頂けませんか。

——何か仰りたいことはありませんか。

一年生記者たちが大声で質問を畳みかける。

すみません、通して下さい、通して。弱々しい母親の声がする。おい、通してくれ。父親のやや強張った声も続いた。記者は誰ひとりとして一歩も引かず、立ち塞がるように録音機を二人の顔に突きつけ、なおも次々に鋭く質問を浴びせている。

永尾は何人かの記者の肩越しに母親と目が合い、じん、と頭の芯が痺れた。助けて。そう訴えられた気がしたのだ。

報道の意義、報じる側と報じられる側の気持ち。永尾は喉を押し開いた。

「お疲れのところ、申し訳ありません。いま話して頂ければ、こういう事態にはもうなりません。一言、お気持ちをお聞かせ下さい。今回のような事件が再発しないために、悲惨さを報じる使命が新聞にはあります。ご協力お願いします」

相手が嫌がるのは承知の上だ。遺族の傷口に指を突っ込み、血まみれの肉を抉り出す行為。ここで言わなければ——。

父親が充血した目でぎろりと永尾を見た。

「気持ち？」

「はい」永尾は首筋がきつく強張った。「息子さんを事件で亡くされて、どんなご心境でしょうか」

時間がぴたりと止まったようだった。一瞬後、父親が口を小刻みにわななかせた。

「あんた、それでも人間か」

静かに震える声に、永尾は返す言葉を持たなかった。

記者が輪をほどき、中田の両親が家の中に覚束ない足取りで入っていく。

二人を見送ると、記者がおのおの電話を耳に当てた。一人、また一人と中田宅の前から自分の車へと歩いていく。今のやり取りをデスクに知らせるためだ。

永尾サン、二年生のくせに遺族の口も開かせられなかったな。ここぞと、それでいて聞こえよがしな陰口が飛んできた。やめろよ。止める声も飛んでいる。

中田宅のドアが開くと、クリームシチューのニオイが濃くなったな、と永尾は思った。

いつしか陽が沈み始めていた。

7

八月も中旬になると、案外日暮れは早い。津崎はすっかり暗くなったJR津田沼駅近くのコインパーキングに捜査車両を止め、アスファルトに降り立った。

「ひと雨きそうだな」

井上が疎ましそうに言った。津崎は空を見上げる。空一面に三十分前には影も形もなかった黒くて分厚い雲が立ち込め、遠くでは稲妻らしい閃光が走っている。

歩き始めてすぐ、マスクをせずに激しく咳き込む若い女性とすれ違い、津崎は目で追っていた。

「どうした？」

津崎は前に向き直り、親指を背後に振った。

「今の彼女、大丈夫ですかね」

「ん？　ぶっ倒れはしないだろ。へえ、見ず知らずの他人の体まで思いやるのか」

「息子が生まれて以来、街を歩いてると具合が悪そうな人がやたら目につくんです。さっきのは明らかに風邪の咳でした。彼女の体調も心配ですけど、周りに白い目で見られないのかも、周囲にうつさないのかも気がかりで、潔癖すぎる社会なんてご免ですし、神経質すぎるのも良くないんですが」

「あそこまでいくと、俺でもマスクを買ってやりたくなるよ」

「神経質になると言えば、このところマンションのベランダで煙草を吸う人にも引っかかるんですよね。『あなたが自分の家族に吸わせたくないと思ってる副流煙を、うちの息子が吸うんだぞ』って。別に公園とか店で煙草にまみれても腹は立たないのに」

「なんかわかるよ。不寛容とは別問題なんだよな」

会話はそこで途切れ、二人は歩みを進めた。

三宅が指定した喫茶店はすんなり見つかった。七時前にして、八割方の席が埋まっている。それらしき男の姿はなく、テーブル席で井上と並んで座り、三宅の到着を待った。窓越しにバス通りを行き交う人々が見える。誰もが速足で、硬い顔つきだ。

この喫茶店を指定したのは、今は都内で暮らす三宅だった。津崎は相澤と中田の事件で話を聞きたいと説明し、魚住については省いた。

津崎はこめかみを揉み込んだ。あの記者は魚住に何を聞いたのか。

二時間前、津崎と井上は聞き込みを一旦切り上げ、閉館間近の図書館に飛び込み、報日新聞の朝刊と夕刊を広げた。紙面にはサイトに出ていない記事もある。一面、社会面、地域面。いずれにも魚住のコメント、まつわる記事は掲載されていなかった。掲載するまでもない内容だったのか。掲載できない仔細があるのか。重大な情報なので、ある時期がくるまで手元に留めているのか。図書館から魚住のマンションに向かい、別の住民に共用扉を開けてもらって部屋まで行ったが、やはり名刺はドアに挟まれたままで、インターホンを押しても誰も出てこなかった。

七時ちょうどに男が入ってきた。目印の真っ赤なポロシャツ姿だ。大股でやってくる。

「三宅です。津崎さんですか」

どうも、と腰を浮かせ、軽い挨拶を交わした。三宅が向かいの席にどっかりと座ると香水のニオイがして、津崎は鼻の奥がツンとする感覚もあった。

三宅は妻と幼い娘と亀戸に住んでおり、この面会のために実家のある津田沼に戻ってきたのだという。自宅に警察に来られたくない気持ちは理解できる。津崎も息子との時間を第三者に邪魔されたくない。

「早速ですが」津崎は用件に入った。「亡くなったお二人とは仲が良かったですか」

「ええ、小学校時代は。中学ではそんなに。大学に入って遊ぶ機会も増えましたけど」

中学の同級生に被害者二人と仲が良かった人物を尋ねても、三宅の名が出なかった理由か。話を聞いた同級生はいずれも被害者二人と小学校が違う。

「一度疎遠になったのに、また仲良くなるのは珍しいですね」

「大学の時、小学校時代に習っていたバドミントン教室の先生が亡くなり、葬儀で二人と再会したんです。小学校時代に自転車で出かけた隠れ家に、車で行ってみようとなって。隠れ家といっても中田の家が持ってるゴミ捨て場のプレハブで、長い間放置されてたオンボロですけどね。その辺りには空き家というか使われなくなった小屋も多いんです」

中田の経歴を頭の中でざっとなぞった。父親の営む産業廃棄物処理施設に勤めていた。

「ゴミ捨て場とは、中田さんの処理施設の？」

「はい」

津崎は卒業アルバムの写真を思い返した。

「バドミントン教室……。相澤さんと中田さんは水泳部でしたよね」

「私だけ中学でバドミントン部に入ったんです。部活が違ったのも、中学で疎遠になった一因でしょう」

「付き合いは、現在まで続いてました？」

「いえ。相澤とは一度仕事をしましたけどね。相澤はマンションや注文住宅を建ててるので、庭や屋上の緑化整備を任せてもらって。屋上緑化や壁面緑化をご存じですか」

何となく聞き覚えがある。屋上に芝生を敷いたり、庭のようにしたりして、ヒートアイランドを防ぐ試みだったか。津崎がうろ覚えの知識を言うと、三宅は嬉しそうに人さし指を振った。

「その通りです。ウチは代々造園業を営んでいて、緑化は事業の一つです」

三宅の応対は柔らかくて、協力的だった。引き出せる所から多くの材料を引き出したい。まだコーヒーも来ていない。運ばれてくれば、どうせ質問は中断する。本格的な聞き取りに入る前に三宅の舌をさらに滑らかにするべく、ここは話しやすい話題を振っておこう。

「家業を継がれたんですね」

「ええ、身軽でこの仕事に向いてますので。といっても、私が大学生の頃から実家の事業も厳しくなり、造園一本では先細りが見えてました。そこで学生時代に専攻した環境緑化を取り入れたんです。経営は今も厳しいですけど、仕事自体は面白くて。普通はままならない自然を意のままに操れた時が格別なんです。家を建てられる際は、ぜひご検討を」

三宅は流暢（りゅうちょう）に言った。使い慣れたセールストークらしい。さらに慣れた手つきで名刺を取り出した。代表取締役社長、とある。

「お住まいだけでなく、事務所も都内でしたか」

「今は。元々ウチは、京葉地区が主な営業先でした。緑化事業を始めると、都内からの注文が増えたんです。二年前に思い切って移転を。今では新規のお客様の九割が都内ですよ。名刺裏に施工実績例があるのでご覧下さい」

半ば義務的に名刺の裏を一瞥（いちべつ）し、津崎は地ならしの質問を重ねた。

「デベロッパーや建設会社の間では、環境への関心が高まってるんですね」

「いや、残念ながら戸建てやマンションの施工主までは浸透してません。でも、これからです。設備投資にもお金がかかりましたし。人生には勝負しなきゃいけない時があります。肉体的にも傷が絶えませんけど、やりがいはあるので頑張れます。娘が大人になる頃には街中の屋上や壁面が緑化されて、環境問題がわずかにでも改善されてるようにね」

三宅が右腕を得意げにさする。両腕には古い傷もあれば、新しい生傷もあった。

「社長さんでも現場に出るんですか」

「ええ、零細企業なんで。それに自分の狙い通りになってないと気が済まない性質（たち）ですし」

「現場に出るから、生傷も絶えない。新しい傷もありますもんね」

「情けない限りです。枝にやられました。鉈（なた）や鋏（はさみ）で指を切り落とす事故も耳にしますから、まだマシな方でしょう」

「大変なお仕事だ」

「いえいえ。相澤の仕事ほど危険じゃありません。建築現場みたいに血液型のシールを貼ったヘルメットなんて被（かぶ）らないですから」三宅は遠い目をして、しみじみと言い足した。「相澤は笑ってましたよ。『一緒の現場で働ければ、もしもの時は互いに輸血しあえるな』って。そんな馬鹿話も、もうできないんですよね」

「相澤さんと仕事をしたのは、その一度きりですか」

「そうですね。地元の建築組合の新年会で再会した際、相澤が実家の会社に移ったって話になり、じゃあ建設予定のマンションで屋上緑化をしようとなって」

ウェイトレスが三宅のアイスコーヒーを運んできた。いい地ならしはできた。ウェイトレスが離れると、津崎は話を再開した。

「大学時代も含め、誰かに恨みを買うような相澤さんの言動をご存じですか」

三宅は驚いたように目を広げ、小首を捻（ひね）った。

「さあ。犯人逮捕のために協力したいのですが、何とも」

「中田さんとはどんなお付き合いを？」

「何年か前の同窓会で会ったのが最後ですね。中田が誰かに恨まれてたとしても、どうしてなのかはさっぱりです。中田は嘘のつけない性格で有名でしたし」

　初めて耳にする話だ。三宅は、今まで当たった同級生で最も被害者に近い。

「嘘がつけない性格で有名というと？」

　津崎が尋ねると、三宅がハッとした面持ちになった。

「どうかされましたか」

「いえ。故人を馬鹿にする言い回しだったたんじゃないかと」

「そうは感じませんでしたよ」

「ならいいんですが。中田は何かを誤魔化そうとする時、唇の右端がひくつくんです。小学校の頃から。女子も揶揄うくらいで」

　このまま切り込んでいこう。津崎は口調を変えずに本題を持ち出した。

「亡くなったお二人は中学時代、ある男子生徒に詰め寄られたそうですね」

　三宅の眉根に皺が寄った。

「誰がそんな話を？」

　ご記憶にありますか、と津崎は質問を質問で返した。三宅が溜め息をつく。

「偶然その場に出くわしたんです。エスカレートしないよう注意するのが精一杯でした」

「トラブルの原因はご存じですか」

「聞いたような気も……」三宅が煙草を唇の端に咥えた。「いいですか？　考え事をする時には、どうも煙草が欠かせなくて」

どうぞ、と津崎は応じた。では遠慮なく、と三宅が煙草に火を点ける。

銀食器がたてる音、人々の話し声、うっすらと流れるBGM。津崎は店内に溢れる音を聞き流しながら返答を待った。三宅は深々と煙草を吸い、煙をたっぷり吐き出した。

そうだ、と三宅が煙草を灰皿に置く。

「数学の宿題の答えを写させなかったから、と後から聞きました」

十六年も恨みを積もらせた末、凶行に及ぶ動機にはならないが、魚住については掘り下げておきたい。

「二人に迫った方のフルネームは？」

「魚住です。下の名前は忘れました」

知っていることはおくびにも出さずに漢字を聞き、井上がメモを取った。

「その後、トラブルはどうなったのでしょうか」

「どうなんでしょうね。次の日、相澤と中田に『何かあれば言ってくれ』と声をかけましたが、特に相談はありませんでした。その時に宿題の話をされたんです」

三宅が煙草のフィルターを親指でぽんと叩くと、長い灰がアルミの灰皿に落ちた。

「魚住さんは、どなたと仲が良かったのでしょう」

「さあ。あの頃から魚住は孤立し始めましたね。男女問わず、みんなが避けるようになって」

槇村の発言とも一致する。

「魚住さんは別の生徒ともトラブルがあったのでしょうか」

「私は知りません。色々と悪い噂は耳に入りましたけど」

ぼつ、と重たい音がした。思わず津崎は横目で窓を見た。大きな雨粒が次々に窓を打ちつけている。近くで稲妻が走り、荒々しく雷が鳴る。

津崎は三宅に視線を戻した。

「相澤さんと中田さんの指について、何か思い出はありますか」

ぎりぎりの質問だ。切断された点は明かせない。

「え？　特にないです」三宅が表情を強張らせた。「指がどうかしたんですか」

興味を惹かれたか？　いえ、と津崎は端的に返答し、次の質問に移った。

「相澤さんと中田さんは中学時代、どなたと親しかったんでしょう」

「ごめんなさい、全然知りません」三宅の顔からはもう強張りが消えていた。「大学の頃に再び遊び出してからも、中学時代については話題に出なかったんです。共通の思い出もありませんしね」

「水泳部員の平山さんをご存じですか」

「顔と名前は憶えてますよ。親しくなかったですが」

三宅は平山の転居先も知らなかった。それからいくつか尋ねたが、特段収穫はなかった。

「あの、刑事さんそろそろいいでしょうか」

「外は豪雨ですよ」

「家に仕事を持ち帰ってるんです。貧乏暇なしですよ。大きな受注元が倒産してしまい、穴を何とか埋めないとならなくて。会社が潰れたら、娘に苦労をかけますから」

津崎は井上に目配せし、三宅に向き直る。

「ここは我々が支払います。些細なエピソードで構いませんので、お二人にまつわる何かを思い出されたら、先ほどの名刺にある携帯番号におかけ下さい」

「では、遠慮なくごちそうになります」

三宅は素早く席を立つと、入ってきた時と同様に大股でドアまで行った。開けたドアから豪雨の激しい音がワッと押し寄せ、三宅が走り去っていく。

津崎は倒れるように背もたれに寄り掛かった。

「魚住が濃鑑(のうかん)かどうかはともかく、早く話を聞きたいですね」

「そうだな」

鑑の強弱で濃鑑、薄鑑(はくかん)と呼ぶ。魚住が犯人だとすると……。手の平に汗が滲(にじ)んだ。接触できる機会がありながら逃した。

窓を叩く雨が滝のような勢いでガラスを流れ落ちていく。津崎は氷がすっかり溶けたアイスコーヒーを飲み、五分ほど黙って雨を眺めた。

しばらく激しい雨は止みそうもなく、店から車に駆け戻った。

魚住のマンションに車を走らせ、道路から部屋を見上げた。真っ暗だ。他の住民に共用扉を開けてもらい、魚住の部屋まで行ってみるも、名刺は依然としてドアに挟まったままだった。

車に戻り、津崎はマンションの出入り口を見定めた。

「今日はこのまま魚住を張りませんか」

「ああ。他の鑑取りは明日に回そう」

二人とも無言で待ち続けた。次第に夏の暑さと湿気で車内の空気が澱んでいき、額や背中を汗が流れた。やがて雨が弱まり、雷の音も遠くなった。灯りがアスファルトに溜まる水に乱反射している。数センチ開けた窓から生ぬるい風が入ってきて、小雨の中、セミが必死に鳴き始める声もする。

そろそろだな、と井上が無機質に言った。腕時計を見ると、いつの間にか九時半になり、船橋中央署に戻る頃合いだった。今日の捜査会議は十時からだ。

津崎は国領に電話を入れて、現況を伝えた。

「警邏を回す。とりあえず戻れ。会議で詳しく報告しろ」

津田沼署の警邏は直ちにやってきた。井上が部屋を教え、魚住が帰宅したら即連絡するよう頼み、津崎は車のエンジンをかけた。

船橋中央署には裏口から入った。表玄関には新聞記者がたむろしている。

大会議室は特有の疲労感で満ちていた。八割方の捜査員がすでに戻っていて、今日は米内もひな壇にいる。

会議は予定時間通りに始まった。国領が司会役となり、まずは鑑識課員が中田の司法解剖の所見を読み上げていく。死因は当初の見立て通りに窒息。出血の状況などで、殺害されたのは遺体発見場所と断定され、打撲痕は後頭部の一撃のみだった。胃の中身からも死亡推定時刻は夕方から午後九時の間から狭まらなかった。

鑑識は司法解剖の所見が書かれた紙を机に置くと、船橋の事件と同様に二件目の現場にも複数の足跡があり、同一のものがないか照合作業を進めているが、多くが大量生産の靴で、容疑者候補をあぶり出すのは難しい——という見解を語った。

「まあ、いいさ。どっちみち物盗りじゃない、顔見知りだよ」

仲武がぼそりと言った。

おいノブさん、と国領がたしなめるような声を発する。

「まだ決まったわけじゃない」

「一件目の殺しもね。犯人は暴力に慣れてるか、よほど度胸が据わってるか」

顔見知りの怨恨による犯行の場合、刃物で滅多刺しにしたり、バットで顔の形が変わるまで殴ったりと傷が多い例が大半を占める。恨みの深さに加え、暴力に慣れていないため、恐怖に駆られてがむしゃらに凶器を振り回すためだ。

「指を切断した道具は割れたのか」と国領が鑑識課員に尋ねた。

「やはり、船橋と同様の切断面でした。道具は特定できていません。また、被害者以外の血痕は検出されませんでした」

　次に地取り班から今日の首尾を発表していく。目撃証言はおろか、現場付近には防犯カメラもなく、目ぼしい情報の出ない重苦しい時間が続き、ひな壇に陣取る片岡の眉間には深い皺が刻まれた。米内のポーカーフェースは変わらない。

「じゃあ、次、鑑取り班ッ」

　国領が無理矢理勢いをつけて言った。

　進展のない報告が続いて津崎の番になり、魚住と被害者の中学時代のトラブルを述べた。記者に先を越された点は伏せた。会議後に国領に相談する、と隣に座る井上と決めている。

　米内が幾分身を起こした。たったそれだけの行動なのに帳場の全員が一斉に目を向けている。

「今、魚住のヤサは誰か張ってんのか」

　津田沼署の警邏が、と国領が簡単に答えた。そうか、と米内が再度椅子の背もたれにゆったりと寄り掛かり、入れ替わるように片岡が口を開く。

「魚住の血液型は？」

　最初の事件現場で検出された血痕がある。

　まだ不明です、と津崎は短く応じた。調べる余裕はなかった。魚住の血液型を鑑取りで尋ねれば、不要な憶測も呼びかねない。

「内勤班で割ってくれ」片岡が冷静な口つきで指示した。「明日からさらに鑑取りに人を割こう。魚住のヤサを二十四時間態勢で監視する。発見次第、任同をかけろ」

「魚住が姿を見せた際、調べは誰になりますか」

井上が険しい声をあげた。任同──任意同行から逮捕に繋がるケースも多い。情報を獲ったのは自分たちだ、という強烈な自負心を示したのだ。

津崎と井上は千葉美浜署時代、痛い目に遭っている。詐欺事件の捜査で、手柄を県警捜査二課から来た連中に横取りされた。警官といっても聖人君子ではない。どんな手を使ってでものし上がろうとする輩もいる。

米内が口元をいささか緩めた。

「心配するな。津崎組に担当してもらう」

承知しました、と井上は素直に引っ込んだ。

ちょっといいですか、と一人の捜査員が手を挙げた。

「津崎も触れましたが、中学時代のトラブルで三十一歳の男が今さら人を殺しますかね。しかも二人です。社会的な立場も捨てる羽目になる」

「それほど深い恨みだからこそ、指を切断したという見方もできる」

片岡が平板に返すと、先ほどの捜査員はさらに反問した。

「殺すに飽き足らずですか。切断した指の本数からして、中田への恨みの方が深いと？」

「身柄を確保すれば割れる。突き止めてないだけで、魚住と二人には別のトラブルがあったのかもしれない。どちらにしても魚住は潰すべきだ。よし、次」

発生時刻に合わせて現場を再訪した組が、『夜は人通りが途絶え、目撃者を捜すのは難しい』と意見した。

「言い訳はいらん。難しくてもやるのが俺たちの仕事だ」

米内が切って捨てた。

約一時間半の捜査会議が終わると、捜査員はめいめい道場や帰宅の途についた。津崎は頃合いを見計らい、井上と国領のもとに向かった。国領の机の周りにはもう誰もいない。

「コーヒーでも飲みませんか」

「隠し玉か」

「持ってるのは俺たちじゃないんですが」

国領が苦い顔をした。

帳場のある五階から、薄暗く、ひと気のない三階に出た。生活安全課と刑事課が陣取っているフロアだ。当直は一階に下りていて、この時間は誰もいない。

長椅子に並んで座り、記者が魚住を取材した点と、その内容がまだ紙面になっていない現状を告げた。クソ。国領は天井を見上げた。津崎も同じ心境だった。国領が別の捜査員を身元確認作業に派遣していれば、記者より先に津崎が地取りをかけられた。

国領が顔を戻してきた。

「どこの記者だ」

「報日です」井上が即答する。「若手ですよ。警官になれば、いい刑事になったでしょうね」

「褒めてどうするんです」

国領が軽く笑う。津崎は笑えなかった。

「上に言うぞ。悪く思うな」

津崎は頷いた。国領が胸に留め置けない立場なのは承知していた。ここにいてくれ、と国領は膝(ひざ)に手をついて立ち上がり、体を引きずるように階段に向かった。

数分後、階段を下りてくる靴音がした。国領といるのは片岡だった。

片岡は津崎の前に立ち、冷ややかな目で見下ろしてくる。

「話は聞いた。お前のミスだ」

それは、と国領が口を挟みかけると、片岡がさっと手を挙げて制した。

「遺族による身元確認に同席した事情はある。ただ、津崎の担当区域に魚住がいた。津崎は話を聞けず、報日はそれをしているのは事実だ」

「相勤である私のミスでもあります」

井上が割り込むと、片岡は薄く首を振った。

「津崎が遅れなければ先に当たれた。どんな事由があろうと、警察に敗北は許されない」

その通りだ。津崎は奥歯を噛み締めた。片岡が半眼を閉じる。

「手伝え。報日の記者なんだろ。手はある。今から会うぞ」

「もう十一時半ですが」

「連中にとっては、これから夜が始まる」

頭上の蛍光灯がちかちかと点滅した。


零時過ぎ、東船橋駅に近い居酒屋に津崎はいた。店を一人切り盛りするのは還暦を迎えたばかりの大将で、かつて警官だった。四十を過ぎた時に退官して親が経営していた店を継いだそうだ。警官はこの店をよく利用している。色々と融通が利く。

今晩の営業は終えていて、他に客はいない。席はカウンター席だけで、一番奥に片岡が座り、津崎と井上は二席離れた位置に座った。有線の艶っぽい演歌が流れ、津崎はアサリの酒蒸しと、イワシのなめろうで冷酒を飲んでいた。

引き戸が開く、ざらついた音がした。物憂げに暖簾を潜ってきたのは四十半ばの男で、小賢しそうな眼をしている。

「久しぶりですねえ、片岡さん」

「山浦が千葉に来ないからだ」

「転々としましたからね。誰も俺を飼い慣らせないんですよ」

報日新聞千葉支局のデスクで、一年前、赴任を知らせる葉書が片岡の自宅に届いたのだという。山浦が千葉支局で県警キャップをしていた当時、片岡は捜査員で、接点ができたそうだ。津崎は井上と巨人戦の話を始めた。店が営業を終えても居残った常連客として、関係ないふりをしていろ。そう指示されている。

生ビール、と山浦がぞんざいに注文した。ほどなくビールが出てくると、片岡と山浦はジョッキを掲げた。

「転々とした、か。まあ、ウチのカイシャは県外への転勤がほとんどないからな」

「ウチのカイシャだなんて、久しぶりに聞きました」

「それだけ山浦が一線を離れてんだよ」

警官は所属する都道府県警を『カイシャ』と呼ぶ。どこで誰に話を聞かれているか定かでないのだ。真後ろに何らかの事件の容疑者がいる可能性もある。

「県外の転勤と言えば、サッチョウに出るの、そろそろ片岡さんの番でしょ」

山浦はおもねるように言った。片岡は真顔のままだ。

「さあな。まあ、飲め」

二人はビールに口をつけた。有線の曲が変わった。また演歌だ。

「で」と山浦から切り出した。「どうしたんです。そちらは今、忙しいでしょうに」

「忙しくても、酒は飲む。山浦もそうだろ」

山浦はジョッキを一気に飲み干し、もう一杯、と大将に横柄に言った。津崎は井上と巨人戦の話をしながら聞き耳を立て続ける。

二人はしばらく、かつて手掛けた事件の話をした。山浦はいかに自分が優秀な記者だったのかを語り、片岡は聞き役に回っていた。津崎は右から左に聞き流した。山浦の話は若手記者には参考にならないだろう。くだらない自慢話ばかりだ。刑事も、できない人間に限ってしがみつくように昔の手柄話ばかりをする。どんな組織にもこの手の人間はいる。

片岡たちは飲み物をビールから日本酒に切り替えた。

あの記者は元気か、と片岡が昔馴染みの記者の名を出した。

「さあ」山浦は冷笑を浮かべた。「アイツは俺を嫌ってたんでね。料簡が狭い奴なんですよ。アイツが聞いてきたネタを、俺が自分の署名で書いたくらいで目くじらを立てて。でも、最後に裏をとったのは俺です。俺のおかげじゃないですか」

虫酸が走るとはこのことか。山浦は他人の手柄を横取りしても平然としている。かつて自分も手柄を奪われた経験があるだけに、津崎は正面のメニューを睨みつけていた。

「先輩の俺を泥棒呼ばわりしてきやがってね。そんなクズが政治部に行って、俺は行けなかった。世の中ってのはクソですね。そういや、キャップの俺に無断でデスクに原稿を投げた時もあったな。『裏取りしてないんで』って、握り潰してやりましたけど」

くくっ、と一声、山浦は卑屈に笑った。

片岡は猪口を舐めるように酒を飲んだ。

「もう政治部に行く目はないのか」

「ありません。別にもう行きたくもないんで。今、地方部って部署なんです。そこで上を狙うだけですね」

「どんな部にしろ、上に行くには結果が要るだろ？」

「そりゃあ、まあ」

「どうだ、最近の若い記者は」

「どいつもこいつもクズばかりですよ」

山浦は言下に吐き捨てた。

意外だ。魚住のマンションで見た若い記者なら、評価されていても不思議じゃない。こうして警官を苛立(いらだ)たせ、翻弄している。

「手厳しいな。何がダメなんだ」

「何もかもですよ」

「それじゃ、デスクとしての手柄が立てられないんじゃないのか。部下が何本特ダネを獲ったのかってのも大事なんだろ」

「ええ。でも、雑感だの合同捜査本部の設置だのを特ダネと勘違いする連中でね。期待薄ですよ」

そうはいっても、と片岡が淡々と会話を継いでいく。

「支局ってのは、若い記者を育てる場だ。山浦が育てなきゃならん立場だよな？」

「だから掲載記事の隅を徹底的に突(つつ)いて、ミスを見つけ、お詫びや訂正を掲載するんです。記者にとっては大恥で、大きな失点です。いかに自分がくだらない、下等な人間なのかを認識させないと」

「掲載前にミスがないのかをチェックするのも、デスクの仕事だろ」

「ある程度までは。基本的に、俺は記者を信頼してるんですよ」山浦は歯を剝き出しにして笑った。「信頼を裏切られたら、がっかりするでしょ？　落とし前をつけさせるんです」

「山浦に何かメリットがあるのか」

「いいえ、何も。ただ憂さ晴らしにはなります」

津崎は冷酒を呷った。この男は何のために仕事をしてるんだ？　仕事に誇りや矜持がなくてもいい。金や名誉だって、仕事をする上で立派な心の支柱になる。山浦は違う。吐息から、毛穴から、目や耳から、体の奥底から腐臭が漂っている。

「そうか、どうするかな」

いわくありげに呟き、片岡は視線を正面の宙に止めた。

「どうするって何をです？」

「みなまで言わせるな」

「ネタ、ですか」

語尾が奇妙なほど上がり、その横顔に獰猛な色がよぎった。片岡が山浦を一瞥する。

「忘れてくれ。記者がそんなに期待外れだとはな。うまくいけば、山浦の指導力も評価されると思ったんだが」

「どんなネタなんでしょう」

答えず、片岡は手元の猪口を摑み、一息に仰いだ。すかさず山浦が恭しく注ぐ。演歌が流れている。女性歌手の声はこの場に不釣り合いなほど澄んでいた。

「その代わり、多少協力してほしくてな」

なんですか、と山浦が追従するように言い、片岡は猪口をカウンターに静かに置いた。

「船橋と津田沼のヤマは知っての通りだ。報日が聞き込んだ市民の声を全て知りたい」

「帳場でも地取りしてんでしょうに」

「時期が悪いんだ。盆休み中だけに旅行に出ちまった連中もいる。ウチが潰せてない市民に、報日は当たってるかもしれん。取材内容をメモにしてんだろ？　それに目を通せれば、少なくとも事件と無関係かどうかの見当はつけられる」

「関係があるんなら、とっくに紙面にしてますよ」

「警察の捜査を知らんわけじゃないだろ。どんなに無駄な捜査でも、やるんだよ」

「なるほど、手間を省きたいって寸法ですね」

「いずれ自分たちで洗う。その前にざっと把握しておきたいんだ」

片岡が捻り出した理由はいかにももっともらしいが、普通の記者なら応じない。記者が取材で得た情報を個人的な関係性で仕入れる警官もいるにせよ、全て寄越せと言っているのだ。取材相手だって警察に教えていいと同意しているはずもない。おまけに、山浦が承諾しても、「全て」といって渡されたリストに魚住が含まれている保証もない。むろん、魚住の名前は出せない。注目していると明示する恰好になる。

ある種の賭けだ。持ちかけ自体を報道されるリスクも孕んでいる。津崎は猪口を持つ自分の手の甲に、いつもよりくっきりと血管が浮いているのを認めた。知らず、力が入っているのか。

片岡は山浦をじっと見据えていた。山浦はカウンターの一点を見ている。落ちる。津崎は確信した。受け入れないのなら、とっくに一笑に付している段階だ。

——アイツは受ける。何より自分が可愛い奴だ、手柄になる話なら飛びついてくる。

船橋中央署を出る際、片岡も断言していた。

津崎は改めて記者の厭らしさを見た。警官が高潔だとは言わない。しかし、記者よりはましだ。他人の不幸に集まり、騒ぎ、次の不幸が起きれば、それまで群がった事件をあっさり捨て、新しい不幸に飛びつく節操のなさ。自分の手柄になるなら、部下が手に入れたネタすら売り渡そうとする意地汚さ。

　そんな記者の習性を利用した自分たちは一体なんなのか。警察には勝利が求められているとはいえ、事件解決のためにはどんな汚い手を使ってもいいのか？　汚い手を使ってまで事件を解決しても、本当に社会をより良くしているのか？　良くしていると言うなら、どうしてこんなに次から次に事件が起こる？

「ネタは相応のものですよね」

「野暮な質問はするな」

「乾杯をやり直しましょう。ようやく開けた、前途洋々な俺の未来に」

それから一時間ほど飲み、山浦は鼻歌まじりに帰った。

好きになれない奴ですな、と井上が猪口を傾ける。

「昔からああでね」素面に近い顔色の片岡が、冷淡に突き放す。「人間の品位はともかく、ネタには貪欲なんだ。そこは間違いなく利用できる」

「例のブツと引き換えに、実際にネタをやるんですか」

「差し障りのないものを。津崎、誰のためにこんな顛末になったのかを忘れんな」

何も言えなかった。

おい、と大将が声をかけてくる。

「飲み直そうぜ。オレも口を消毒してえ。一杯奢るよ」

井上が間髪を容れずに日本酒を四合頼んだ。

8

一時半過ぎ、支局裏の駐車場に永尾は車を止めた。帳場の捜査員は零時前に帰宅していったものの、一応、事件の急展開に備えて先ほどまで残ったのだ。駐車場に服部の車はない。そろそろ戻ってくる頃だろう。捜査一課長も零時には署を後にしている。

支局には橘と、泊まり勤務の県政キャップ・反町優子だけがいた。反町は半年前、本社の経済部から二年限定で千葉に赴任した。「シニアスタッフ」を略したエスエスと呼ばれ、後輩記者を指導する役割だ。女性記者同士という面もあり、橘と反町はよく食事に出かけている。永尾も何度かお相伴に与った。

反町がデスク席にちょこんと座り、社会面の大刷りを睨んでいる。県警チームのシマにいる橘がこちらを見た。

「おつかれ。今日も社会面の肩。独材として出せたからね。取材拒否にもめげず、住所録片手に電話をかけまくった甲斐があったよ」

永尾は自席に重たい鞄を置き、橘に渡された大刷りに目を落とす。被害者二人の中学時代が手堅く原稿にされていた。運動が得意でクラスの中心だったエピソードなどだ。取材した相手が多いので、まとめるのにかなり時間と手間がかかっただろう。メインは相澤のエピソードで、中田にはさほど紙面は割かれていない。

「何か繋ぎネタはあった？」

「いえ」

「まあ、張り番だもんね。明日の夕刊まで時間ないなあ。そういえば、遺族はなんて？」

返答に窮した。

橘ちゃん、と反町が大刷りを持って心配そうに近寄ってくる。

「もう校了しちゃったけど、良かったのかな。中学校の同窓会で相澤さんが家を売ろうとしてたって部分、浅ましいというか、厭らしく受け取られない？」

「大丈夫ですよ。明るく、熱心に仕事をしてた証になりますよ」

そういう見方もあるね、と反町が安堵の声で言った。

「反町さんが原稿を見たんですか」と永尾は尋ねた。

「そうなの」反町が肩をすぼめる。「これくらい経済部でもできるだろ、って」

「つうかさ、こんな時に普通飲みにいく？　まだ締切前に。本版に出してんだよ。ほんと、クソヤマ」

橘は唇を尖らせた。ちょっと橘ちゃん、と苦笑した反町がたしなめる。

経験豊富な記者なら本版の面倒も見られる。元々地方支局では、土日祝日は年次の高い記者がデスク業務を行い、本版出稿も扱う。かといって普通のデスクなら、「一週間は朝夕刊繋げ」と本社に指示された事件を放り投げ、飲みに出ないだろう。

乱暴にドアが開いた。

山浦だった。顔は赤く、酒臭い。山浦は粗雑な足音を響かせると、ねめるように支局内を見回した。

「地取りのメモを出せ」

「はい？」

橘は怪訝そうに左耳を心持ち前方に向けた。山浦が盛大なげっぷをし、面倒そうに言う。

「だからさ、地取りのメモを出せってんだよ」

「船橋、津田沼のやつですか」

「他に何があんだよ」

永尾は橘と目を合わせた。続報を部下に押しつけて飲みにいく人間が、突然地取りのメモに関心を持つはずがない。

「何に使うんです?」

橘が低い声音で質した。

「うるせえな」山浦が苛立たしげに語気を強める。「黙って渡せばいいんだよ」

デスク、と反町が間を取り持つように大刷りを差し出した。

「社会面です」

受け取ると、山浦はろくに見もせずに放り捨てた。紙の崩れる音が支局に響き、どろんとした山浦の目が永尾に向いた。

「なんだ、なんか文句あんのか?」

「大刷りに目を通さないんですか」

「校了したんだろ。こんなもん紙クズじゃねえか。紙面になった段階で、そのニュースはゴミなんだよ。こんな道理も頭にねえから、てめえはいつまでも使えねえんだ」

山浦はわざとらしく大刷りをゆっくりと踏んだ。ぐしゃり、と紙が泣くような音を発して、永尾の体内は大きく波立った。

——あんた、それでも人間か。

中田の父親の言葉が耳の奥で響いている。

——私たちの生活なんてどうだっていいんですか。

牛乳配達車の事故原稿について問い合わせてきた女性の声も耳の奥にある。

今、わかった。記者は人の心に踏み込む時がある。踏み躙る時もある。仕事だからだ。それゆえ、ゴミになるニュースを敬う必要がある。ただの自己弁護かもしれない。人の不幸にたかる汚らわしい記者の綺麗事かもしれない。けれど、ゴミを作り出す側である以上、それが最低限の礼儀であり、職分ではないのか。

先ほど山浦が大刷りを投げ捨てた行為は、そんな職分を嘲り、取材相手の心情をも無視している。いくらデスクは現場に出ないといっても、同じ記者だ。似た経験をしてきたはず。記者は場数を踏むうち、いつしか他人の心情を推し量れない人間になりかねないのだ。

山浦は荒い足音をたてて服部の机まで進み、棚から無造作にファイルを引っ張り出した。乱暴に捲り、放り投げ、次のファイルを手に取る。

「やめて下さいっ」

橘が甲高い声を発した。

「てめえが出さねえからだろうが」

「だから何に使うんですか」

「いちいち部下に言うことじゃねえッ」

山浦がゴミ箱を派手に蹴りあげ、紙クズが舞う。さらに山浦が椅子を荒々しく蹴る。

椅子は転がり、野太い音を立てて倒れた。山浦は止まらず、紙の束を床に叩きつけた。永尾は慌てて走り寄り、山浦の手を摑んだ。ぷんと酒臭い息を正面から浴びる。

「小僧、何の真似だ？」

「そこまでにして下さい」

「一本も独材を出してねえ分際で、上司に逆らう気か。邪魔すんじゃねえよ。さっさと手を放せ」

山浦が力任せに腕を振るも、永尾は摑んだ手を放さなかった。山浦の言う通り、独材は出せていないが――。

「できません」

「んだと、てめえッ」

怒声が支局に響いた。永尾は酒で血走った目と向き合った。

「服部さんに相談させて下さい」

「ごちゃごちゃうるせえッ」

顎（あご）に鈍い衝撃がきた。山浦の拳（こぶし）だった。反町の叫び声がした。永尾は山浦の腕を放さず、漏れそうになった声を嚙み潰していた。喉の奥が焼けつくように熱く、こめかみの血管が荒く脈打っている。

山浦の額に太い青筋が立った。

「何様のつもりだ、てめえッ。人事に言って、一生本社に上がれなくしてやるぞ。田舎支局ならまだしも、一年も千葉にいて一本も独材がねえなんて、前代未聞のカスだッ」

　ここまで罵（ののし）られても何も言い返せない。永尾はそんな自分が不甲斐なく、山浦の腕を摑んでいない左拳を握った。爪が食い込むほど握っていた。独材。この一語が胸に深く突き刺さっている。

　ドアが大きく開いた。

「何やってんですか」

　キャップ、と橘が叫び、すがりつくように手早く説明していく。永尾は山浦の酒臭い息を浴び続けていた。

　永尾、と服部の険しい声が飛んでくる。

「手を放せ。デスクも落ち着いて下さい。話は俺が聞きます」

　数秒後、永尾は摑んでいた手を緩めた。山浦に突き飛ばされ、一歩、二歩と後ろによろけた。すかさず服部が永尾と山浦との間に割り込むように立ち、肩からストラップを外して鞄を足元に置いた。

「説明をお願いします。県警の取材責任は俺が負ってますので」

　一拍の間があき、山浦は口元だけで笑った。

「県警が欲しがってるんだよ」

「県警が？」

「知らなかったんだろ。責任を負うだのなんだの偉そうに言ってんじゃねえぞ」

山浦は声高に言い、勝ち誇った顔つきだった。

永尾は釈然としなかった。県警は合同捜査本部の態勢を組んだ。ローラーをかけるようにしらみ潰しに地取りしている。三人しか手駒がいない報日とは規模が違う。

「どなたに持ちかけられたんです？」

「帳場のしかるべき人だ」

「受けるつもりだったんですね」

「ああ。何が悪い」

「まずいに決まってんでしょう。取材相手に許可を取ってるわけじゃない。だいたい取材メモを渡すなんて魂を渡すに等しい行為です」

山浦が舌打ちした。

「ったく、これだから人工衛星はよ。てめえは一生、地方を回って祭りでも取材してろ」

永尾は白けた。人工衛星。くだらない揶揄だ。服部は全国の総支局を回る『地方採用』という枠で、報日新聞に入社していた。永尾の同期にもいる。地方採用者は、地方総支局を回り続けるために陰で人工衛星と呼ばれ、政治部や社会部などの本社中枢部には入れず、本社に上がっても地方部デスクが指定席のため、不可欠な役割なのに一段低く見られていた。

服部は毅然と胸を張った。

「俺の採用形態はともかく、なんで取材メモを渡さなきゃいけないんですか」

「少しは頭を使え、人工衛星君。ウチはサツ回りが三人しかいねえんだ。サツ官に貸しを作っといた方がいい」

「だとしても、最初に俺に言って下さい。俺がキャップですよ」

山浦がぎろりと服部を睨みつける。デスクは俺だ。てめえより偉いんだよ」

「サツ官がウチの地取りメモを欲しがるワケは何です」

服部は一呼吸置き、冷静な声音で話を再開した。

「参考にしたいそうだ。サツ官が聞き漏らした連中の話がウチのメモにあれば、事件に関係あるかどうか見当をつけられるだろ」

「まさか信じたんですか」

「ごちゃごちゃ、うるせえな。地取りなんて、たいしたネタでもねえだろうが」

「たいしたネタじゃないなら、なんで県警が欲しがるんです。デスクこそ頭を使って下さい」

「なんだ、てめえの口の利き方はッ」

山浦が歯を剝き出しにして吠(ほ)えた。

「喧嘩(けんか)を売ってきたのはデスクでしょうがッ」

服部も負けじと声を張り上げる。

温厚な服部が怒る姿を永尾は初めて目にした。自分への揶揄にではなく、デスクの浅慮に憤る、服部の記者としての意地……。余計に自分の至らなさが身に染みてくる。

服部と山浦は睨み合ったまま動かなかった。空気は張り詰め、二人の荒い息遣いも重なり、じりじり緊張が高まっていく。つけっ放しのテレビの音が能天気に響いている。永尾は瞬きもせず、二人を注視していた。

凝縮した空気が沸点を迎えようとした時、ドアが緩やかに開いた。

「やあ、どうもどうも」

場違いなほど呑気（のんき）な声の主は、支局長の長谷川正樹（はせがわまさき）だった。顔はほんのり赤い。永尾はホワイトボードを見た。十一社会、と長谷川の予定欄に書きこまれている。報道各社の千葉支局長が集まる会だ。

長谷川は山浦、服部の順に視線をやった。

「二人とも、そこまでです。外まで聞こえてます」

柔らかな声には、有無を言わさない迫力も含まれていた。

「山浦デスク、かなり飲んでますね。今日は早く帰った方がいい」

ややあって、山浦は服部から不承不承目を逸（そ）らした。ご苦労さまでした、と長谷川が声をかけると、山浦は生返事をして、誰とも目を合わさずに憤然と支局を出ていった。

「皆さん」長谷川がにっこり微笑む。「十一社会で、うちの紙面が評判になってました。どんどん勝ちまくって下さい」

長谷川は支局長室に入っていった。

「デスクにも困ったもんだな」服部が渋面になった。「まあ、役立った側面もある。帳場がうちの地取りメモを欲しがる理由があるはずだ。二人には心当たりはあるか」

永尾にはまるで見当がつかなかった。この通りです、と橘も両手を上げた。

「そうか。どっちにしても俺たちの取材は核心近くを突いてんだろう。明日からは誰かが支局にいないと。メモを死守しよう」

「朝駆けと夜回りの時はどうします？」と橘が不安げに問う。

「朝と夜は泊まり勤務に頼もう。みんな協力してくれるよ」

支局員は全員、山浦を嫌っている。

「あ、反町さん」服部が浅く頭を下げた。「すみません、ご迷惑をおかけしました」

「ああ、いいよ、気にしないで」

反町が顔の前で細かく手を振る。

支局長室のドアが穏やかに開いた。皆さんおやすみなさい。長谷川が支局を静かに出ていき、ドアが閉まると、反町が県警チームを見回した。

「知ってる？　長谷川さんって昔は『鬼平（おにへい）』って言われてたんだって」

服部が目を丸くした。

「まさか『鬼平犯科帳』の長谷川平蔵（へいぞう）に引っかけて？」

「そう。むちゃくちゃ怖かったらしい。本社から千葉に来る時、デスクに言われたんだ。『千葉の支局長は鬼平だから、ちゃんとやれ』って。私、身構えてきたんだよ。いざ会ってみたら温厚な人だったから、逆に驚いちゃって」

「嘘みたいですね。白髪の温厚なおじいちゃんって印象しかないのに」橘は興味津々な様子だった。「でも、人は見かけによらないって言うしなあ」

反町が不意に眉を顰めた。

「さっきの件、パワハラで人事に言おっか？　私が証言者になるよ」

私も、と橘も即座に続いた。

永尾はすっと深く息を吸った。

「パワハラで始末をつけるのは簡単ですけど、自分の手でぎゃふんと言わせたいので」

「そっか。じゃあ、ひとまず胸にしまっとく」

反町がゆるやかに眉を開いた。永尾っち、言うねえ。橘は呆れたような感心したような面持ちだった。

永尾は唇を引き結んだ。できるのだろうか。この手で特ダネを摑めるのだろうか。それに記者の職分に気づけ、自分が独材をとったところで、報道の存在意義を見出せたわけではない。

内線が鳴り、永尾がすぐさま出た。地方部です、明日の夕刊にはどんなネタを出稿する予定なの？　面倒そうに言われ、服部に代わった。

何があろうと勝負が続いている。夜が明けても、暑い日になりそうだった。

強烈な陽射しだ。この陽射しで心の湿り気も乾いてしまえばいいのに。津崎は目をすがめつつ、やり場のない胸のざわつきを意識した。昨晩は三時まで飲んでも全然酔えなかった。

報日新聞のメモは片岡の手元に届いたのだろうか。山浦の顔が瞼の裏にちらつく。魚住に話を聞けなかったばかりに、あんな男に話を持ちかける羽目に――。

「浮かない顔だな」と井上がぶっきらぼうに言う。

「浮き立った警官よりマシですよ」

「まあな」

9

九時、インターホンを鳴らすと、お腹の膨らんだ女がいそいそと出てきた。

佐伯千佳は一週間前から出産準備のため、習志野市内の実家に帰省していた。彼女の体に配慮して座って話す流れになり、居間に通された。

津崎はひと通りの質問をして、『どこにでもあるクラスで、いじめもなく、不良もいなかった』という中身の乏しい返事を得た後、魚住と相澤、中田との件を切り出した。

三人が揉める場面を目撃した槇村は、この佐伯にだけ話している。

佐伯はいささか窮屈そうにソファーの背もたれに寄り掛かり、ああ、と声を落とした。

「そういえば、魚住君の悪い噂も絡めて得意気に話す子がいましたね」

「なんで揉めたのかをご存じですか」

「まったく」と佐伯が顔の前で手を振る。

「トラブルの件はクラスに広まりました?」

「いえ。見たって子が最初に話をしてきたのが私だったみたいで。そういう陰口は嫌いなんで、注意したんです。そんな風に言ってると、次に狙われるのはアンタかもよって」

なるほど、保身と怯えで槇村は話を広めなかったのか。また、そんな強烈な反応を食らったからこそ、佐伯に話したのを今でも憶えていた。

「結局、魚住君は孤立しちゃいましたけど。綾子も辛そうでした」

「綾子?　どなたでしょう」

「魚住君の幼馴染です。男女なんで、二人は小学校の頃から周囲に間柄を内緒にしてたんです。私、普段は麻宮って呼び捨てだった魚住君が、『綾ちゃん』って呼ぶのを耳にしちゃって。綾子にこっそり聞きました。幼稚園で親同士が親しくなって優君、綾ちゃんと呼び合う仲だったのに、囃し立てられると面倒なんで他人行儀に接してたそうです。誰も二人の仲を知らないはずですよ。綾子と魚住君が通ってた幼稚園は少々遠くて、二人以外、そこの卒園生は学校にいませんでしたから」

幼馴染か。か細い線でも、魚住の行き先に繋がれば儲けものだ。フルネームを尋ね、麻宮綾子、という漢字も教えてもらった。

「麻宮さんは今も習志野のご実家に？」

「さあ。大学までいたのは確実ですけど、最近は疎遠になってて。フランスだかイタリアだかに行っちゃって、携帯の番号も変わったみたいですし」

「現在も麻宮さんは海外にいらっしゃる？」

「いえ、四谷か市谷のフランス料理店かイタリア料理店にいるって聞いたような。あれ、千駄ヶ谷だったかな。阿佐谷かも。とにかく都内の谷がつく地名でした。ごめんなさい、お店の名前は忘れちゃって。その時は聞いたんですけど――」

あっ。突然、佐伯は跳ねるように声を発した。

「綾子は三宅君と仲がいいだろうから、私より相澤君と中田君について知ってるかも。三宅君と相澤君、中田君は小学校の時に仲が良かったので」

「三宅さんが麻宮さんと仲がいい？」

「綾子の妹――さやちゃんが三宅君と付き合ってたんです。私たちが大学二、三年の頃だったかな」

三宅はそんな話題に触れなかった。あの場で持ち出す話でもないか。子どもができれば我が子のことで、また仕事のことで頭が一杯になり、過去の恋愛を回想する機会なんてなくなる。自分だってそうだ。

「魚住君といえば、さやちゃんのお葬式での姿が印象に残ってます。精進落としの席で綾子、『さやは絶対に自殺なんかしない』って泣きじゃくってて、隣に魚住君が無言で寄り添っていたんです。とても悲しそうでした」

窓際の風鈴が鳴った。澄んだ音色だった。

「お引き取りを。社長はマスコミの方にはお会いになりませんので」

永尾は受付でけんもほろろに追い返された。

力ない足取りで自動ドアを出て、三階建ての建物を見上げた。最初の犠牲者、相澤の父親が営む建設会社のオフィス兼自宅だ。いくら取材を拒否されても通わないとならない。相澤の遺族の声は、どの報道機関もまだ入手しておらず、ニュースになる。婚約者の声もどこにも出ていないが、三重の実家に帰ってしまい、アプローチできないのだ。後ろ髪を引かれつつ、各社の記者を横目にその場を離れた。他社のようにここをベタ張りする余裕はない。

ハンドルを握る永尾の胸中は、もやもやしていた。今回の取材では先ほどのように、何度も相手に拒否されている。仕方ないにしても、一年前に比べて明らかに取材を拒否する人が増えた。おそらく年々報道への関心が薄まっているのが原因だ。誰もが好きなジャンルの情報だけに囲まれる社会では、この流れはますます加速するに違いない。そんな時代、報道には存在意義があるのか。

十五分後、目的地に到着した。相澤宅とは違い、記者の姿はなかった。永尾はマンションの共用インターホンを押した。

魚住の応答はない。相澤と中田の交友関係などをもっと掘り下げるため、訪れてみた。何か記憶が蘇ったかもしれないからだ。もう一度押す。応答はない。単に共用オートロック戸のインターホンに出ない可能性もある。

事件発生日に話を聞きそびれた部屋番号を押し、用件を告げるとオートロックが解除された。その部屋の主には、『事件当夜は外出してたので何も知らない』と言われ、階段を足早に下り、目的だった七〇二号室のドア前に立った。

ドアの隙間に名刺サイズの紙が挟んである。以前、訪れた時にはなかった。ひとまずインターホンを押すも、虚しい響きがドアの向こうから漏れてくるだけで、電気メーターもほとんど動いていない。不在だ。

ドアに挟まれた紙が気になる。褒められた行為ではないが……。永尾は腹を固めた。ハンカチを使って、紙を引き抜く。

やはり名刺で、文字に目を落とすなり背筋が伸びた。県警捜査一課の名刺――。

津崎庸介。階級は警部補。

一年余りの短い記者経験でも、数々の現場に出てきた。捜査員が住居のドアに名刺を挟んでいる光景は初めてだ。そういえば魚住を取材中、津田沼署の井上ともう一人がこちらを見ていた。井上といた刑事が津崎？　県警は報日の地取り取材メモを欲しがってもいる。もしかすると魚住についての？

いや。魚住がマンションを出るまでに、警察が話をする時間はあった。追加で何か洗いたい件が出たのだろうか。その件を報日は取材済みだと踏んだ？　あるいは取材では見えてないが、帳場では二つの事件の結び目に魚住がいると見て、再び話をしようと？

永尾は、名刺の余白に手書きで記された津崎の携帯番号をメモした。

名刺を元の位置にそっと戻すと、階段で最上階に上がり、一階まで各部屋のドアを順々に確かめていった。他に名刺が挟まっているドアはなく、捜査員もいなかった。ある住民が何かを目撃、あるいは聞いており、それを全戸確認しているのでもなさそうだ。

マンションを出ると、首筋に不穏な気配を感じて、振り返った。

背後の暗がりに二人の人影。永尾は目を凝らした。人影は近寄ってこない。鋭い視線だけが向けられてくる。警官だ。魚住のマンションを張っている。

一般的な参考人にここまでするだろうか。永尾は魚住の話を反芻（はんすう）した。

自分は何か聞き漏らしたのか？


津崎は更地に目をやった。剝き出しの土にコンクリート片や拳大の石が転がり、隣との壁際には伸び切った夏草とくたびれたそれが混在している。

麻宮一家はここで生活をしていた。痕跡はないに等しい――。

転居先を探るため、聞き込みをかけていこう。内勤班に自治体や免許証記録を当たってもらうにも、麻宮の父母の名前が定かでない。転出住民記録を自治体が保存しておく期間は五年。期待は薄い。免許証検索でヒットしない場合だってある。

両隣、向かい側は空振りで裏手に回った。

「懐かしい名前だねえ。なんで警察が麻宮さんちの転居先を知りたいんだい」

小柄な老婦人が嗄れた声を発した。津崎が表札を横目で見ると、小林カネ、とある。

「詳しくは申せませんが、お尋ねしたい件がありまして」

「ふうん」小林は唇を曲げた。「お母さんと二人で東京の中野に行くって言ってた。お父さんと、あんなに仲の良かった妹さんを相次いで亡くしちまって、綾子ちゃんも可哀想に」

「事故か何かで？」と津崎は尋ねた。

「経営してた工場が潰れた直後だったねえ、お父さんが亡くなったのは。脳卒中だったそうだけど、ありゃ溜まった疲れのせいだよ。谷津干潟の遊歩道で倒れたんだ。最近殺人事件があっただろ？　あの辺り。いい人だったよ。ほんと、いい人ほど早く死んじまう」

工場の元従業員なら、麻宮の転居先を知っている見込みもある。

「工場の名前はご存じですか」

「調べるのは、アンタたちの仕事じゃないか」小林が物悲しそうに空を眺めた。「妹のさやちゃんが亡くなったのは、ちょうどこの時季でね。ひどい雨でさ。さやちゃんが救急車に乗せられるのを、綾子ちゃんは傘もささずに見てた。あの姿をよおく憶えてるよ」

　津崎が質問を継げないでいると、間を埋めるように井上が話を続けた。

「麻宮綾子さんはさぞお辛かったでしょうね」

「本当にね」と小林の目が戻ってくる。「あの姉妹はちっちゃい頃から仲が良くてさ。幼い時分のさやちゃんは体が弱くて、綾子ちゃんがよく面倒をみてたもんだよ」

「二人の歳の差は？」

「三歳差だったかねえ」

「珍しいですね。うちにも娘が二人いますが、小さい頃は喧嘩ばかりでしたよ。仲良くなったのは下の娘が中学に上がった頃かな。二人して私を無視しはじめましてね」

「男親は嫌われるから」小林が心得顔で笑った。「あのさ、綾子ちゃんを気にしてる暇があったら、早く連続殺人の犯人を逮捕してくれないかね。おちおち眠れないよ」

　全力を尽くします、と井上が神妙に応じる。

「警察の不手際なんだろ？　テレビが言ってたよ」

「麻宮さん家からの——」と井上がさりげない調子で話題を変える。「年賀状とか手紙はありませんか」

「ないねえ」

「麻宮夫人のお名前は？」

　その名前を教えてもらった。小林宅を離れると、井上が低い声で言った。

「さっきの家、ちと聞き方が雑だったな。昨夜の一件が気になるのは仕方ない。でもな、目の前の仕事を疎かにしたら元も子もないぞ」

「すみません。肝に銘じます」

　津崎は自分の頰を軽く張った。捜査力が鈍っている原因は明らかだ。内心に渦巻く疑念。汚い手を使ってまで事件を解決しても、警察は真に社会をより良くしたと言えるのか——。

「ったく。真面目だな」

「まさか。真面目な人間は、自分の仕事に徒労感や無力感——迷いを覚えませんよ」

「っていうと？」

　津崎は息を止め、一気に吐き出した。

「事件が起きれば、警察は捜査して解決する。しかし、こうした対症療法にどこまで効果があるんでしょう。俺たちは必要とあらば、人の私生活に土足で踏み込めます。通信通話記録も、監視カメラ記録も、通帳残高も、交友関係も、何もかもを丸裸にできる。力に見合うだけの社会貢献をしてるんでしょうか。犯罪を減らせてるんでしょうか」

「統計の数字は減ってるぞ」

「ええ、捜査一課が対するような凶悪事件は、全国的に年々減ってます。でも警察に入って以来、俺は暇だった日は一日もありません。事件は絶えず発生してる」

さらに言葉が腹の底から溢れ出てくる。

「人が生きてれば、必ずゴミは出ます。同じように犯罪も起こり、それを処理する人間が要る。けど、はなからゴミ――犯罪を生まない方法も講じないとダメでしょう。サッチョウの賢くて偉い人たちが頭を絞っても、現実、現場の俺たちは日々事件に追われてます。頭を上に預け、犯罪処理作業に徹してるだけでいいんでしょうか」

とはいえ、自分に何ができる？　息子が生まれた時、この子が成長する頃は事件のない世の中になってほしいと心から願った。かたや刑事としては、夢物語だと認識してもいる。

「へえ」井上が目元を緩めた。「やっぱり真面目だよ。真摯に仕事に取り組んでないと、そんな疑問は生まれない」

「俺が話したような疑問や感情は井上さんにも？」

「あるよ。ずっとある」井上は即答した。「何度も窃盗を繰り返す奴、ヤクの常習者。そんな連中を目の当たりにしてればな。統計の数字が減ってんのは、アマチュアの事件が減っただけなんだろう。実感としてプロの犯罪は減ってない。再犯率が物語ってる」

思案顔で井上が顎をさする。

「もっとも、犯罪予防の観点で言うなら、着実に進んでるけどな。通信傍受法、特定秘密保護法、共謀罪、その他諸々の法律を整備して、街中には防犯カメラも溢れてる」

治安維持という名目さえあれば、警察や権力側が何でもできる社会がいずれ訪れるのか。

「〝白い暗黒街〟の誕生ですね。市民の安全を守るために、市民を監視する？　一人の親として、息子がのびのび暮らせる社会であってほしいのに」

その一方、休日に妻と息子と街を歩く時、防犯カメラの存在を念頭に置く自分がいる。あそこにある、ここにもある、ここで犯罪が起きても足取りを追える――と。

最新技術は捜査に役立ち、今後も革新されていくのは間違いない。捜査もどんどん楽になるのだろうが、背筋に走るさむけは何だろう。

白い暗黒街にならずにすむのは、犯罪を生まない社会だ。結局、夢物語に戻ってしまう。せめて夢物語に近づくにはどうすればいいのか。まるで見当がつかない。じっくり頭を捻る時間もない。

「俺たちに何ができるんでしょう」

「このヤマが終わった時に、たっぷり話そう。まずは目の前の捜査だ」

父親は刑事時代、どんな思いを抱いて日々を過ごしていたのだろう。千葉県警に入ると伝えた時も、『そうか』とだけしか言われなかった。警官の心構えや考え方など、助言しようともしなかった。こっちも聞こうともしなかったのだが。これまで父親と話した時間など、きっと三時間にも満たない。

「麻宮の行方、手配しておこう」

津崎は捜査本部に電話を入れ、国領に麻宮の報告をし、携帯をきつく耳に押しつけた。

「例の件、いかがです？」

片岡から山浦とのやり取りが伝わっているはずだ。警察の存在価値に疑問を抱いても、自分は事件処理機構の歯車にすらなれていない。

「まだみたいだな」国領が事務的に言った。「魚住の血液型が割れたぞ。Aだ」

相澤の殺害現場で検出された血液型と同じで、日本人に最も多い型でもある。

「魚住の携帯番号も割った。何度かけても電源が切られてる」

10

「話すことはありません。お引き取り下さい」

丁寧なのに、にべもない態度だった。

永尾は橘の隣にいた。二時間前、橘から急報があったのだ。

――警察は魚住さんを探してるんだって。中学時代、被害者二人とトラブルがあったみたい。見たって人が割れたんだよね。

ドアの名刺の謎が解けた、と永尾は合点がいった。トラブルに絡む三宅慎一に会いに行くので一緒に来てほしい、と橘に言われてついてきた。夕刊帯のフォローを服部がしてくれ、三宅の住所も割ってくれたのだという。三宅の家は都内だが、被害者二人と魚住に繋がるのなら、二人の目で見た方がいい。

永尾は、なおも橘の傍らで三宅の応対を注視した。絵に描いたような仏頂面だ。体全体から困惑、迷惑、面倒臭さが滲み出ている。反応からして、報道機関の訪問は自分たちが初めてなのだ。部屋から漂っているのか、鼻につくニオイもする。

「被害者のお二人が狙われるようなお心当たりはないでしょうか」と橘は怯まずに言った。

「ありません」

「お二人はどんな方でした？」

「あなた方に話す必要はない」

「お二人の無念を広く訴えるためにも」

「戯言は結構。人の家まで押しかけるなんて、そもそも失礼でしょう」

パパ、早くっ。部屋の奥から子供の大きな声がした。三宅は目を細めて声の方を向くと「ちょっと待ってて」と優しく返事をし、こちらに顔を戻した。

「お聞きの通り、子どもの面倒をみてるので、お帰り下さい。会話を録音してるんなら、私の目の前で録音データを削除してほしい」

「こういう取材で録音する時には、まず断りを入れます。そうじゃないと記事にできません」

「マスコミなんて信じられませんよ。隠し録りした音源を公開した記者だっているでしょう」

「私を信用して下さい」

三宅は聞こえよがしに深い溜め息をついた。

「なら、あなたを信用しますので、早くお引き取りを」

「亡くなったお二人について話すのも、一つの供養ではないでしょうか」

橘が食い下がるも、三宅の仏頂面は一切揺るがない。

「ご苦労様でした。失礼します」

すげなくドアが閉まり、永尾は橘と顔を見合わせた。

階段で下りると、永尾は三宅の住む十五階建てマンションを見上げた。オートロックがない分、スムーズに玄関まで進めたが、あの対応だ。橘が力なく口をすぼめる。

「厳しいね。他を当たろう。あれは各社が行っても同じ対応だよ」

人の少ない報日は、とにかく先に進むしかない。永尾は額の汗をハンカチで拭った。

「録音機なんて初めて言われました」

「私も。まあ、携帯——スマホも録音機になるもんね」

暑いな。井上の一言がセミの大合唱に掻き消されていく。津崎たちは日盛りの市谷、外堀沿いを歩いていた。捜査車両は帳場に置いてきた。二十三区内は公共交通機関を利用する方が早く移動できる。千葉県内と違い、道路網にも疎い。

「ああいう連中を見ると、胸がもやっとするよな」井上が苦々しそうに言った。「ほら、前の副流煙の話と一緒だ」

同感だった。十数メートル先に道幅いっぱいに広がり、騒ぎながら歩く五人組の会社員がいる。後ろ姿を見る限り、全員いい歳だ。二人は足早に五人組に追いつき、その隙間を通り抜けた。

五分ほど道なりに進み、大きな邸宅や瀟洒なマンションが並ぶ住宅街に入った。落ち着いた一角に身を置くと、セミの声もどこか先ほどまでと違って聞こえる。先刻の五人組も、このエリアでは行儀正しく歩きそうだ。井上はハンカチを額にあてた。

「街は不思議だな。道一本でまるっきり様子が違ってくる。まるで人間の縮図だよ」

まさに道一本で人の人生なんてたやすく変わる。犯罪者も単に道を逸れただけとも言え、彼らの外見は街ゆく人々と何も違わない。

住宅街にぽつんと佇む店が見えた。ガラス戸の脇には背の高いトネリコが植えられ、古い木の看板もいい味を醸し出している。

ビストロ宍戸。この店は内勤班が割った。案の定、麻宮の名前は自治体の転出住民記録でも免許証でもヒットしなかったが、『谷』がつく地名にあるフランス料理店、イタリア料理店に片っ端から当たったそうだ。

フランス料理店といっても、かしこまった雰囲気はない。ガラス戸越しに、暖色の灯りがついているのが見える。ランチ営業は終わっており、店内は無人だ。ドアを開くと、いい香りがした。バターと香草、焼きたてのフランスパンの匂い。

黒いエプロンをつけた若い女性店員が奥から小走りで出てきた。津崎が事務的に身分と用件を明かすと、店員は頰を強張らせた。

「麻宮が何か？」

「いえ。被害者の同級生の方全員に会ってるんです」

津崎が誤解のないよう丁寧に告げると、木製テーブル席に案内された。

ほどなく厨房(ちゅうぼう)から白いコック服を着た麻宮綾子が出てきた。小柄で、品のいい顔立ちはアルバムの写真とさほど変わらない。血のニオイがした。コック服の所々が赤く汚れている。麻宮は一礼し、津崎の正面に浅く座った。

型通りの説明をして、津崎は尋ねた。

「中学時代、相澤さんと中田さんとトラブルになった生徒をご存じないでしょうか」

十秒近くの間があった。

「知ってます。……その人を疑ってるんですか」

「いえ。少しでも相澤さんと中田さんに関係した方に話を伺いたいだけです。それで、どなたでしょうか」

「魚住君です」

「連絡先はご存じで？」

「番号が変わってないんなら。もう何年も連絡をとりあってませんので」

津崎は魚住の固定電話と携帯電話番号を聞き出した。初めて知った風を装い、席を立った井上にかけてもらった。井上が首を振って戻ってくる。

「魚住さんとのご関係は」

「幼馴染です」

本人の口で裏づけられた。

「トラブルの件は魚住さん自身がお話しに？」

「ええ」

「原因は何だと？」

「忘れました。やっぱり魚住君を疑ってるんですか」

「どんな事件でも周辺捜査が欠かせないもので」

麻宮の顔がわずかに張りつめ、空気も明らかに硬くなった。警察が幼馴染に関心を持っていると察すれば、無理もないか。

相澤さんと中田さんはどんな方でした？　特に印象はありません。大学生の頃はどうでしょう。知りません。津崎の質問に、麻宮は淡々と応じてきた。

「三宅さんから何か聞いてませんか。どんな内容でも構いません」

本人が忘れた話を麻宮の妹が聞き、それを麻宮が又聞きした可能性もある。

「どうして三宅君の名前が出てくるんです？」

「被害者のお二人と三宅さんは小学校時代と大学時代に仲が良かった。三宅さんと、妹さんはお付き合いされてたんですよね」

　麻宮がくっと顎を引いた。

「特に何も聞いてません」

「中学時代、魚住さんとどんな話をされましたか」

トラブル以後、魚住は孤立した。心境を幼馴染に明かしていても不思議ではない。

「もう憶えてません」

「相澤さんと中田さんが殺害された理由に何か心当たりは？」

「私は何も知りません。そろそろいいですか。仕込み中なんです」

　麻宮が立ち上がりかけた。

　いい匂いがしますねえ、と井上がのんびりとした語調で割って入ってきた。麻宮が席に座り直して、微笑み返す。

「フランス料理といっても家庭料理なので、気軽においしく食べられますよ」

「どんな料理の仕込みを？　家庭料理といっても、優雅そうですね」

「そんなことありませんよ。魚のアラやエビの足をキッチンバサミで切ったり、力仕事したり。お二人が来る前は肉の仕込みをしていました。ステーキ用や煮込み用に肉を切り分け、下味をつけてたんです。ブイヨンを作るために骨髄を叩き割ったりもします。だから、服も血で汚れてしまって。人前に出る姿じゃないんです」

「料理というより力仕事ですなあ。立ちっぱなしでしょうし」

井上が語尾を伸ばし、親しみやすさを演出した。津崎は井上にひとまず預けた。麻宮の心を解すため、世間話に持ち込んだのだ。

「足腰は強いんです。テニスで鍛えましたから」

「かといって、きつい仕事で疲れるでしょ？　お休みはあるんですか」

「ええ。昨日まで一週間の夏休みを貰いました」

「それにしても肉ですか。歳をとると、食べる機会も減りましてね。胃にもたれるんですよ。特にこうして暑い日が続くと、どうもね」

「煮込み料理なんていかがでしょう。フランスの家庭料理です。ローリエやシナモン、香草も一緒に煮込むので夏でも召し上がりやすい。冷やしてもおいしいですよ」

「ローリエやシナモンも一緒に食べるんですか」

いえいえ、と麻宮が胸の前で手を小さく振る。

「紐で包んだ香草を牛肉や鶏肉、ソーセージ、野菜と一緒に大鍋で煮込むんです。煮込み終わると、香草は鍋から取り出します」

津崎は急に香草の匂いが強まった気がした。煮込み用に使う香草が、店の匂いを作る一つの要素なのだろう。ぐつぐつと煮える肉やソーセージ、野菜の姿が想像できる。

井上が目配せしてきた。そろそろ警察への悪い感情は払拭できた、と言っている。また尻拭いさせてしまい、自分の力不足を痛感する。

魚住が接触してきたら知らせてほしいと頼み、店を出た。ほどなく、荒い足音とともに中年の恰幅のいい男が追ってきた。

「店主の宍戸です。麻宮がなにか」

津崎は何度も繰り返してきた説明をし、少し付け加えた。

「麻宮さんの周囲に妙な出来事はありませんか」

「妙な、といいますと」

「麻宮さんの同級生が連続して殺害されているので、気をつけて頂ければと。もし店に彼女を訪ねてくる人物がいれば、即、我々にご一報下さい」

魚住を想定している。

「ええ。彼女を守れるのなら。彼女にこれ以上不憫(ふびん)な思いをさせたくないんです」宍戸が長い息を吐いた。「麻宮は二ヵ月前、母親を亡くし、家族がもうおりません。父親も妹も随分前に亡くなってますので。ちょうど昨日が妹さんの命日でした。麻宮はフランスで料理修業してたんですが、母親の病気もあって帰国して、私の店に来たんです。彼女の父親の正夫(まさお)と私は学生時代の親友でしてね」

そうですか、と津崎は相槌(あいづち)を打った。どこかで小鳥が鳴いた。

「できる限りのことはしてやりたいんです。正夫は過労で倒れて、そのまま死んじまって。私は肝心な時に力になれなかった。あいつが資金繰りに苦労してた頃、私も店を開いたばかりで金がなくて。あいつ、ただでさえ経営が苦しいのに、かき集めた金が口座から引き出されたトラブルもあったらしいんです」

「従業員の持ち逃げだったんでしょうか」

「さあ。私は口座の暗証番号を変えろと忠告しましたが、正夫は変えなくて。自分のラッキーナンバーなんだからと」

宍戸は陽が照りつける空を仰ぎ、顔を戻してきた。

「本当に仲のいい家族でした。葬儀では、さやちゃんなんか見てられないほど泣きじゃくってね。何も食べなくなって痩せこけてしまった。さやちゃんが自殺したのは、それから一ヵ月も経たない頃でしょうか」

自殺か。小林カネが言っていた、大雨の中、妹の遺体を見送る麻宮の姿が目に浮かぶようだった。父親の死が直接的な自殺の原因ではなくとも、精神をより不安定にさせる要因にはなったのだろう。いくら仲が良かった親の葬儀でも、人前で泣きじゃくるのは珍しい。直近に親子間で何かあったのだ。前日に父親と言い争いでもしたのか。

念のために宍戸の携帯電話番号を聞いた。宍戸は身体を引きずるように戻っていき、津崎たちは市ヶ谷駅に向かった。途中、缶ジュースを買い、砂場とブランコだけの小さな公園に立ち寄った。夏場の水分不足は致命的だ。大きなイチョウの木陰に入ると、公園に併設されたテニスコートが見えた。大学生だろう。若い男女が強い陽射しの下で、楽しそうにテニスに興じている。男顔負けのスマッシュを放つ若い女もいた。

「麻宮もあんな風に強く打ち込んだんだろうな」

井上が呟いた。

11

陽が沈んでも暑さは微塵も和らがず、永尾は何度もハンカチで額の汗を拭った。肩にかけた一眼レフカメラがずしりと重たく、ストラップが肉に鈍く食い込んでくる。

中田大地の葬儀会場――船橋のセレモニーホールを正面に見る歩道には報道陣が溢れかえり、人いきれで蒸していた。永尾は午後四時からこの場にいる。すでに三時間近く立ったままで、ふくらはぎが張ってきた。

夕刊は、『二件の殺人に使用されたロープは同一品とみられるが、大量生産品なので購入者から容疑者の線は追えない』というネタで繫いだ。東洋と同着だったものの、服部の独材だ。嚙みつきあった山浦と、どんなやりとりがあったのだろう。今回の連続殺人で独材を出していないサツ回りは自分だけになった。橋のネタも立派な独材だ。他社も追いかけてきた。

心の底がじりじりと焼けるような感覚がある。報日新聞としては勝っている。ただ、個人でも勝ちたい。そうすれば山浦に嫌みを言われても、負い目を感じずに堂々と言い返せる。永尾は目を瞑り、一呼吸してからゆっくり開いた。今は目前の取材に集中しないと。

警官の姿があちこちにある。顔見知りの犯行なら参列する公算も大きいため、捜査員は参列者を根こそぎ写真に収めているのだ。

　参列の波は引いていた。式は五時に始まり、参列者はとっくにホールに入っている。開始前の模様は写真に撮影し、すでに支局に送った。あとは葬儀が終わる七時以降、ホールを出る参列者に片っ端から当たり、コメントを取る作業になる。

「永尾サン、今日は遺族を怒らせないで下さいよね」

　田渕(たぶち)が冷ややかに声をかけてきた。首都通信の一年生記者だ。

「ったく、しっかりして下さい。だから二年生にもなって張り番なんてやらされるんですよ。二年生でこんな球拾いみたいな仕事、情けなくて俺だったら耐えられませんね」

　田渕の口元にうっすらと嘲笑(ちょうしょう)がかすめた。実際、各社の張り番は一年生記者ばかりだ。

「情けないも何も、ウチは俺が最下級生だからな」

「はっきり言って、ああいうの迷惑なんです。とばっちりを食って、デスクにこっぴどく怒鳴られましたよ。なんで遺族のコメント程度が取れないんだって」

　そうか、と永尾はさらりと受け流す。田渕が舌打ちした。

「おい、アンタのせいだったんだぞ。自覚してんのかよ」

　田渕、と険しい声が飛んだ。東洋新聞の一年生記者、大谷(おおたに)だった。その時、田渕の電話がけたたましく鳴った。田渕はそそくさと報道陣から離れていき、大谷が首をすくめる。

「あいつ、なんであんな偉そうなんですかね」

「案外、どこかの王族なんじゃないのか」

「その王族は程度が低すぎますよ」大谷の面持ちが神妙になった。「今回、報日の勝ち戦ですよ。ウチの完敗です。いや、ウチだけじゃないな。報日以外、初日に現場に出てないんで」

「勝負はこれからだろ」

「ウチが勝負を捨ててないのは確かです。往生際が悪いんで」大谷が唐突に声を落とした。「さっきのあれ、どう思います？　田渕の『張り番なんて』って発言です」

昨晩の山浦の姿が、永尾の脳裏をよぎった。

「張り番も立派な仕事だよ。記者が現場を忘れたら終わりさ」

「そうはいっても、こういう現場って気が滅入りません？」

「そうだな」

「割り切ってんですか」

「まさか。割り切れるもんじゃないだろ。でも、それでいいんだよ」

しばしの沈黙が二人の間に落ちた。報道陣の喧騒がもやもやと漂っている。あの、と大谷が躊躇いがちに切り出してきた。

「言っていいのか微妙なんですけど、永尾さんたちのせいじゃないですよ」

「何が？」

「あいつらですよ」大谷は報日新聞の辞めた一年生記者の名前を言った。「服部さん、橘さん、永尾さんには感謝してました。デスクに耐えられなかったみたいです」

やりたいことがある、二人はそう言っていた。心配をかけまいとしたのだろう。

大きな笑い声が響いた。横目で窺うと、田渕がテレビクルーと得意げに冗談を飛ばし合っている。別に声を上げて笑うなとは言わない。記者だって人間だ。いつも気を張っていては疲れてしまう。けれど、時と場所がある。

オレ、注意してきます。大谷が田渕のもとに小走りで向かった。

記者にも色々なタイプがいる。敵として手強いのは田渕でなく、大谷のような記者だ。

無風の時間が続いた。全身が汗でじっとりとした。

七時を過ぎると、参列者がちらほらとホールから出てきた。葬儀が終わったのだ。永尾は気を引き締めた。服部が県警から聞いた話では、遺体返却後に遺族はすぐに火葬を済ませている。遺族は自宅に戻るはず。

ホール内の駐車場に大きな黒い車が二台、ひっそりと止まった。

記者がカメラを一斉に構え、今しがたまで談笑していたテレビレポーターも器用に湿り声を発している。辺りでいくつものフラッシュが散った。試し撮りだ。永尾もカメラを構え、何枚か撮影し、液晶画面でチェックする。

やがて遺影と遺骨を抱えた遺族が弱々しい足運びで、ホールから出てきた。再び激しいフラッシュが散る。夥しい数のフラッシュだった。永尾も一心に撮影した。

くそっ。

誰かが尖った声で吐き捨てた。一瞥すると、田渕が慌てた様子でカメラをいじっている。動かなくなったらしい。構わず、永尾はひたすら写真を撮った。無数のシャッター音を浴びた遺族が、粛然と黒い車に乗り込んでいく。

黒い車のドアがそっと閉まった。強風が吹いて、辺りの音を持ち去っていく。パーン、と長いクラクションが鳴った。一息の間があり、しずしずと車が発進していく。永尾はその光景を収めると、カメラの構えを解いた。今度は参列者を捕まえる作業になる。

いきなり無遠慮な足音が響いた。

田渕だった。猛然とセレモニーホールの敷地に突進して遺族の乗った車の正面に立ち、行く手を遮った。悲鳴じみたブレーキ音が轟く中、田渕はボンネットに覆いかぶさるように身を乗り出し、フロントガラスから車内にフラッシュを叩き込んでいる。

永尾は絶句した。あれは、送検時などに車内の容疑者を撮影するための手法だ。遺族に用いる取材方法ではない。田渕は先ほど撮影できなかった。だから、ありえない真似を……。

近くでひとつ足音がした。すると足音が重なり、たちまち驟雨のようにアスファルトを打ち鳴らした。各社、顔は戸惑いながらも停車した車に急いで群がっていく。東洋の大谷までもが加わっていた。

田渕の動きにつられたのだ。少し頭を働かせれば、あんな写真は紙面で使えないと判断できる。しかし、首都通信が撮影した以上は自分たちも、と一年生記者の足を動かしているのか。

おい、どけっ。ちょっと押さないでよ――。

取り囲んだ車の付近で怒声や悲鳴が渦巻いた。

永尾は頭の中が沸騰した。

「何やってんだ。引っ込めッ」

叫ぶと同時に、駆け出していた。

輪に飛び込み、手当たり次第に記者の腕を摑み、力ずくで引き剝がしていく。引っ張られた記者は永尾と目が合うや、我に返ったように一歩、二歩と下がった。

永尾は助手席に張りつく田渕の肩を摑んだ。田渕が荒々しく振り返ってくる。

「邪魔すんなッ」

田渕は勢いよく車に向き直ると再度カメラを構え、フラッシュを窓に浴びせた。中が透けて見えた。遺影を持った中田の母親が真顔で正面をじっと見つめている――。

熱塊が腹の底から胸に突き上げてくるような感覚があった。永尾は田渕のカメラのストラップを引っ摑んだ。よろけた田渕が目を剝く。

「てめえ、なんなんだよッ」

「やめろ」

「いい子ぶってんじゃねえッ。仕事だッ」

「だから、きっちりやるべきだッ」

「綺麗事抜かしてんじゃねえッ。記者なら人が嫌がろうとも突っ込むのも仕事だろッ」

永尾は手が勝手に動いた。田渕の胸倉を摑んで一気に引き寄せ、眼球が痛むほど目を見開いていた。

「だからって記者が何やってもいいわけじゃねえだろッ。土足で人の心に入り込むなら、しっかりと人の心を踏みしめるべきなんだよッ」

微動だにせず睨み合った。十秒、十五秒と過ぎていく。

おい、邪魔だ、下がれ。低い声とともに、年配の男が永尾と田渕の間に割って入ってきた。目つきは鋭く、全身に濃厚な刑事の気配をまとっている。

永尾は睨みつけたまま田渕の胸倉を放した。田渕は目を逸らし、音高く舌打ちすると、これみよがしに襟元をはたいた。

パーン、と仕切り直しの長いクラクションが鳴らされ、そこに荒い息遣いが聞こえてきた。自分のものだと、しばらくしてから永尾は気づいた。

遺族の乗った車が厳かに走り去っていく。見送っていると、肩を二度軽く叩かれた。先ほどの年配の刑事だった。刑事は何も言わず、永尾から離れていく。

報道陣は沈黙していた。おのおのばつが悪そうに互いの顔色を窺っているのに、田渕だけは憮然としている。……と、誰かの携帯が鳴った。各自、目が覚めたように携帯を取り出した。一つ、二つと話し声が重なり、現場特有のざわめきが戻ってくる。永尾も携帯を取り出して、支局にいる服部に葬儀が終わったと告げた。

「了解。署に転戦して警戒しつつ、原稿を送ってくれ。ん？　声が硬いな。何かあったか」

「いえ」永尾は喉に力を入れた。「どこかで原稿を書いてから署に行ってもいいですか」

田渕らの前で冷静に書けそうもない。連中も署に移動して張り番だ。

「いつから署で集中できないほどヤワな神経になったんだよ」

「本版用と県版用の書き分けなんて久しぶりなので」

出任せだ。

「ふうん、じゃあ、とりあえず橘に行ってもらう。交替する時に謝っておけよ」

電話を切ると、見計らったように大谷が駆け足で近寄ってきた。

「すみませんでした」

「何を謝ってんだ？」

「さっきの取材です。暴走しました」

「本当は他社の取材を止める権利なんてないんだけどな」

「沁みました」大谷の顔が引き締まる。「記者の意地を見ました」

永尾は大谷を見据え、黙した。あれは無意識に出た言動だった。まだ体の芯には余熱がある。

失礼します、と大谷が走り去っていく。永尾はしばらくその後ろ姿を眺めた。

心に余熱を抱えたまま車に戻り、中で本版用の原稿をまず書いた。写真と原稿を送稿し、続いて県版にとりかかる。主なエピソードは本版に入れたので、参列者の雑感などで行数を補っていく。全開の窓からは、湿気をたっぷり含んだ風が入っては出ていった。何度か服部から問い合わせと県版の催促があった。県版を書き終えるまでに一時間ほどかかり、送稿すると、体を投げ出すようにシートに背中を預けた。

フロントガラスの先には夏の夜が広がっている。胸裡(きょうり)にセレモニーホール前での出来事が去来した。元来、自分は熱い人間ではない。むしろ冷淡な方だろう。映画や小説で涙した憶(おぼ)えはないし、周囲がすすり泣く卒業式でも涙は一滴も出なかった。何かに燃えた経験もない。部活も勉強も恋愛もアルバイトも。新聞記者になったのだって、崇高な使命感や正義感とは無縁だ。報道の意義すら見出(みいだ)せないでいる。そんな自分が吠(ほ)えた。

永尾はエンジンを丁寧な手つきでかけた。

船橋中央署の出入り口近くに置かれた長椅子に、橘がちょこんと座っていた。周囲には各社の一年生記者の姿があり、田渕も大谷もいる。署に慌ただしさはない。

橘が弾むように立ち上がり、小刻みな足取りで歩み寄ってきた。

「活躍したらしいじゃん」にやけ顔の橘が肘(ひじ)で脇腹をつついてくる。「大谷君から聞いたよ」

記者は噂話が好きだ。こういう類(たぐい)の話はあっという間に広まっていく。

「それでこそ、男の子だと思うなあ」

なぜか橋は満足そうだった。

12

午前一時にインターホンを押すのは緊張を強いられる。躊躇を殺し、永尾が門扉脇のインターホンを押すと、森閑とした住宅街に呼び出し音が響いた。

船橋中央署の署長官舎だ。表札はない。記者の夜回り朝駆けを避けるためにインターホンを外している署長官舎もある中、ここはきちんとついていた。

まだ電車のある零時過ぎに、捜査員たちは帳場を引き上げていった。各社、それを見届けると署を離れたが、永尾は急展開に備え、念のため先ほどまで残っていた。

ぶつ、と何かが繋がる音がして、はい、と抑揚のない男の声が続いた。

「報日の永尾です。夜分遅くにすみません」

ぶつ、と今度は何かが切れる音がして、ドアが静かに開いた。サンダルを引っかけて出てきた加茂は、ワイシャツにズボン姿で寝る恰好ではない。

「中に入って。玄関先の立ち話でも近所迷惑になっちゃうから」

加茂が顔を緩やかに振った。

上がり框に加茂が立ち、永尾は三和土に留まった。

「捜査の進展はいかがです」

「私はお飾りだからね」

ただのお飾りは真夜中に出かけられる服装で待機しない。寝る寸前まで、いつでも帳場に駆けつけられる態勢を整えているのだ。ただし、切迫感はない。探りを入れてみよう。

「遅くまで仕事をされてたんですね」

「まさか。寝るとこだよ」

「その服装で？」

「永尾さんみたいな無礼者がこんな時間でも来るんで、おちおち気を抜けなくてさ。永尾さんが帰り次第、寝間着に着替えよう」

加茂はにやりと笑った。

「各社、署長の服装を見て驚いたでしょう」

「誰も来てないよ」

意外だった。大谷も？

「最近の記者はお行儀がいい。無礼なのは報日だけかな」

「無礼だと知っていても、やるしかなくて」

「無礼だと心得てるだけマシ、か」加茂が懐かしそうに目を細める。「昔は荒っぽい記者ばかりだったのになあ。特に報日には暴れ馬がいた。時代の流れかな」

雑談に移った。このまま続けよう。なにげない話し方を摑んでおけば、いざという時に口調や微細な表情の違いを見極められる。

「荒っぽい記者って、たとえばどんな？」

「現場で警官と怒鳴り合うとか、記者同士で胸倉を摑み合うとか。そういや、最近どっかで聞いた話だよね」

田渕との一件は、加茂の耳にも入っているはず。揶揄われているのだ。

「お騒がせしました」

「騒ぎの原因は永尾さんじゃないんでしょ」

「だといいですが」

「眠いな。そろそろ帰ってもらえる？」

永尾は素直に署長官舎を出た。

道は空いていて、かなり前を走る車のテールランプも、真夏の夜に鮮やかに映えている。夕方なら一時間半かかる道のりを三十分足らずで到着した。

支局の駐車場にはまだ服部と橘の車はなく、他の支局員の車が一台だけある。支局が入るビルから人影が出てきた。木更津通信部の記者だ。今日の泊まり勤務のはず。なんで外に？　コンビニですか、と永尾は声をかけた。

「まあね。お疲れ。遅くまで大変だね」

「まだ夜勤の記者が支局に？」

夜勤担当は午前零時まで支局にいるシフトだ。

「いや、とっくに帰ったよ」

ぞわっと背筋が冷え、慌てて訊いた。

「誰が支局にいるんです？」

「山浦デスク。コンビニでワインを買ってこいだってさ。最悪だよ。でも、気分転換になるし、おい、あ、どうした？」

永尾は走り出していた。叩くように暗証番号を打ち、ビルに飛び込む。四階に止まるエレベーターが下りてくるのが待てず、狭い非常階段に続く鉄扉を力任せに開けた。二段飛ばしで階段を駆け上り、支局のドアを手荒に引き開ける。

ドクン、と心臓が跳ねた。にやけ顔の山浦が分厚いファイルを手にしている。この半年分の地取りメモを挟んだファイルだ。山浦は忌々しそうにこちらを向いた。

永尾は肩にかけていた鞄をその場で放り投げ、大股で歩み寄った。

「ファイル、見せて下さい」

「ああ？」

渋る山浦から半ば強引に奪った。心なしか軽くなっている。急いでファイルを広げ、中身をざっと見る。ごっそり紙が抜け落ちていた。

「県警に渡すんですね」

「さあな」

「返して下さい」

山浦が黄ばんだ歯を剝き出しにした。

「てめえは引っ込んでろ」

「返してもらいますッ」

怒声が迸った。永尾に昨晩のような後ろめたさはなかった。記者には意地がいる。その意地を昨晩、服部に見せてもらった。自分にあるとは思えなかったが、今日、田渕の暴走と迷いもなくやり合っていた。

この自分にも、永尾哲平にも記者の意地があるのだ――。

取材メモは、現場で罵られたり、蔑まれたり、胸を抉られる仕打ちを受けたりした記者が持ち寄った財産だ。取材相手の気持ちや生活を踏み躙った末、手に入れたエピソードだってある。たとえデスクだろうと、好き勝手にされたくない。

「永尾ォ」山浦は疎ましげな口ぶりだった。「計算しろ。サツ官に貸しを作る方が得だ」

「取材は損得じゃないでしょう」

「てめえは小学生か。新聞作りは慈善事業じゃねえんだ。どうやったら、ネタが獲れんのか頭を使え」

「利用されてるだけです」

「今度はこっちが利用すりゃいい。それが貸し借りだよ」

永尾は心の底が熱くなる反面、頭の芯は白々と冷めていた。

損得だけで捉えれば、山浦の言う通りだ。しかし、たとえ結果が出ようとも山浦の行為は自分たちを貶め、取材相手におもねり、魂を切り売りしているに過ぎない。自分たちを売るのは、読者を裏切る行為だ。多くの人が毒にも薬にもならない時間潰し用の軽い話題か、扇情的な情報を欲しているのは、ネットやSNSを覗けば一目瞭然だろう。こんな時代にわざわざ新聞を読む人は、その類の記事を求めていない。読者の期待を裏切ってはならない。記者が魂を切り売りしていけば、いずれ軽さに溺れたり、内臓がはみ出た遺体や飛び散った肉片も紙面に掲載したりする事態になってしまう。

報道は何のために存在するのか。誰もが情報を流せる現代、新聞は必要なのか。わからない。だが――。

永尾は背筋をぴんと伸ばした。

きちんとだけはしたい。

警察から新たなネタを引き出すため、揺さぶりとして被害者や遺族の心情を利用するケースもある。すでに得たネタと引き換えに、別のネタを手に入れる成り行きだってありうる。

だからこそ、きちんとするべきなのだ。

――あんた、それでも人間か。

――私たちの生活なんてどうだっていいんですか。

中田の父親に問われた時も、牛乳配達車の事故原稿で問われた時も、答えを持たなかった。今でも答えはない。ただし、返事ならできる。永尾は深く息を吸い込んだ。

「デスクは何のために記者になったんですか。サツ官と取引するためですか。俺たちは何のために、誰のために記事を作ってんですか」

「ああ？ 独材を出しもしねえ半人前が、いっぱしのこと言ってんじゃねえよ」

「独材を出す以前の問題です」

「開き直ってんじゃねえッ。てめえは正義の味方かよ。記者ってのは単なる仕事なんだ。勘違いすんな。ま、所詮てめえはしょうもない記者だしな。人事も人数合わせで採用しただけさ。雇っておくのは金の無駄だ。即刻、辞表を書け」

永尾は眉間に力を込めた。

「俺はいつ辞めたっていい。けど、ただで引き下がる気はありません。デスクを道連れにしますよ。まだ若い俺と違って、その歳での再就職は大変でしょうね」

山浦の面貌があからさまに硬くなった。永尾は右手を山浦に突き出した。

「さっさと返して下さい」

エアコンの低い送風音と、つけっ放しのテレビからCMが二つ流れるのが聞こえた。視界の隅には大きな窓に映る自分たちの姿がある。

山浦がこめかみの辺りをひくつかせ、憎々しげに踵を返した。山浦の背中を永尾はじっと射貫くように見た。山浦はちらかったデスク席に戻り、足元に置かれた鞄からメモを乱暴に取り出し、憤然と戻ってくる。

永尾は紙の束を胸に叩きつけられた。

「小僧、覚えておけ」

「しっかりと」

通し番号を見て、メモが全て揃っているのを確認してから、永尾はファイルに綴じ直した。

やおらドアが開き、服部と橘が連れ立って戻ってきた。どけ。山浦が二人を押しのけて出ていく。ドアが派手な音をたてて閉まった。

服部がドアを指さした。

「何かあったのか」

永尾はやり取りを省き、山浦の行為を端的に説明した。嘘でしょ、マジで信じられないんだけど。橘が眉を寄せる。

服部は一度天井を仰ぎ、永尾と橘を等分に見た。

「仕方ない。今晩からメモを持ち歩こう」

「え？」橘の声が素っ頓狂なほど跳ねる。「誰がです？」

「立場上、俺だな。まずは明日の取材だ」

三人でデスク島脇のソファー席に座った。テーブルには新聞が山積みになり、ワインの瓶も無造作に転がっている。橘はワインの瓶をちらりと見て、肩を上下させた。

「いいご身分ですよね。こっちは睡眠時間も食事時間も削ってるってのに」

「他人は他人だ。俺たちは自分の仕事をしよう。持ちネタは？」

三人とも細いネタすらなかった。夕刊の締切まであと十二時間弱。

「永尾、例の魚住さんのマンションで見た名刺は何か詰められたか」

「いえ」

「こっちも各社との囲みだったから何も聞き出せてなくてさ」

「魚住さんからどんな話を聞いたんだっけ」

橘の問いかけを受け、永尾は取り戻したファイルを運んできて、該当ページを開いた。改めて三人でメモに注意深く目を通していく。

「なんでもない内容ばっかですよね」と橘はもの問いたげに服部を見た。

「だな。おそらくトラブルの件に見当をつけたいんだろう」

「古い話ですよ」永尾は首を捻った。「そんな事情でドアに名刺を挟みますか。俺が何か重要な点を聞き逃してるのかも」

「さてな。朝駆けで一課長に当てられたら、当ててみるよ」

夜回り同様、他社もその場にいるだろう。真相にはしばらく手が届きそうもない。

「永尾は県警の名簿を見て、津崎さんの名前があれば朝駆けで直当たりしろ。夕刊帯は署で張り番した後、午後から同級生回りだ。橘は終日、同級生回り」

「結局、夕刊はどうします？」

橘が恐る恐るといった調子で尋ねた。

「朝駆け次第。何もネタが出てこない場合は俺が何とかする」

「さすがキャップ、男前っ」

　橘が声を弾ませた。

13

　朝六時でもセミが鳴き、もう陽射しも強い。津崎がマンションを出てほどなく、近くの自動販売機の陰から人影がでてきた。

　にわかに首筋が強張った。報日のあの若い記者だ。なぜウチに？　そうか。報日は、県警の名簿を手に入れているのか。警察には報道各社のシンパがおり、乞われるまま職員名簿を渡す者もいる。非難する気はないが――。

　津崎の目つきは勝手に険しくなっていた。あの記者は単に仕事をしただけ。頭では理解していても、気持ちは従わない。

　津崎さん、と記者が控えめな声を発した。周囲に響かせない配慮だろう。

「おはようございます。報日です」

　津崎は目も合わせずに歩みを進め、手で追い払う仕草をした。記者の横を抜けると、声が追ってきた。

「地取りの件で教えて下さい」

　誰が言うか。……待てよ。津崎は足を止め、振り返った。

「名前は?」

「永尾です。永久の永に、尾っぽの尾の永尾です」

以前から記者に投げかけてみたい質問があった。これまで自分に接触してくる記者はおらず、チャンスがなかった。いい機会だ。

「事件を解決する警察と、報道とどっちが社会には大事だ? 報道は何のために存在してる?」

警察がプロの犯罪者を減らせていない実情はある。それでも犯人逮捕という、事件処理機構として一応機能している。今回連続殺人を許したが、この存在意義は揺るがない。ならば、警察の処理機能を妨げるほど、報道は社会にとって有意義なのか? 事件現場や周辺を嗅ぎまわるだけのマスコミは、報じる先に何を見ている?

津崎には想像もつかない意義が報道にあるのなら、このところ覚える無力感や徒労感を弱める参考になるだろう。

見るからに永尾は言葉に窮している。どこかでカラスが長く鳴き、永尾が口を開いた。

「報道で悲劇が知られれば、同じような事件事故が減る望みもあります」

津崎は鼻で笑いそうになった。

「就職の面接じゃないぞ。迷惑だ。二度と来んな」

しばらく歩いて振り向いた。永尾がついてくる姿はなかった。

JR蘇我駅近くの喫茶店に入って数分後、片岡が現れ、津崎には一瞥もくれず、ひとテーブル置いた席に音も立てずに座った。

胸に鋭利な棘が刺さったような感覚がある。永尾が原因だ。永尾は中田の葬儀会場で、無礼な取材をする他の記者を止めた。二人の間に割って入った仲武も見所があると認めていた。そんな記者ですら、先ほどとってつけた台詞を口にした。報道なんてくだらない存在だ。その報道の力を借りるしかないのか。

もっとも、永尾の発言には一点だけ考えさせられる部分もあった。

事件事故が減る望み――。どうすればいいのだろう。警察の、現場の警官の役目とは？

別の頭では、もう一人の自分が吐き捨てている。自分の務めを満足に果たせなかった奴が何を偉そうに。処理機能以外の役目だと？

十五分後、山浦が重たい足つきで店にやってきた。テーブルに座るなり、力なく頭を下げている。

「貸してもらえないのか」

片岡がぼそりと言った。

津崎は新聞を広げ、視界の端でやり取りを眺めた。腹の底が掻き乱されている。六時半。店内には自分たち以外、客の姿はなく、ＢＧＭのジャズが虚しく流れていた。明け方に片岡から電話があった。『六時半に、蘇我駅近くの喫茶店で山浦と会う。周囲を張れ』と。

片岡はコーヒーを口にやり、カップを丁寧に置いた。

「理由を聞かせてくれ」

山浦がのろのろと顔を上げた。澱んだ眼だ。

「それは……見つからないからです」

嘘——。

「本当は？」

片岡が即座に質した。起伏はないのに鋭い声だった。山浦が上げたばかりの顔を伏せ、
片岡はじっと見据えている。BGMのトランペットが甲高く跳ねた。

「部下の協力が得られませんでした」

消え入りそうな声だ。二日前の晩に見せた、意気揚々たる態度の面影はない。

そうか、と片岡が冷然と言い、二人は押し黙った。

津崎は新聞を捲り、コーヒーを飲んだ。熱いだけで味はせず、文字も頭に入ってこない。適当なタイミングで新聞を捲り続けた。

「仕方ないな」片岡が空々しく付け加える。「手間をかけた」

「いえ」

「後頭部の打撲痕」

何だ？　津崎は思わず顔を向けた。片岡はぴたりと口を結んでいる。

急き込むように山浦の口が開いた。

「見つかったんですね」

片岡は唇を引き結んだまま何も言わず、身動きもせず、ただ山浦を見ている。

「後頭部を殴った鈍器が発見されたんですね」

山浦が念押しした。片岡はなおも黙ったままで、眼球すら微動だにしない。

「ありがとうございます」

山浦が深々と頭を下げている。津崎は目の前の光景に呆気にとられた。

「武士の情けだ。裏はとれ」

片岡は冷めた面構えで、抑揚もなく言った。

ありがとうございます、もう一度勢いよく頭を下げ、山浦の手が伝票に伸びる。いち早く、片岡が遮った。

「俺が払う」

山浦は三度頭を下げると、足早に店を出ていった。

津崎は二十分ほど喫茶店に残り、片岡とは別々に店を出て、県警の捜査一課部屋で落ち合った。

「後頭部の打撲痕という一言ですが……」

「それが？」

「山浦は明らかに凶器が発見されたと勘違いしてました」

「俺は『凶器が見つかった』と言ったか？」

言えるはずがない。凶器は種類すら特定されていないのだ。

「注意もした」

裏はとれ。あの促しか。では、武士の情けとは？　思考を巡らせかけた時、片岡の殺気が体を打った。

「警察は負けられん。誰に対してもな」

七時半、津崎は船橋中央署に入った。井上も早々と出勤してきた。今朝の片岡と山浦のやり取りは省き、報日の協力は得られないという結論だけを告げた。そりゃそうだろうな、と井上は納得顔だった。

八時半に署を出て、魚住のマンションに行った。内勤班が管理会社から聞き出してくれた共用扉の暗証番号も打ち込み、魚住の部屋のドアに挟んだ名刺を回収した。二十四時間態勢で張る以上、もう不要だ。昨日は回収する時間がなく、姿を見られてはまずい張り込み班に頼むわけにもいかなかった。名刺の位置がずれていた？　気のせいか。

「行こう。ノブさんや国領さんの援護射撃を無駄にできん」

井上の一言で、津崎の思いは昨晩の捜査会議に飛んだ。

会議では魚住の写真が配られ、基礎情報が共有された。

県立高校を卒業後、都内の大学に進学し、新宿の外資系製薬会社に就職。現在は営業を担当している。依然行方は杳（よう）として摑めず、両親が住む金沢（かなざわ）市に捜査員を派遣することも決まった。被害者周辺では魚住以外、これという人物も浮かんでいない。被害者二人について新たに判明したのは、二人とも大学三年後期から雰囲気が変わったという程度で、当時の友人は『就職活動を意識したからだろう』と言っている。いや、新たに摑めた点はもう一つあった。

中田は一週間前、魚住に電話をしていた。中田は履歴を消していたが、内勤班が割ったのだ。通信通話履歴を調べるのは捜査の第一歩。だが、まずは事件発生日から遡(さかのぼ)る形で携帯電話本体に残る履歴を潰していく。消えた履歴の有無を通信会社に照会して調べ、あればそれを追う作業は、その後だ。被害者は加害者と違い、計画的に被害に遭うわけではない。

会議後、国領と仲武に呼ばれ、『麻宮は被害者二人と三宅に嫌悪感を抱いている』と耳打ちされた。仲武が当たった同級生からの情報だった。麻宮が三人を手厳しく非難したのを別の同級生に聞いた記憶があったそうだ。会議で持ち出さず、こっそり伝えてきたのはまさに援護射撃。

捜査車両に乗り込むなり、助手席の井上が言った。

「冴えない顔だな」

「いつもですよ」

「いつにもましてだ」

「遠回りしてるからでしょう。初日に魚住に当たれなかったばっかりに」

信号が赤になり、津崎はブレーキをゆっくりと踏んだ。横断歩道を、大学生くらいの男女が笑い声をあげて歩いていく。

「小学校から帰る時、真っ直ぐ家に帰ってたか」

「いえ。友達の家に上がり込んだり、公園に寄ったりしましたね」

「同じさ。遠回りってのは寄り道だ。事件は早期解決の方がいいけど、現実は甘くない。俺たちの仕事は寄り道を面白がれないからこそ、歩みを無駄にしちゃいけない」

信号が青になり、津崎は静かにアクセルを踏んだ。井上は口を閉じ、津崎も無言のままハンドルを握った。

市川市の住宅街に到着し、まだ新しい二階建て住宅のインターホンを押すと、子供の笑い声が先に聞こえ、はあい、と明るい女の声が覆いかぶさった。

「刑事さんって、みんなもっと怖い顔かと思ってました」

高橋久美(たかはしくみ)は目を丸くした。昨日伸武が当たった同級生に麻宮の話をしたのが、この高橋らしい。

一階の陽当たりがよく、風もよく通るリビングで向き合い、津崎は一礼した。

「すみません、お子さんも遊びたい盛りでしょうに」

「いえ、夫が二階で一緒に遊んでますので」

被害者二人の中学時代も捜査していると前置きし、人となりなどの質問をした。返答はこれまでの捜査と矛盾せず、付け足す材料もなかった。水を向けるか。

「被害者二人について、どなたかが何か話してませんでしたか。どんな噂でも構いません」

「なんで私に？」

「皆さんに伺っておりますので」

高橋は記憶を探るように目を逸らせ、宙を見た。津崎は待った。井上も完全に気配を消している。二階からは子どもの弾む声が漏れ、笑い、叫び、どたどたと転がる音も絶えず響いた。

高橋の目が、津崎に戻ってきた。

「一度だけ。綾子、あ、同級生の麻宮綾子です。大学の頃、多分三年生だった時に、綾子の家の前で久しぶりに会って、立ち話をしてたんです。途中、妹のさやちゃんが出かけようとしたら、またアイツなのって綾子が言って。さやちゃんは『お姉ちゃんに関係ないでしょ』って怒りだすし、綾子も『あんな奴はやめとけ』ってすごい剣幕で言い返すし。あんな綾子、後にも先にも見たことありません。あの後、さやちゃんが三宅君と付き合ってて、相澤君と中田君を含めた四人でよく遊んでるって聞きました」

「麻宮さんは、なぜ妹さんと三宅さんのお付き合いに反対だったんでしょう」

「魚住君の一件もあるから、と」

食いついたと悟られないよう、津崎は喉の力を抜いた。

「魚住さんの一件とは？」

「教えてくれませんでした」

「中学時代、三人の誰かが魚住さんと揉めていたとか？」

誘導尋問気味でも仕方がない。

「私は知りません」

あっさり言い切ると、高橋は溜め息を挟んだ。

「もう姉妹喧嘩もできないんですもんね……。私は一人っ子なので、仲のいい姉妹で羨ましかったんです。あの喧嘩の後も綾子は、さやちゃんが三宅君に貰ったマフラーを夏なのに部屋に飾ってる、って頬を膨らませて。それって、お互いの部屋を行き来するほど仲がいい証明じゃないですか」

頭上から子どものひときわ大きな笑い声が漏れてきた。

「さやちゃんの葬儀に参列したんです。あの時の綾子、見てられませんでした。綾子の家、葬儀後に引っ越したんです」

麻宮が言った『魚住君の一件』とは何だろう。現下、魚住と被害者二人が言い争った原因として探り出せたのは、数学の宿題を巡る些細なトラブル。そんな要因では、妹の交際を反対しないはずだ。

それから三十分話を聞いた。特に得るものはなく、引く頃合いだった。

「水泳部だった平山さんの転居先をご存じないですか」

平山の転出住民記録は消去されていた。平山の名前でも、父親の名でも免許証検索でヒットせず、公的機関を通じての解明は壁にぶつかっている。

「すみません。違う小学校の子ですよね？　顔も下の名前も記憶にないくらいで。でも、水泳部の女友達に、お父さんの交通事故の関係で夏休みに転居した男子がいる、って聞いた憶えがあります。平山君かも」

交通事故なら記録が残っているので、そこから辿れそうだ。免許証検索でヒットしないのは、交通死亡事故だから？　県警では事件事故の電子データ化が進んでいるが、まだ過去の全てをカバーできていない。

礼を言い、高橋の家を辞した。

「麻宮にもう一度会うべきですね。魚住の隠れた動機が摑めるかもしれません」

「明日だな。今日の捜査会議で他の組の成果も聞くべきだ。俺たち以外も麻宮に繫がる話を仕入れてれば、総合的に判断できる」

捜査車両に戻ると、国領に交通事故記録を洗ってもらう依頼をした。

14

「今度はディナーに来たいな」橘が声を弾ませる。「夏でもビーフシチューがおいしいなんて信じられる？」

「間違えて火曜に来ちゃダメですよ。定休日ですから」

「ほんと気をつけないと。記者って、夕刊のない日曜以外、曜日感覚が抜けてくもん」

二時に近かった。先ほどまで永尾たちは魚住の幼馴染(おさななじみ)で、被害者二人の同級生でもある麻宮綾子が働くビストロにいた。レストランで働く同級生がいる、と橘が取材先で耳にして、店を割った。服部に『息抜きを兼ねて二人で行ってこいよ』と送り出されたのだ。

ランチを食べ、なし崩し的に取材に入ったものの、麻宮から実りのある話は得られなかった。参考になったのは店を出た後だ。店主が追いかけてきた。昨日警察も店に来たのだという。警察と記者が相次いで訪れれば、何事かと案じるのは当然だろう。麻宮は警察に何を聞かれたのかを、店主に言っていなかった。

「こんなおいしい店なのに、どうしてグルメサイトの評価は三もないんでしょうね」

「評価軸が自分に無い人が多いからでしょ。おいしいと思っても、『みんなの評価が低いから』って一とか二をつけちゃうんだよ。逆もしかりでさ、サイトの評価は高くてもがっかりした経験あるでしょ？　サイトの星の数なんて疑った方がいいんだよ」

「自分を疑うように？」

そうそう、と橘が何度か頷(うなず)き、拝むように手を合わせた。

「あんなおいしい料理が食べられたなんて、服部さんに感謝感激だね。いいキャップだよ。前のキャップなんて、自分じゃ何もしないくせに口だけ達者でさ。服部さんは発生モノも処理してくれてるし、おおらかだし」

連続殺人事件を取材する間も、県内では強盗や交通死亡事故、火事、ひったくり、詐欺など無数の事案が発生している。それが滞りなく紙面に載るのは、取材を全て服部が引き受けてくれているからだ。自分は恵まれている。普通なら最下級生の仕事だ。

ふっと津崎に投げかけられた疑問が心に蘇ってくる。

――事件を解決する警察と、報道とどっちが社会には大事だ？

答えを持っておらず、月並みな返事しかできなかった。自分に記者の意地があるのは自覚できた。では、土足で人の心に入り込む時、どこに向かってきっちりその心を踏みしめるべきなのか。事件事故を報じる先に何がある？

「次はステーキかなあ」

「ほんとよく食べますよね」

「年頃の女子に言う台詞じゃないから。元カノが愛想を尽かすのも無理ないね」

市ヶ谷駅に向けて歩き、外堀に上がって木陰に入った。足元を総武線が新宿方面に走っていく。

「哀しい人でしたね。亡くなった妹さんが大事にしていたマフラーを、今も大切に保管してる話なんて、ちょっと涙ものです」

「年末の記者回顧で書いたら？」

報日新聞千葉支局の年末恒例企画だ。一年間にした取材のうち、原稿にできなかった印象深い話を若手記者が長いエッセイとして綴る。

橋の携帯が鳴った。服部からだった。え？　橋の面つきが険しくなる。数秒あり、携帯が差し出され、永尾は耳に当てた。

「橋とウチの夕刊を見てくれ。社面肩に三段で、『連続殺人で使用された鈍器が見つかった』と出た。もちろん俺は知らない。いま一課長を捜してる」

「誰のネタですか」

「デスクだよ。俺のルポを外して、四版で入れ替えたそうだ」

今頃、山浦は得意になっているのだろう。

「裏は取ってるんですよね。ウチの取材メモを見たがってた人がネタ元で、実は一課長だったとか」

「少なくとも、昨晩も今朝もデスクが一課長に会ったはずがない。各社の囲みだった。いくらデスクが千葉支局経験者でも、一課長や刑事部長にツテがある線も考えにくい。メールや電話でやりとりできる仲なら、とっくに自慢してるよ」

第一線の警官から確たるネタを仕入れても、紙面にするには、しかるべき責任者の言質が必要だ。

「飛ばしにならなきゃいいが」

飛ばし――。憶測で記事にする行為。新聞記者の風上にも置けない行為。

通話を終えると、永尾と橋は携帯で報日のサイトを開いた。

千葉連続殺人　鈍器発見

トップニュースとして扱われている。原稿を目で追ううちに胸苦しくなった。まったく中身がないのだ。いつどこで発見されたのかは記されておらず、鈍器が何かという記述もない。犯行に使用されたと断定した根拠や、指紋はあるのかといった、傍証となる事柄も書かれていない。単に『連続殺人事件で使用された鈍器を千葉県警が発見したことが、報日新聞の取材でわかった』とあるだけだ。後は既報の記事をなぞり、三段見出しに耐える分量を確保しているにすぎない。締切間際に鈍器発見の端緒を摑み、慌てて紙面に入れた体裁である点に、かろうじて希望は残っているが……。

「とりあえず、戻ろうか」

橘が力なく言った。

市ヶ谷駅に到着すると、永尾の携帯が震えた。服部だった。

「署長に鈍器の件を当ててくれ。俺も一課長に当てられ次第、連絡する」

永尾と橘は無言のまま、船橋駅まで電車に揺られた。

船橋中央署には各社の一年生記者がいた。皆、険しい目つきだ。永尾は、やや離れた位置に立つ大谷に声をかけた。

「署長待ちか」

大谷が滅入った顔つきで、冗談めかした。永尾は曖昧（あいまい）に返事をするしかなかった。

一階の交通課脇にある腰高のスイングドアを抜け、副署長席に向かう。所轄では副署長が広報担当となる。席の前に立つと、副署長がのっそりと書類から顔を上げた。

「署長なら、まだだよ」

「何時頃、お戻りに？」

「四時の予定だけど、五時だな。市の交通安全協会との会合だから。あそこは話が長いんだ」副署長が視線を振った。脇にある応接セットに新聞が重なっている。「誰が書いた？」

「私じゃないのは確かです」

ふうん、副署長は再び書類に目を落とした。話は終わりという合図。永尾がロビーに戻ろうとすると、副署長が下を向いたままぼそりと言った。

「署長が戻って来る時は、いつも裏に車が戻る」

教えてくれた意図が汲み取れ、永尾は体が硬直しそうになった。

記者の溜まりに戻り、署を後にする。誰も追ってこないし、怪しんでもこなかった。抜いた社の記者が後追い取材に付き合う必要はない。

永尾は裏の駐車場が見える植樹脇に回った。じっと待つ。強烈な日差しでひりつく肌に湿気がまとわりつき、汗が全身から滲み出てくる。

五時過ぎ、黒塗りの車が裏の駐車場に入ってきた。物騒なほど前後にアンテナが立っている、警察の幹部車両だ。永尾は駆け足で近寄った。滑らかにドアが開き、お疲れ様です、と声をかける。

加茂が眩しそうに目を狭めた。

「ほんと、疲れたよ。警察はもっとしっかりしろって、散々責められてさ。こんなとこまで何の用？　急ぎ？」

じじ、とセミが鳴き、張りついていた署の壁から飛び立っていく。

「ウチが夕刊で書いた件です。あれは事実ですか」

永尾は自分の声が遠くから聞こえ、後追い取材をしている気分だった。全身が気怠く、鉛でも抱えこんでいるかのようだ。

「永尾さんが書いたんじゃないんだな。誰が書いたの」

「知りません」立場上、そう言うしかない。「鈍器は発見されてるんですか」

加茂が鼻から荒い息を抜いた。

「私が知る限り、あの事実はない。まだ上がってきてないだけかもね」

ありえない。署長には逐一捜査報告書類が回ってくる。記事は完全な誤報――。

じゃあ、と加茂が去っていくも、永尾はその場を動けなかった。アスファルトの上で陽炎が揺らめいていた。

津崎のポケットで電話が震えた。見慣れない番号が表示されている。

「報日の夕刊は見たか」

片岡だった。苦みが口中に広がっていく。先ほど井上とサイトの記事に目を通した。

「はい」

「武士の情けも無駄だったな」

そういうことか。山浦が裏取りしていれば、防げた誤報。片岡はその意を『武士の情け』という一言に込め、山浦は読み取れなかった。

「報日は一週間の出禁だ。捜査を混乱させた責任は重い」

県警の施設に立ち入れない措置だ。通常は、捜査を妨害する特ダネ記事を出した社へのペナルティ。それを、誤報を出した報日に科す……。

言質を与えずとも管理官の発言だ。裏取りを疎かにしたのは頂けないが、山浦が早合点するのも理解できる。また、山浦は部下を小馬鹿にしていた。そんな男なら部下に裏取りの指示を出さないとも見越していたはず。

誤報に加え、出禁。報日の打撃は大きい。夜回りや朝駆けは禁じていないし、県警にその権限もない。とはいえ、署の様相を摑めず、出禁中は会見が設定されても出られない。事件報道の生命線は警察への取材だ。誤報というレッテルで地取り取材も厳しくなるだろう。

「連中は干からびる」

片岡の思惑が汲み取れた。泣きついてくるのを待ち、魚住の取材メモを引き出す——。まさにインテリヤクザの本領発揮だ。甘い誘惑を張り、無駄になると見るや、食らいつく。津崎は携帯を握り締めていた。

「あまりにも……」

言いかけると、片岡の起伏のない声が遮ってきた。

「誰のせいで、こんな罠を仕掛ける必要が生じた？」

いきなり電話が切れた。

津崎は足元に伸びる自分の影を見つめた。警察は負けられない。だが、こんなやり方で魚住の取材メモが手に入ったとして、勝ちと言えるのか。どんな手を使ってでも勝てばいいのか？　その先に犯罪が減る社会が待っているのか？

津崎は目を上げ、額の汗を拭った。暑さは微塵も和らいでいない。東京の世田谷に転戦していた。

——魚住の大学時代の友人に内勤班が辿り着いた。夕方以降なら時間があるそうだ。また国領なりに失点回復の援護射撃をしてくれたのだ。他にも同級生担当はいる。

同級生の男と会う約束は六時半。もうまもなくだ。歩きながら自分の感情を落ち着かせていく。気持ちが乱れていては、重要な一言を聞き漏らしかねない。

約束の時間になった頃には、感情は鎮まっていた。

世田谷の用賀駅近くのマンションに魚住の友人は住んでいた。

「一昨日、会いましたよ。ウオが『車を貸してくれ』って言ってきたんで」

車だと？　中田が殺害された翌日に？

「魚住さんが車を必要になった事情をご存じですか」

「急に山でキャンプしたくなったからって。俺たち、大学でワンゲルサークルだったんですよ。今も寝袋とかカセットコンロを車に積んでるんで。たまにウオに車を貸すんです」

「どこに行くと仰ってました？」

「丹沢辺り、と。丹沢のどこかは聞いてません」

実際に丹沢にいるとしても、範囲は広い。

「魚住さんからのコンタクトは携帯で？」

「ええ」

魚住はこちらの電話に出ないだけなのだ。容疑者として確定していない以上、令状をとって携帯電話会社に位置情報提供を求める方法はとれない。

魚住の友人は車のナンバーを憶えておらず、車検証も車に積んでいるとの話だった。ナンバーが割れなければ、陸運局に照会できない。いや、住所と名前で何とかなる。

「魚住さんに中学時代の話を聞いたことは？」

当時の恨みが殺人に結びつくのなら、それとない発言があった可能性もある。

「いいえ。まったく」

　行き止まりにいる気分で、津崎は言葉に詰まってしまった。

「一人きりのキャンプは危険じゃないんですか。場所にもよるんでしょうが」

　今回も井上が話を継いでくれた。魚住の性格も引き出そうとしている。

「俺たち、恐怖心が欠如してんでしょう。自分を包む、あの闇がたまらなくて。ウオもそうです。あいつは仲間内で一番危険に鈍感ですよ」

「へえ、たとえば」と井上が促す。

「学生時代、ウオはコンビニでバイトしてたんです。夜中に強盗が入ってきて、レジの女の子を脅して金を奪って逃げた事件があって。ウオは強盗を追っかけて、ぶっ倒しちゃった。強盗、凄いナイフを持ってたんですよ。警察も驚いてたって、バイトの女の子が話してくれました」

　魚住は腹が据わっている。

「そいつは凄いな」と井上が感心したように相槌を打った。

「もとをただせば、夜中は女の子を一人でレジに立たせちゃいけない規則があったのに、ウオがその時間を作ってしまったそうですけど」

　責任感も相当強いようだ。

「あっ、中学時代の話を多少は聞いてました。俺がインドに行った年だから、大学三年の時かな。ウオの実家に遊びに行って、ぶらぶら歩いてたら、夏にオープンカーにたむろする四人組がいたんです。男三人と女一人。女の子が嬉しそうにウォに手を振ってきて。男連中は同級生で、女の子は幼馴染って言ってました。向こうは幼馴染以上のムードを醸し出してましたけどね」

相澤、中田、三宅、そして麻宮さやだろう。

「魚住さんは四人にどんな反応を?」と井上が尋ねる。

「別に。特に仲の良かった同級生ではなかったみたいです。真っ赤なオープンカーには驚いたな。こっちは貧乏学生ですからね。BMWの新車でしたよ」

「オープンカーを見かけたのはどの辺りで?」と井上がなにげない物言いで尋ねる。

「詳しい住所はちょっと。谷津干潟の遊歩道沿いを進んで船橋競馬場に向かう途中でした。裏道に入った広場というか、空き地というか。ひっそりとしたとこでしたね」

津崎は全身に力が入った。そこが相澤殺害の現場だとすると、魚住犯人説の確度が上がる。魚住にとって呼び出しやすい場所だ。

魚住は本当に丹沢でキャンプ中なのか? 違うのなら、どこで何をしている?

15

七時過ぎ、永尾は支局のドアを開け、我知らず動きを止めていた。

支局の空気が沈んでいる。まるで他社に特ダネを抜かれた時さながらだ。いつもなら支局内が県版づくりの忙しなさで満ちている時間なのに。記者は支局内を歩き回り、デスク島のプリンターからはモニターが出る音が絶えずし、ＦＡＸの着信音もひっきりなしに鳴る。今日は、エアコンとパソコンの稼働音が虚しく聞こえてくるだけだ。

「永尾、悪いな」

服部が自席に座っていた。腹を括ったような表情だ。三十分ほど前、現場で改めて地取りをしていた最中、一旦支局に上がるよう指示された。永尾は意識的に足を動かし、自席に膨れ上がった鞄を置いた。

服部が椅子の背もたれに寄り掛かり、ギィと軋む。

「電話でも伝えた通り、県警に一週間の出禁になった。夕刊の件だ。誤った記事を出して、捜査を妨害したからだと」

永尾はデスク席に目をやった。デスク編集機を前にした山浦の目は、どろんと澱んでいる。

「署の張り番はどうなるんですか」

今は橋が署を張っている。

「外でやるしかない」

大きなハンデだ。署内の雰囲気や微妙な動きを肌で感じられない。

本社からの内線が鳴った。この時間の内線はデスクが目当てだ。取り次ぐ時間を節約するため、支局員は出ない。

山浦が電話に出る素振りはなく、鳴り続けている。仕方なく、永尾が受話器をとった。

「誤報出してんじゃねえぞッ」

いきなりの怒声だった。永尾は怯まず、通常通りの声音で応じる。

「地方部の方ですか」

「他に誰が千葉にかけんだよ。てめえ、誰だ」

「永尾です」

「てめえか？　てめえが誤報を出したんだなッ」

何を決めつけてるんだ？　永尾は戸惑いつつも、喉を押し広げた。

「私ではありません」

「ああ？　私じゃない？　支局員なら連帯責任だろうが。他人事みたいな口の利き方してんじゃねえッ」

永尾は黙した。読者にとっては誰が原稿を書こうと、報日の記事であり、そういう面では連帯責任になるが……。

「どう責任とるつもりだ、え？　何とか言えよ、コラ」

相手はなおも巻き舌で捲し立ててくる。どう対応すればいい？　放心状態の山浦に取り次いでも無駄だろう。服部にも答えられないはず。何より、どんな返答をしても相手が燃え上がるのは必至。

おい、もっと怒鳴れ、編集局中に地方部には責任がない点をアピールしろ。別の声が受話器の向こうから聞こえた。

　永尾の脳裏によぎる光景があった。記者会見で責任転嫁に励んでいた、首都通信の落武者をはじめとする連中の姿だ。ここでも保身と計算か。

　突然、受話器を横からひったくられた。

「文句なら俺に言えッ」

　怒声が永尾の真横で破裂した。支局長の長谷川だった。

「しばらく俺がデスク業務をする。いま、地方部長と話をつけた。くだらん電話をしてくんじゃねえッ」

　長谷川が受話器を叩きつけた。支局に静寂が落ち、永尾は長谷川の異名を思い返した。鬼平――。

　長谷川が山浦を見る。

「山浦デスクは、しばらく二県だけ見て下さい。本版と一県は私がやります」

　目はいつになく鋭いのに、口調は平素の温和さを取り戻していた。

　はい、と山浦はか細い声を発するだけだった。県版は見開き二面で左面を一県、右面を二県と呼ぶ。二県は決まりものの企画を載せ、ニュースという生モノは扱わない。最初から二県専門のデスクならともかく、山浦は違う。戦力外通告だ。

　さて、と長谷川が穏やかに切り出してくる。

「服部君も永尾君もこういう次第ですので。橘さんにも言っておいて下さい」

長谷川がデスク編集機の前に滑るように座った。支局には山浦用のほかに写真端末も含め、三台のデスク編集機がある。かつては二県を専門に見る三席と呼ばれるデスクが千葉にもいた名残だ。長谷川は端然と一台に向き合っている。誰かに似ていた。

ああ、検視官の宗島だ。

「服部君」おもむろに長谷川がこちらを見た。「出稿予定に追加はありますか」

「夜回り次第です」

了解、と長谷川がデスク編集機に向き直り、キーボードを叩く音が続いた。

「キャップ、もう出稿予定を出したんですか」

「さっき長谷川さんに送ってもらった」

「訂正は？」

「十四版で入れる。幸いというべきか、デスクの原稿は夕刊四版しか掲載されてない。早版と途中版に訂正を出しても、読者は何の話だかさっぱりだ」

朝刊の十四版地域には夕刊四版が、朝刊十三版地域には夕刊三版が配達される。なるほど、出稿予定を提出した後、長谷川は支局長室で地方部長に電話を入れ、山浦への対応を協議したのだ。その間に出稿予定を見た地方部が怒鳴り込んできた。

「肝心の原稿はどうするんです？」

「俺が夕刊用に出したルポを、切り口を変えて書き直すよ。そうすれば、夕刊に載った二版、三版ともかぶらない」

無理矢理の力業で、ひとまずしのぐのか。

「山浦デスク、支局長室で話をしましょう」

声をかけた長谷川は、山浦に一瞥もくれずに立ち上がった。山浦がとぼとぼと続く。

二人が支局長室に消えると、それでさ、と服部が話を転じて、机上のモニターを手に取った。

「今晩中に中田さんの家に行ってくれ。書き直すルポに遺族のコメントを入れて、夕刊との差別化を図りたい。現状の原稿を渡しておきたくて、上がってもらったんだ。相澤さんの遺族から取れそうもない分、中田さんに頼るしかなくてな。首都通信の田渕との一件は知ってるけど、一度行った以上は永尾が担当だ」

——あんた、それでも人間か。

いずれ行かないとならない。遺族に告別式での騒ぎも謝りたい。時計を見た。訪問のリミットは八時だろう。

永尾は早速支局を出た。

ハンドルを握る間、思案を重ねた。どう話を切り出せばいいのか。故人の最後をぶち壊したのは、自分だ。謝罪の言い回しが頭に浮かんでは消えていく。

三十分ほど走り、考えがまとまらないまま中田の家に到着した。家の灯り（あか）がカーテンの隙間から漏れている。少し過ぎてから路肩に車を止めるも、なかなか降りられず、早々と車内は蒸し暑くなった。シートベルトすら外せないまま時間だけが過ぎていく。

永尾はきつく目を瞑り、バッと開けた。

当たって砕けろ――。

ズボンの後ろポケットに丸めたノートを突っ込み、ドアの開閉音を殺して、車を降りた。アスファルトを覆う昼間の余熱を踏みしめ、一歩一歩進んでいく。

玄関前に立つと、一呼吸置き、インターホンを丁寧に押した。自ずと体が緊張で硬くなっていく。

はい。女性の落ち着いた声がした。

「報日新聞の記者で永尾と申します。昨日の無礼を謝りたくて参りました」

返事はない。両手を強く握った。拒絶されたらどうする？　紙面のためには食い下がるべきでも、遺族の心情を察すると……。

「少々お待ち下さい」

先ほどと変わらぬ調子で返事があり、永尾は姿勢を正した。

ドアがしずしずと開いた。遺族が乗った黒塗りの車、助手席にいた女性だ。中田の母親。昨日よりも小さく見える。永尾は深く頭を下げた。

「昨晩は失礼しました。私が車に張りついた記者を止めに入らなければ、あそこまで酷い状況にはなりませんでした。まずは謝らせて下さい」

強張る体の奥底から一語一語が溢れ出てきた。

「顔を上げて下さい」

静かな声だった。永尾が顔を上げると、穏やかな眼があった。

「中田大地の母です」その頭がゆっくり下がっていく。「昨日はありがとうございました」

礼？　永尾は思考が止まった。

中田の母親は顔を上げると、玄関の灯りをつけた。赤い瞳、目の下の隈、真っ赤な鼻先、ほつれた髪。疲れ切った容貌が照らされ、永尾は足がすくみそうだった。記者になって以来、多くの現場に出た。多くの遺族取材もした。しかし――。

こんな距離で素の遺族と面と向かうのは初めてだ。先日、報道陣が押しかけた時に見せた顔とも、葬儀の時ともまるで違う。あれは表面の顔に過ぎない。自分がこれまでの遺族取材で見てきたのは表面の顔だけだったのだ。一日中泣き、夜も眠れず、なぜ自分の家族に理不尽な死が訪れたのかと誰にともなく問いかける時間は、あの後に訪れるのか。この一年数ヵ月、自分は真の意味で遺族を取材していなかった。

「永尾さんのおかげで、あの時は車を進められました。数日前には主人が大変失礼な発言をし、申し訳ありませんでした」

謝罪？　またしても永尾の思考は止まった。

「それでも人間か――だなんて。怒りのぶつけどころがないからって、あんな無礼を言ってしまって」

「当然の指摘をされただけです。不躾な質問でしたから」

中田の母親がかすかに笑った。泣いているようにも見える笑い方だった。

「永尾さんが率直に問いかけなければ、私たちは真綿で首を絞められる時間が続いただけでした。答えなければ、ずっと記者の皆さんが家の前にいただろうし。そう見当がついてるから、あなたは率直に問いかけてきたんでしょ？」

永尾は唇をきつく嚙み締めた。指摘はこちらの深意を突いていた。あのまま長引けば、遺族に鞭(むち)を打つ時間が続くだけだった。長引かせたくない。だから、意を決して問うた。今のご心境をお聞かせ下さい、と。

こちらがどんな思いを抱いていても、遺族の傷口に指を突っ込み、肉を抉った事実は変わらない。なんで心中を読み取られたのだろう。

永尾の疑問を見透かしたように、中田の母親が言った。

「あなた、哀しそうな眼をしてたもの」

家に入る前、中田の母親と目が合った。あの時、こちらの内心を汲み取ったのか。

すっ、と中田の母親が背筋を伸ばした。

「私たちの心情を推察してくれて、ありがとうございました」

永尾は瞬きを止めた。胸を強く衝(つ)かれ、息を呑(の)んでいた。人生の厳しい局面を迎えているのに、こちらの立場を理解し、その上で礼が言える人がいる。そんな人に対して自分ができることは何か。

永尾は、中田の母親の眼を見据え直した。

「改めて申し上げます。今のお気持ちをお聞かせ下さい」

一歩も引けない。いや、一歩踏み込まねばならない。記者が遺族の心模様を百パーセント理解できるはずがないからこそ、人の心を傷つける局面でも怯んではならない。中田の母親のように、こちらの意を汲んでくれる遺族もいる。記者は現場から逃げ出さず、正面から踏み込んでいくべきなのだ。そして、事実を粛々と報じる。その先に待っているのが——。

永尾は、自分なりの報じる意味を見出していた。報道の存在意義を摑んでいた。

いまやスマートフォン一台あれば、誰もが情報発信できる。事件事故の現場を垂れ流すだけなら、幼稚園児にも可能だ。だが、事件報道の役目は風景や様子を伝えるだけではない。そこに人生がある——あった現実を知ってもらうことだ。

誰もが情報発信できるといっても、事件事故直後、冷静に実行できる被害者や遺族がどれだけいるだろう。彼らと近い人だって、『犯人憎し』の色眼鏡がかかってしまう。一個人が当局に取材に行ったところで、門前払いされる。警察が事件事故の報道発表をホームページなどで公開するようになっても、内容はなきに等しいだろう。さらに昨今はフェイクニュースも飛び交っている。

どんなに発達した情報社会でも、凄惨な現実を見つめ、被害者や遺族の心に踏み込み、情報を精査し、事実関係や彼らの生々しい気持ちを粛々と伝えられるのは、記者だけだ。被害者や遺族、周辺縁者の人となりや心境に触れ、それを形に——記事にして『誰にでも起こりうることだ』と営々と世の中に突きつけるのは、プロにしかできない。

では、目を瞑りたくなるような事柄を、なぜ日々報じないといけないのか。

社会を変えるために――。

人が生きている限り、世の中から事件事故はなくならない。ならば、事件事故の被害者や遺族に心を寄せられる人を少しでも増やしたい。その輪が広がれば、犯罪抑止に繋がる望みも生まれる。ある人は誰かを殺そうと刃物を持った瞬間、記事で読んだ被害者遺族の心情が胸によぎり、踏み止まるかもしれない。ある被害者は別の記事を見て『同じような境遇の人も、歯を食い縛って生活している』と心強さを覚えてくれるかもしれない。記者一人一人が毎日誰かのために記事を書ければ、一体何人の心を支えられるだろう。

現代では、何が大切な情報なのかを吟味する暇なんてない。ネットやSNSには次々と新たなニュースが流れてきて、一秒前のニュースも情報の山に埋もれていく。ニュースの鮮度なんて、生まれた瞬間からないに等しい。だからこそ、『これは大事なニュースです』と愚直に提示していく報道機関が不可欠なのだ。

読者の受け止め方はそれぞれだろう。他人事として読み飛ばす人、胸が苦しくなるから見たくもない人、一読しただけで何もかもわかった気になる人、心の底から涙する人、はなから興味もない人。……それでいい。記事がたった一人の心にしか響かなくても、〝世の中を変えたい〟という信念で毎日原稿を届けていけば、違う日に別の誰かの心に刺さるかもしれない。『マスゴミ』と罵られても、『青臭い夢物語』と嘲笑されても、記者はこの役割を担う矜持(きょうじ)を胸に未来を見据え、過去を顧み、現在を進むしかない。記者には次々に新しいニュースに飛びつく定めがある。宿命を活(い)かさないといけない。一つ一つの取材を疎かにせず、真摯(しんし)に向き合えば、伝える技術、ぶつかる体力と心を養っていける。それは次の取材に、社会に還元できる。

自分がそうしたいだけで、結局は己のための行為だとしても、圧倒的な結果を残せば周囲に影響を与えるはずだ。

中田の母親の顔が歪(ゆが)み、強張った。唇は震えている。

「悔しいです。一日でも一時間でも一分でも早く逮捕されてほしい。なんで息子が殺されないとならなかったのか。理由を——真相を知りたいです」

永尾はズボンの後ろポケットから丸めたノートを取り出し、素早く書きつけた。遺族の率直な心模様を、そのまま原稿にしたい。

いや、そのまま紙面にしなければいけない。

中田の母親の言葉は続かなかった。

「ご主人にも、お話を伺わせて頂けませんか」

「ごめんね。誰とも話したくないって」口調が幾分砕けたものになり、中田の母親は洟(はな)をすすった。「恰好悪いわね。鼻水が止まらなくて」

記者の自分がこの場を去れば、中田の母親もまた哀しみにくれるのだろう。

新聞は発行され、読まれればゴミになる。それでも中田の母親のような人たちを記録する役割には意味がある。報道とは政治家やスポーツ選手の振る舞いを掲載するだけでなく、富や名声とは無縁のこうした声なき声を記録する使命も持つのだ。誰しもに人生がある。人生を踏み躙られた人々がいる。これが実名報道の意義ではないのか。みんな一人一人名前があり、懸命に生きてきた記録――。

たとえば十年後に誰かが今回の連続殺人事件を振り返った際、『三十代男性』とある記事と『中田大地（三二）』とされた記事とでは、どちらが彼や遺族の痛みや苦しみ、哀しみなどを具体的に想像できるだろうか。どちらの方が、苦しんでいる人たちが自分の前に一人の人間として存在しやすくなるのか。

昨今、遺族や関係者の感情に配慮して匿名で報じるケースがままある。それなら、全ての事件事故を匿名で報じるべきだろう。外から見れば事件事故に大小があっても、当事者にとって重さは同じなのだから。実名と匿名。今後報道がどちらを選択するのか、もしくは基準を設けて使い分けるのかはまだ知る由もないが、会社や世論に頭を預けるのではなく、記者には、記者一人一人が意見を出し、決めていくべきだ。被害者や遺族の心に踏み込む記者には、それだけの責任と義務がある。報道の意義に立脚し、何がより良い社会に近寄れる選択なのかを真剣に追い求めなければならない。難しい作業でも怠ってはいけない。

中田の母親がまた鼻水をすすった。どうぞ。永尾はポケットティッシュを差し出した。

ありがとう、と中田の母親はそれを受け取り、弱々しく洟をかんだ。

「息子が思春期真っ只中の頃、一緒に出掛けた時にこうやって街中でティッシュをもらったなあ。すごく照れ臭そうでね」

「思春期といえば、中学時代、息子さんと同級生の魚住さんとの間にあったトラブルをご存じですか」

「警察にも聞かれたけど、私は何も」

中田の母親が寂しそうに遠くを見た。

「何もしないと気分が沈んじゃってね。この前、クリームシチューを作ったの。息子が小さい頃、ハンバーグもカレーもミートソースも子供が好きな物を作っても何一つ食べなかったのに、クリームシチューだけは食べたから。なんでか作らなきゃと思って」

何の脈絡もない発言は、彼女自身に向けられたようだった。そう言えばあの日、この家からは、真夏なのにクリームシチューのニオイがした。

中田の母親の双眸にいくらか力が戻った。

「平山祐樹君には会った？」

初めて耳にする名前だ。橘や服部の取材メモでも目にした記憶はない。

「いえ。どなたですか」

「息子や相澤君と同じ水泳部にいた子。中学三年の夏休みに転校したんだけど、昨日警察が転居先を尋ねてきた。私は知らないんだけどね。探してみたら？」

帳場は同じ水泳部員として話を聞きたいのだろう。

永尾さん、と中田の母親が声を潜めた。

「本当は警察から口止めされてるけど、教えてあげる」

口止め……。たちまち周囲から雑音が消え、全身の肌がぴんと張り詰めた。永尾はまじろぎもせず、続きを待った。

中田の母親の口が再び動き出す。

「息子は右手の指が全部切り落とされてたの。相澤君は親指が切られてたって」

切り落とされた指――。表に出ていないネタ。そう認識した刹那(せつな)だった。

全身の血が急激に激しく巡り出し、首の根本が強張った。そして、内臓が沈むのに足が浮くような、かつてない感覚に襲われた。

永尾はボールペンを強く握った。

「どうして教えてくれたんですか」

「率直だからかな。記者って、もっと計算高いって先入観があったんだけど、永尾さんは違う。他人の感情を推し量れる人だし」中田の母親が目元を緩めた。「永尾さん、おいくつ？」

「二十五です」

「いい人生を送って下さい」

じん、と心に沁みる一言だった。

「明日、報日新聞に購読を申し込むから。あ、勘違いしないでね、私の発言を読みたいわけじゃないの。永尾さんの記事を読んでみたい。応援してるから、しっかりやりなさい」

「はい」

それしか言えなかった。

礼と別れの挨拶をして、永尾は中田宅を後にした。走って車に戻ると、すぐさま車中で服部に電話を入れ、指の話を一息に報告した。

「でかしたっ」服部の語尾は勢いよく跳ね、昂揚感が伝わってきた。「手分けして裏をとろう。俺は一課長に言質をとる。永尾は署長に当たれ。どっちかの言質が取れれば、もう一方も惚けられない」

電話を切ると、車のエンジンをかけた。いつもより野太い音に聞こえた。

まずは署長官舎に向かった。インターホンを押しても無反応で、雨戸が閉め切られ、エアコンの室外機も動いていない。他社の姿もなく、橘に電話を入れた。

「聞いたよ」橘は弾んだ声だった。「やったじゃん」

「詰めないといけないですけど」

「だねだね。クソヤマを反面教師にしないと」

「まだそっちに署長はいますか」

「うーん、どうだろう。私が来たのは七時前だから。それからは見てないけど」

署長室が見える裏に回ってもらうか。しばらくは二十四時間電気を点けっぱなしにする帳場と違い、無人になれば灯りは消える。だめだ。その間に署に動きがあれば、橘が見逃してしまう。自分で船橋中央署に向かえばいい。

十分ほど車で走った。駐車場に人影があった。橘だ。あそこまでは黙認されたのだろう。永尾も署の駐車場に車を入れた。各社の一年生記者の車もあり、彼らの姿は署内に見える。

急ぎ足で橘に近寄った。

「ちょっと、裏に行ってきます」

他社の記者に見られても怪しまれぬよう、遅くも早くもない足運びで裏に回った。電気は点いていない。転戦して官舎を張るか。来た時と同じ歩調で駐車場に戻った。

「どうだった？」

永尾は見たままを言うと、橘が軽く首を傾げた。

「署長室の窓、遮光ブラインドがついてなかったっけ。いても、灯りは漏れないんじゃないかな」

腹を括り直す。勝負所だ。

「突撃してきます」

「いってらっしゃい」

橘が満足そうに笑った。

自動ドアを抜けた。人の出入りに伴うチャイムが鳴り、記者の目が一斉にきた。首都通信の田渕が長椅子から勢いよく立ち上がる。

「永尾サン、報日は出禁ですよ」聞こえよがしな大声だ。「ここで何やってんすか」

「トイレを借りたくてな」

田渕は眉を寄せ、永尾のもとに大股で歩いてきた。

「そんなにしたいなら、漏らせばいいでしょう」

「いい大人になって漏らしたくないだろ」

「早く出てって下さい。ここは永尾サンが入れる場所じゃありません」

「当直主任にトイレを使っていいかくらいは聞かせてくれ」

「はあ？　アンタはここにいちゃいけない人なんだ。誤報を出した会社の人間なんです。俺たちと顔を合わすのが恥ずかしくないんすか。あ、恥ずかしくないから誤報なんか出すのか」

追従の笑い声がさざ波のように記者の間に広がる。東洋新聞の大谷だけは笑っていない。

「さっさと出ていかないと、県警クラブから報日の除名もありますよ」

田渕は得意げだった。

除名騒ぎになれば、また長谷川に迷惑をかける。永尾は一歩を踏み出した。長谷川なら対処してくれる。

おい、と田渕が胸を突き出して立ち塞がってくる。

「帰れよッ」

「除名の申し出をしたければ、しろ。俺はトイレを使えるかを当直主任に聞く」

永尾は睨みつけた。記者陣の嘲笑がいつの間にか引いている。人の出入りを告げるチャイムが鳴った。

「アンタ何様だ？」田渕が睨み返してくる。「何か勘違いしてんじゃねえのか」

勘違いだと……。口を開きかけた時、田渕の目が永尾の肩越しに向けられた。

「そりゃ、あなただよ」

永尾の背後で呆れたような声がした。横に影がくる。がさりとビニール袋が鳴り、永尾は目をやった。

加茂だった。制服ではなく、スーツ姿だ。

「ウチの署を仕切ってんのは私じゃなくて、田渕さんだっけ？」

田渕の頰が引き攣った。加茂が永尾をじろりと見る。

「出禁が何の用？」

「トイレを借りたいんですが」

「そういえば、永尾さんは下痢だったね。勝手に使って。面倒だから中にいていいよ」

署長、と田渕が非難がましい声を上げるも、加茂は鼻で笑った。

「永尾さんがウンコ漏らしてウチの駐車場を汚したら、田渕さんが掃除してくれんの？」

永尾は厚意を噛み締め、加茂と並んで進んだ。トイレは階段とエレベーターの脇にある。ここで指の件は持ち出せない。他社の耳に入りかねない。

「一度、帰宅されたのに戻ってきたのなら、動きがあるんですね」

「違う違う、ただの差し入れ。一応、捜査本部長だからさ」

加茂がビニール袋を持ち上げた。栄養ドリンクの箱が透けている。

「なんで入れてくれたんです？」

「困ってる人を助けるのは、お巡りさんの仕事だよ」

加茂は口元だけで笑った。

歩みを進め、加茂は階段脇のエレベーターのボタンを押した。永尾は加茂を見送るとトイレに入り、鏡に映る自分を見てから顔を洗った。トイレを出て、ざっと視線を巡らす。自分はどこにいればいいのか。入り口前の長椅子には記者が群がっている。記者陣からは離れ、壁際に立った。大谷が近寄ってくる。

「署長と何を話してたんです？」

「差し入れだってさ。そんな話をしただけだ。探りを入れてくんの、大谷だけだな」

「きっと、したくてサツ回りをしてる奴がいないからですよ」

「俺もだよ」

「右に同じです。でも、やることはやらないと」

心地よい感覚だ。現場に出ると、こうして他社の人間とよく話す。同じ社内の人間より、他社との付き合いが深くなるのは新聞記者くらいではないだろうか。

「大谷は何部志望だっけ」

「政治部です」

「じゃあ、十年後は一緒に政治家を追っかけてるかもな」

「実現しても、絶対に汚職絡みですよ。永尾さん、事件持ちだから」

事件持ち――。

永尾はその単語を胸中で呟いた。自分の持ち場でやたら大きな事件が発生する記者を表す単語。揶揄でもあり、大きなヤマを踏めるわずかばかりの羨望も混ざっている。確かに一年生の時は、自分の管内で一面や社会面行きの事件が多く発生した。もっとも、署回り復帰までは持ち場も平穏だった。そう言い返すと、大谷は大げさなほど肩を上下させた。

「何言ってんすか。永尾さんが所轄に戻ってきたら、連続殺人の発生ですよ？」大谷が真顔になる。「最近思うんですよ。オレたちって捜査中の事件を取材しますよね。どこかで犯人と行き当たりかねないじゃないですか。犯人がさらに別の誰かに危害を加えてる場面を見たら、どうします？　取材活動に入りますか、まずは目の前の人を助けますか」

一枚の写真、一篇の原稿が誰かの心の拠り所になったり、人生を変えたりする可能性もある。そんな記者の役目を先ほど心に刻み込んだばかりだ。だったら、目の前の一人を救うよりも記者に徹すべきか。いや、記者の前に人間であるべきではないのか。どちらも人間を助けるという意味では同じだ。

「その時になってみないと、何とも言えないな」

率直な本心だった。

16

硬い空気の会議室。津崎は眉根を強く揉み込んだ。魚住が借りた車は丹沢ではなく、船橋市北部で消息を絶っていた……。東京の陸運局でナンバーを割り、一応県内の主要道路に設置されているNシステム——自動車ナンバー自動読み取り装置で洗ったのだ。捜査班の数組が船橋市北部を潰したものの、小路が多い一帯という面もあり、車両は発見されていない。明日は近隣都県のNシステムにも当たるべきだろう。

「魚住が両親の家に現れる線は考慮しないで良さそうだが、金沢派遣組はひとまず現地に置いておこう。同級生の平山はどうなった？」

片岡が問うなり、国領が応じた。

「津崎が仕入れた端緒で、転居先が割れました。今日まで旅行中で、近所の人間は明日帰る予定だと聞いてます」

そうか、と片岡はぞんざいに腕を組んだ。

「もう一度麻宮にも当たるべきでしょう」国領が険しい声で提案する。「二人の被害者と近い間柄の三宅に嫌悪感を抱いてます。その要因が魚住の動機に繋がる線もある」

津崎にはこたえる上申だった。自分が初日に話を聞けなかったばかりに、無理矢理に近い見立てでも洗うべき状況になっている。

津崎は正面のひな壇を見た。今晩も捜査一課長の米内と署長の加茂が出席している。片岡が組んでいた腕を解いた。

「魚住の容疑は濃い。行方が依然として掴めない以上、取るべき方策は一つ」一拍の間が空いた。「指名手配だ」

ざわっ、と捜査員の間にざわめきが走った。物証はない。目撃情報もない。容疑は推測の積み重ねでしかないのに、指名手配……。

米内は黙している。肯定か、否定か。腹の内は読み取れない。国領も押し黙り、他の誰も発言をせず、帳場は沈黙した。誰もが頭の中で疑問と肯定を行き来しているのだ。

「ちと乱暴じゃないですか」伸武だった。「そりゃ、疑わしい点はあります。裏返せば、状況でしかない。だいたい、まだ事件発生から数日しか経ってない。時期尚早でしょう」

待って下さい、と別の捜査員が口を開いた。

「他に濃い容疑者はいません。この際、一歩踏み込んだ方がいい」

「凶器の説明がつかない。製薬会社の人間が、一般家庭にない刃物を持ってんのかよ」

伸武が訝ると、捜査員はいなすように応じた。

「ネットでいくらでも買えますよ」

「だとしても魚住だとすれば、無差別殺人じゃないはずだ」

ノブさん、と片岡の冷静な声が飛ぶ。

「万一がある。不祥事が相次いでるんだ。ホシの目途が立ってるのに、打てる対策をとらなかったとなれば、県警は非難の嵐に晒(さら)される。しかるべき手段は講じておこう」

組織論としては片岡の言う通りで、手を打っておけば言い訳の一つになる。他方、伸武の意見にも納得できる。

魚住が疑わしくても、取り巻く状況だけで指名手配するのはかなり危うい。引っ張り、取り調べ、自白を得ても物証がない限り、公判も維持できない。第一、逮捕状を取れない。指名手配は令状が出ているのが前提だ。公判を維持できない現状では、地検は首を縦に振らない。令状は県警の申し出で裁判所が発行するが、重大事件では検察の内諾が要る。

「おフダが取れませんよ」と伸武がぶっきらぼうに言った。

「何とかする」

片岡は強い語調だった。

「じゃあ、おフダが取れたとしましょう。だけどホシが魚住じゃなければ?」

「うちの完敗だ」

片岡の眼光が鋭さを増した。

津崎は自然と目を米内に向けていた。周囲の捜査員も米内を見ている。米内は一点をじっと睨みつけ、口を結んだままだ。

前方の仲武が、やおら振り向いてきた。仲武の視線が津崎の隣、井上に据えられる。

井上が静かに手を挙げた。

「この時期に指名手配となると、千葉県警は無能だと全国の警察に思われますよ。自力では容疑者の居所を摑めないと宣伝してるようなもんです」

「つまらん意地だな」片岡が言下に反論した。「結果本位の観点に立てば、使える手は使った方がいい。被疑者を特定してる以上、むしろ有能という宣伝にもなる」

また会議は膠着した。ひな壇から衣擦れの音がした。

「期限は明後日」米内の厳とした声だった。「それまでに魚住の行方が摑めなければ、何としてもフダを取って、指名手配する」

ぎりぎりの賭け——。魚住が真実、犯人ならいい。違えば、千葉県警の信頼は失墜する。そんな状況を招いたのは他の誰でもない。

零時過ぎに会議は終わった。井上は立ち上がり、どこかに行った。津崎はその場を動けなかった。自分のせいで千葉県警が崖っぷちに追い詰められる。

津崎、と背後で井上の声がしたので顔を向けた。井上は栄養ドリンクを二本持っている。

「加茂署長の差し入れだそうだ。ありがたく頂戴しよう」

栄養ドリンクはあまり好きではないが、津崎は手を伸ばした。今日の後味が余りにも悪すぎる。蓋（ふた）を開けた。

「管理官の腹の内はどうみる？」

片岡なら危険な手だと百も承知だろう。

「読めません」

次々と捜査員が帳場を出ていく。ある者は帰宅し、ある者は道場へと。津崎はその姿を見るともなしに目で追った。誰もの足取りが重たく、顔には疲労の色が出始めている。

「みんなの足取りが重いですね」

「やるべきことをやってれば、いずれ足取りも軽くなる」

やるべきこと。つとその一言の真意に津崎は行き当たった。

自分は追い詰められ、仲武も井上も庇（かば）おうとしてくれたのだ。仲武が井上に視線を向けたのが、この推測の正しさを立証している。

魚住という容疑者候補がいるのに、行方を摑めないのは、当たれる機会がありながらも逃したためだ。魚住がホンボシだとすれば、担当捜査員に責任がある。ホンボシでなくとも、すでに潰せた線を潰せていない責任がある。片岡はそう指摘し、腹を切らせようと目論（もくろ）んだ。それと悟った仲武と井上が阻止に動き、米内が判定を先延ばしにしたのか。

さらに井上は察するよう、こうして話を向けてきた。自分の頭で辿（たど）り着かないと、身に染みないからだ。津崎は栄養ドリンクを長テーブルに置き、体を椅子ごと井上に正対させた。

「示唆、ありがとうございます」

井上は無言で栄養ドリンクを傾けるだけだった。

終電で帰宅すると、自動販売機の陰から人影が出てきた。永尾だ。報日新聞が苦境に陥った成り行きには、他ならぬ自分も深く関与している……。津崎は朝と同様、手で追い払う仕草をした。それを弾き飛ばすように、津崎さん、と永尾は真正面から声をぶつけてきた。

「答えていいですか」

答える？　何を？　津崎は思わず足を止めた。永尾の目が明らかに朝と違う。眼差しに奥行きがある。

「もう一度、今朝の質問にです。警察と報道、どちらが社会にとって大事かという質問です」

聞いてみよう。

「言え」

永尾が重々しく顎を引いた。

「どちらも大事です」

津崎は目を見開いた。言葉だけを聞けば、子供でもできる返答。しかし、今朝とはまったく違い、永尾には何かを掴んだ気配がある。今日一日で何があった？

少し話してみたくなった。今回の事件についてではなく、もっと根本的な事柄を。

「社会から犯罪は消えると思うか」

「いえ、決して無くならないでしょう」

「ああ。犯罪はいわば、社会の汚物だ。だから報道されたからって、人が生きてる限り、事件事故は社会から無くならない。まず要るのは汚物を処理する清掃員だ」

「その喩えでいくと、記者は汚物の周りを飛び回る蝿ですね」

蝿というあまり印象の良くない一語にも、矜持の響きが聞き取れた。自分を蔑んだのでも、貶めたのでもないのだ。一日で永尾は変わった。人間は一日でこれほど変わるのか？

変わるのだ。目の前の男が証明している。

「でも、蝿も要ります。全ての汚物を清掃員だけでは片づけられません。汚物の分解を手助けする生物が必要です。蝿もその一種でしょう」

「絶えず生まれる汚物を前に、作業に虚しくなったら？」

「無力感を抱えて生きてる蝿なんていませんよ。蝿は蝿で、懸命に生きてるんです」永尾の目の深みがさらに増した。「清掃員も蝿も、役割を果たす上で肝心な点があります」

「なんだ」

「事件事故は社会から消えない。だからこそ、犯罪を世界から消そうと真剣になるべきです」

津崎は胸に宿り続けている存念を強く揺さぶられていた。永尾は、自分よりもよっぽど腹を括っている。理想を掲げたまま、現実の作業と向き合っている。

どうすれば汚物——犯罪を減らせるのか。自分は実現を真剣に目指してきたのか。そもそも、なぜ理想を抱くようになった？　いつからだ？　それすら忘れている。

「近づけようとしなきゃ、いつまでも現状で留まっているだけ……違いますね、悪化の一途を辿るでしょう。誰の頭にも理想がないのなら、自分一人だけでも真剣に向き合うしかありません」

津崎は頰が緩みそうだった。

「本音だったら大したもんだ」

「言霊はいる——私はそう信じてます。安易なことは口に出しません」

「それを伝えにきたのか？　永尾の仕事はおしゃべりじゃなく、取材だろ」

「容疑者は同級生ですね」

「報日は出禁だ」

「夜回りは禁止されてませんし、禁止される筋合いもありません」

同感だった。取材制限は、現在進行形の事件で人命に関わる場合に限るべきだ。

「蝿に話す気はない」

「やっぱりそうですか。朝刊、読んで下さい」

まさか――。

「名前を出したのか」

「別件です」

それはそうか。報日は魚住が容疑者候補だと勘づいているだろうが、県警は断定しておらず、現段階で紙面に名前を出せるはずがない。

「ネタは何だ」

永尾が腕時計を一瞥した。

「まだ締切前なので言えません」

津崎は胸の内がいささかすっきりした。本物の記者だ。

再び手で追い払う仕草で話を切り上げ、マンションに入った。誰もいないリビングのソファーに体を預け、首根を揉んでいく。正面の壁には昨年息子が幼稚園で描いた、家族の似顔絵を貼ってある。拙いながらも、絵の三人はにっこり微笑んでいる。

胸に理想が宿ったのは、いつだっただろうか。警官になった時には、すでに抱いていた憶えがある。すると、もっと前になるのか。

自分、妻、息子の似顔絵を見つめて、記憶の底に埋もれたその時を探っていく。

家族――。

ひょっとすると。

　未解決のまま幕を引いた幼女殺人事件で、父親は記者会見した。あの後、実家には誹謗中傷の電話が相次ぎ、母親がノイローゼ気味になった。その姿を見た時だ。

たとえ結実せずとも、真に全身全霊をかけて物事に取り組む人間が非難されない社会であってほしい――という感情が芽生えた。この気持ちこそ、理想の原点ではないのか。

　父親は文字通り家庭を顧みず、身を粉にして働いていた。母親は愚痴ひとつ言わず、父親を支えた。二人には非難されるいわれなどない。本来非難されるべきは市民の生活を脅かした犯人だし、いくら努力を重ねても全員が成果を出せるわけではない。誰しも努力が報われなかった経験くらいあるだろう。なのに、どうして？　当時、やり場のない怒りを抱えた。かたや父親もノイローゼ気味の母親も、誹謗中傷の電話に愚痴も文句も一切吐かなかった。両親の姿を見ていくうち、なにゆえ二人が何も言わないのかという疑問が生まれ、頭を悩ますようになった。

　記憶が記憶を呼び起こしていく。

　自分なりに答えを見出せたのは、大学時代だった。二年生の時、恋人が自宅近くでバッグをひったくられた。

　――どうしよう……どうしよう……どうし……。

　連絡を受けて駆けつけると、彼女は冬の冷え切った道路に呆然とへたりこんでいた。半ば担ぐようにして彼女が一人暮らしをするワンルームマンションに連れていき、傍らに寄り添った。彼女は一晩中泣きじゃくった。バッグには、祖母の形見だった漆塗りの櫛(くし)が入っていたのだという。津崎も彼女が大切に使う場面を何度も見た櫛だった。朝を迎え、二人で警察に被害を届けたものの、結局、バッグも形見の櫛も見つからなかった。

ひったくりなんて毎日あちこちで起きている。そういったありふれた犯罪でも、被害者にとっては非日常の出来事で大きな傷を心に残す。だからこそ市民は警察に安全を求めるのだと、この事件で気づかされた。だから父も母も批判を甘んじて受け入れていたのか、と。

記憶の奥深くに沈んでいた、元恋人の弱々しいつぶやきも蘇(よみがえ)ってくる。

――犯罪なんて消えてなくなればいいのに。

両親への誹謗中傷、過去の恋人の涙。自分には犯罪を憎む熱が警官になる前からあった。当時は熱と認識していなかったのだ。戸惑い、歯痒(はがゆ)さ、やるせなさ、同情、疑問、怒り。単にそれらが入り混じった感情の塊だった。就職先に悩んだ際、父親に務まるのなら自分にも――と思えた根本には、その塊があったのか。塊がいつしか、『犯罪をなくして、警官はいるだけで給料が貰(もら)える社会を目指したい』という理想に進化した。

こんな大事な原点を忘れていた。次々に起きる事件に追われ、摩耗し、自分を顧みる時間がなかったからだろう。人間なんて呆気(あっけ)なく日常に押し流されてしまう。永尾に感謝しないといけない。振り返るきっかけを与えてくれたのだから。

息子が大人になる頃、今よりも犯罪が減っていてほしい。夢物語に近づけるように力を尽くそう。

あっ。

津崎は上半身を跳ね起こした。

父親も自分と同じ存念を抱いていた？　だから警官になると告げた時、素っ気ない返事をしたのではないのか。無関心や無愛想ではなく、犯罪が続発する現実への悔しさの表れだったのではないのか。今度、詩織に訊いてきてもらうか。いや——。

機会を作って自分で聞いてみよう。

その夜は、心地よい眠りだった。

六時に目を覚ますと、一階の郵便受けに新聞を取りに下りた。仕事柄、全紙を購読している。部屋に持ち帰るなり、真っ先に報日新聞を束から抜いた。

一面真ん中の大きな見出しに、目が釘づけになった。千葉連続殺人、という小さな文字の下に黒抜きの活字がある。

指切断の共通点

どかっと床に座り込み、津崎は記事を目で追った。『関連記事社会面』とあり、即座に開く。記事には中田の遺族の談話も掲載されていた。

報日は遺族から情報を取ったのだ。遺族には指の件を内密にするよう頼んだ。犯人しか知りえない秘密になりえ、確保した際の犯人確認に使える。それが破られた。警察への不信感から漏らしたのではないはず。まだ不信感が芽生えるほどの時間は経っていない。

つまり、遺族は報日を信用した。永尾のネタか……？

間違いない。昨晩の落ち着いた振る舞いが示している。中田の遺族と接し、永尾は記者として成長した。それがこの記事にもなった。

やられた。なのに、不快ではない。津崎はそんな自分を笑った。

17

午前十時、支局の空気は軽い。独材のおかげだ。永尾は椅子に深く腰掛け、改めて今日の朝刊を見る。自分が一面を取っている。全国六百万部の一面を――。

心の内が満たされていた。他社に勝った嬉しさや、政治部や社会部を押し退けた喜びだけではない。遺族の姿をありのままに伝えられた充実感がある。明日には、もう誰もこの記事を憶えていないかもしれない。すでに誰の頭にもないかもしれない。だとしても意味はあるはずだ。

やるぞ、と服部に呼ばれ、永尾はデスク島脇のソファーセットに移動した。県警チームと長谷川の、今後の取材方針を決める会議だ。途中参加の長谷川には細かな点を説明しなければならない。山浦はいない。今日は午後からの出番だ。

長谷川が頬を緩めた。

「いい原稿でした」

「いやあ」服部も相好を崩す。「一課長も諦め顔だったよ。完全に一本取ったな」

昨晩の夜回りでは加茂も含み笑いを漏らし、観念したように認めてくれた。ああ、そうだよ、と。

そうそう、と橘が嬉しそうに話を継ぐ。

「朝駆けの後で署に寄ってみたら、他社はみんな血眼だったよ。いい光景だったなあ」

永尾は現実に立ち返った。

「署の張り番はいいんですか。犯人が逮捕されたら、うちは感触すら摑めません」

「今は大丈夫です」長谷川がきっぱり言った。「この時間に犯人が逮捕されても、身柄は船橋中央署に入りません。記者が張ってますからね。仮に出頭してきても、まず取り調べがあるので逮捕は午後。当然、発表は夕刊帯ではされない」

しかし、もしもある。知らせてくれる知り合いがいれば、話は別だが。永尾はハッとした。加茂は『報日には暴れ馬がいた』と言っていた。鬼平なら――。

「支局長、ひとついいですか。警官と怒鳴り合うとか、記者同士で胸倉を摑み合うとか、千葉でそんな経験をされましたか」

長谷川は遠くを見るような目つきになった。

「懐かしいですね」

「え？　支局長って、千葉支局経験者なんですか」と服部が意外そうに尋ねる。

「言ってませんでしたっけ」長谷川は惚け顔だった。「そろそろ始めましょう」

服部がこれまでの取材について、詳細を話し始めた。メモを取る素振りもなく、長谷川は腕を組み、黙ってじっと聞いている。

説明が終わると、長谷川は口を開いた。

「県警は魚住さんを第一容疑者と踏んでますね」

自分は連続殺人犯と話したのだろうか。

「とはいえ」長谷川が思案顔になる。「中学時代のトラブルで今さら復讐しますかね」

「それ、警察が頭をひねる問題ですよね。私たちはあくまでも事件を取材する役目じゃ？」

橘が意見すると、長谷川はゆったりと頷いた。

「その通り。でも、サツ官だけじゃない。サツ官の見解、そこに至るまでの思考を把握するのは大事です。いや、サツ官だけじゃない。全取材対象者のものと言い直しましょう。政治家、官僚、財界の有力者。いずれ皆さんは、そういう人たちを取材します。彼らの頭の中や気持ちを把握できないようでは、彼らが間違った道に進んだ場合、我々は検証できなくなる。報道は検証という大事な役目もあります。皆さんにとって今は、経験値を積む修行期間なんです」

長谷川の言葉には生々しい現実味があった。新聞は社会の公器、権力の監視装置、知る権利の象徴——偉い人が口にする言葉とはまるで違う。

なるほど、と橘は呟き、じゃあ、と続けた。

「それほど恨みが深いんじゃないですか。だから指も切断した。取材では行き着いてないけど、亡くなった二人は心から嫌な奴だったのかも」

「可能性はあります。でも、なぜ今なんでしょう。そんなに深い恨みなら、なぜ今まで晴らさなかったのか。損得で言えば、少年法が適用される年齢で犯行に及んだ方がいい。善し悪しは別として、少年法はどんな罪を犯した少年少女でも、保護が目的です。犯行時に十八歳未満なら極刑はない。単純に殺して恨みを晴らすのなら、適用期間での犯行の方が得でしょう」

「うーん」橘が唸る。「少年法の規定を知らない？」

「それも一つの見方です。とにかく、魚住さん周辺を取材しましょう。ただ、まだ容疑者と決まったわけじゃない。取材先に魚住さんを犯人だと思わせてしまった上、まったくの別人が逮捕されるケースもありうる。魚住さんの人生を台無しにしかねません。慎重にいきましょう。服部君、当たれそうな人は？」

「被害者の周辺取材をしてますので、地続きで当たるしかないかと」

「被害者二人と同じ部活だった生徒にもぶつかりたいですね」

「佐倉にいるらしいです」と橘がさりげなく言った。「昨日の夜回りで片岡さんに当てたら教えてくれました」

長谷川がおもむろに腕を解いた。

「住所は支局で割っておきます」

人手はない。長谷川には手立てがあるのだろうか。まさか支局長自ら取材を？

「その線はその線で進めるとしても、紙面にはなりません。現実問題として繋ぎ材が要ります。服部君、目途は？　特に明日の朝刊用」

「それは……」

服部の声が消えた。

夕刊は手持ちの材料を使った力業でしのぐとしても、明日の朝刊ネタがない。独材を摑めたら、十四版はそのネタで勝負すればいい。問題は早版と途中版のネタ。永尾は痛感した。朝刊一面を取った日でも、記者は余韻に浸る暇なんてないのだ。

一分近く続いた沈黙を、長谷川が破った。

「発生日を含めると、二件目の殺しから何日目ですか」

五日目です、と服部がすかさず応じる。

「では、義理は果たしたと言えますね。最悪、繋がなくて構いません。この際、県版にも入れなくていい。しかるべき節目に本版一本で勝負しましょう」

「え？　地方部は一週間繫げって……」と服部が声を絞り出すように言った。

「無い袖は振れません。ここまで続報を出してきたんです。発生地の責任は果たしてます」

負担は減るけれど、本当にいいのか。自分たち自身に負けたと言えないだろうか。

支局長、と服部が身を乗り出した。

「人モノならいけます。周辺者や遺族の話をまとめれば、前に橘が出した中学時代の同級生の原稿とも被りません。イレギュラーなので、本社は難色を示すでしょうが」

まさにイレギュラーな提案だ。命の価値に差はなくても、ニュース価値は違う。成人男性や老人が殺された場合と、子供や有名人が殺された場合とでは明らかな差がある。今回殺された二人の人となりのニュース価値は低く、時機も逸している。別の柱がある原稿にくっつける程度ならともかく、被害者の人となりを細かく掲載するのなら発生翌日、せいぜい三日目までが限度だろう。

「それが何か？」長谷川は両眉を上下させた。「イレギュラー、大いに結構。なんせ繋げるんです。今回の事件はウチの勝ち戦、報日のヤマ——そう本社を押し切りましょう。いい機会なので、私見を皆さんに述べておきます。現場がニュース価値をジャッジするのは大事ですが、仕事への向き合い方とは別問題です。皆さんは社内の動きなんて意識しなくていい。内向きでなく、外を向いて仕事をして下さい。中の事情に頭を悩ますのは、デスクの役割です」

永尾はカアッと首の後ろが熱くなっていた。多少記者の世界を齧った程度で、知ったかぶりをした自分が恥ずかしい。

「やります。その間に橘と永尾は同級生を当たってくれ」

服部は強い語気だった。

長谷川が心持ち目を細めた。そうか。紙面掲載を見送る提案をし、測っていたのだ。県警チームはきちんと勝負できる連中なのかを、無理矢理にでも紙面にする気概があるのかを、自分たちの事件という意地があるのかを——。

「キャップ、中田さんは俺がやります」

永尾が手を挙げると、長谷川はパンと太腿を叩いた。

「イレギュラーついでに被害者一人ずつ別日に掲載しましょう。相澤さんの遺族が取材拒否に徹する点を考慮すると、相澤さんの原稿は友人の話を中心に、中田さんは遺族の話にします。これで二日は乗り切れる。動きがあったら、そのネタに入れ替えます。順番はまず服部君、次に永尾君。分ける分、中身が濃くないとダメですよ」

永尾の全身に緊張が走った。心地よい緊張だった。

「ところで、切断された指の件、一課長はどういう風に認めました？」

「割とすんなり」と服部が答えた。

「なるほど」と長谷川が顎をさする。「署長は？」

「こちらもすんなりと」と永尾が応じる。

ふむ、と長谷川の手が止まった。あっ、と服部が声をあげる。

「最悪、切断までは漏れてもいいと捜査本部は判断していた」

「おそらくは。すると？」

「切断については、犯人しか知りえない秘密にならなくてもいい」

「つまり、特徴的な道具なんですね」と橘が弾んだ声で言った。

「でしょうね。こうした事件は地取りと朝駆け夜回りが勝負です。出禁でも十分に戦えます。他社を最後まで圧倒しましょう」

長谷川が言い終えるや否や、サツ回り三人は立ち上がった。


熱い緑茶を飲むと、体にまとわりつく蒸し暑さがかえって引いていくようだった。中田邸のリビングは昼間なのにカーテンが閉め切られている。

永尾はひと通り、中田の母親から話を聞き終えた。訪問時に今朝の新聞を渡すと、喜んでくれた。一方、中田の父親は今日も『誰とも話したくない』と自室から出てきていない。

「エアコンが効いた部屋で、熱い飲み物を飲むとおいしいでしょ」

中田の母親が無理矢理に軽口を叩いているのを、永尾はひしひしと感じた。亡くなったばかりの息子について語るのは、相当きつかっただろう。傷を抉る行為でもある。だからこそ、自分がやるべきだと心に鞭打ち、話が止まるたびに水を向けた。途中、何度も中田の母親は白木の位牌に目をやっていた。

中田は小さい頃から嘘がつけない性分で、今でも何かを誤魔化そうとすると唇の右端がひくついたそうだ。父親は弱肉強食の社会で生きていけるのかと不安がったが、勤務先や取引先はかえって正直な性格を認めていたという。学生時代についても聞いた。小学校の頃に通ったバドミントン教室には相澤と、まったく取材に応じなかった三宅もいた。三宅とは中学時代に疎遠になったが、大学生になって付き合いが再開したらしい。中田の短い人生を通じて、右手の指すべてを切り取られる恨みに繋がるようなエピソードはなかった。

中田の母親はやや目を伏せてから、弱々しく口元を緩めた。

「話せてよかった。もう話す機会も滅多にないだろうから、いい区切りね」

永尾は何も言えず、沈黙が落ちた。そのまま一分近くが経ち、電話が鳴った。中田の母親は一向に立ち上がる素振りを見せず、呼び出し音はなおも響いている。どうぞ、と永尾は促した。中田の母親は躊躇(ためら)うように立ち上がった。

ああ、ええ、そう……。応対を聞きながら、永尾はお茶を口にやった。ほどなく受話器が置かれ、戻ってくる中田の母親の顔は冴えなかった。

「近所の人から。大丈夫かって」

「いい人ですね」

「どうかな」中田の母親が力なく首をすくめる。「一言目は『大丈夫なの』って気遣ってくれるけど、続くのはいつも『犯人は捕まったのか』『警察は何て言ってるのか』『犯人は特定されたのか』って質問ばっかりだし」

野次馬根性か。

中田の母親は電話機に目をやり、やるかたなさそうに嘆息を漏らした。

「最近、誰も信用できなくなってね。私が話したことがネットとかSNS上に出回ってるって、親戚（しんせき）が電話で読み上げてくれたの。聞いててぞっとした。実際、近所の人に話した憶（おぼ）えのある内容が書かれてて」

誰もが情報発信できる時代特有の問題だろう。『被害者はこんなに苦しんでいる。みんなにも知ってほしい』という善意による行動に違いない。しかし、たとえ善意でも情報を発信すれば、誰かを傷つけかねないのだ。遺族の心を踏みつけている、と実感している人がどれだけいるのか。

——私たちの生活なんてどうだっていいんですか。

牛乳配達車の事故で問い合わせてきた、女性の声は今も胸にある。

記者は記事に出た人たち、周辺縁者の身に起きる余波を知っている。少なくとも、自分はその怖さを突きつけられた。考えてみれば、誰もが飲食店や映画などの評価を気軽にSNSやネット上に投稿できるけど、コメントで客が寄りつかなくなって店が潰れたり、制作者が二度と映像作品を作れなくなったりしかねない。現代の大衆の声は、一歩間違えば暴力になるのだ。

——あんた、それでも人間か。

中田の父親に言われなければ、自分だって無分別に情報を発する立場に慣れてしまったのではないのか。想像するだけでも恐ろしい。

誰もが情報発信できる状況だからこそ、報道には意義がある。主観や感情を省いて粛々と事実を伝える責任がある。報道という、今にも崩壊しそうな砦を守らないといけない。

そういえばさ、と中田の母は声のトーンを上げた。

「昨日、魚住君とのトラブルを尋ねてきたじゃない」

「……あ、ええ」

「海浜幕張に球場があるでしょ。あの先の道路脇って、夜はひと気がないんだって」

永尾は得心がいった。署回りや夜回りで何度も車で走っている辺りだ。

「それが何か？」

「息子がそこに相澤君と三宅君とその彼女といた時、魚住君が女の子と来たって話をしてた憶えがある。三宅君の彼女を連れ戻しにきたみたいね。トラブルとは言えないんだろうけど」

初耳だ。

「いつ頃の話でしょう」

「息子が大学三年の夏かな。あれから急に雰囲気が変わってさ」

「この話、警察には？」

「してない。だってさっき思い出したんだから」

「魚住さんと一緒にいた女性の名前をご存じですか」

「麻宮さんって、息子の同級生。三宅君の彼女は、麻宮さんの妹さんだったみたいよ」

市谷のレストランでそんな話は出なかった。

「ちょうどこの出来事の後かな。息子が相澤君とも三宅君とも会わなくなったのは」

三人は仲違い(なかたが)いを？　そこに魚住が絡む？

さらに十分ほど話をして、取材を終えた。辞する際、中田の母親が言った。

「今度はご飯を食べにきて。記者って不規則な仕事で、ろくに食べてないんでしょ」

その後、永尾は同級生宅を回った。収穫もなくあっという間に一時過ぎになり、次に訪問する家をどうしようかと、車中で習志野西中の住所録コピーを見てみた。

現在地は、かつて麻宮一家がいた住所に近かった。ひとまず向かってみよう。麻宮が魚住と妹を連れ戻しにいった経緯を、近隣住民が麻宮の親に聞いた望みもある。今回の殺人事件と結びつくトラブルの影があれば、辿っていける。

到着すると、そこは空き地だった。長い間、放置されたままなのだろう。生えるがままの夏草の間にコンクリートの破片が転がっている。

ここにもかつて家族がいた――。

風が吹いた。空き地の土埃(つちぼこり)が舞い、小さな黄色い花を咲かせた夏草が風に揺れている。

砂が灼(や)けるニオイが鼻についた。

千葉のニオイだ。コンビナートからの煙、潮の香り、土の匂いなどが入り混じった千葉特有のニオイ。それは不意に濃くなる時がある。

空振りが続いた聞き込みの最後、小林カネという高齢の女性が言った。

「警察も綾子ちゃんに話を聞きたがってたねえ。何かあったのかい」

つっけんどんな態度だが、永尾はある程度の取材結果を話した。

「へえ、あんた、どこの新聞社だっけ」

「報日です」

小林が細い目を広げた。たちまち様子が打って変わり、顔をしわくちゃにしている。

「今朝の連続殺人の記事、わたしは泣いたよ。遺族の率直な気持ちにさ」

見ず知らずの人間が自分の記事で……。独材の効果だ。大きく扱われれば、多くの人の目に留まりやすくなり、小林のように記事で心を動かされる人も出てくる。哀しい出来事でもきちんと報じていけば、こういう人が増え、少しは犯罪が減るはずだ。

永尾は身を硬くした。

哀しい出来事――。

そうだ。記者は事件取材で独材を出しても手放しに喜べない。誰かの不幸が大元にあるのだから。独材を出して胸を張る記者は、まだ記者じゃない。

「アンタもあんな記事を書けるように頑張りな」

はい、と永尾は神妙に応じた。

それにしてもさ、と小林はしみじみと言った。

「綾子ちゃん、幸せに暮らしているといいね。あの子は色々とあったから。中学の頃はテニスが強くて、いつも市の大会で優勝してたんだ。ほんと、あの頃が一番幸せだったのかねえ。優ちゃんって幼馴染もよく来てて」

幼馴染？　優？

「優ちゃんって、ひょっとして魚住優さんですか」

「他に誰がいるんだい？」

18

香草の匂いが店内に広がり、バターの焦げる香りもする。ランチ営業直前の慌ただしさが、ビストロ宍戸に漂っていた。

「お忙しい時間にすみません」と津崎は一礼した。

いいえ、と麻宮は無表情で素っ気なかった。津崎は早速切り出す。

「相澤さんと中田さんに良い印象がなかったのではと思い、その話を伺おうと参りました」

「そんなことありません」

「しかし、あなたは二人と一緒にいた三宅さんと妹さんの交際に反対した」

「ええ」

麻宮の面持ちにも声調にも変化はなかった。

壁を揺らせたのか？　麻宮は明らかに警察との間に壁を作っている。壁がなければ、前回二人にまつわるエピソードとして口にしたはず。

「どうして反対されたんでしょう」

「高校生と大学生でしたので」

麻宮の物腰も口ぶりも事務的なままで、愛想の欠片もない。

「出会いのきっかけは？」

「両親が三宅君にさやの家庭教師を頼んだんです。相澤君と中田君は関係ありません」

麻宮の平板な調子は一向に乱れない。もう一歩、踏み込もう。

「妹さんは、三宅さんにプレゼントされたマフラーを部屋に飾っていたそうですね」

一瞬、顔を強張らせ、ええ、と麻宮は短く応じてくると、コック服の裾で指先を丁寧に拭き、口を閉じた。今日もコック服は血や食材の染みで汚れている。

「前回我々が来店した後、事件について同級生の方とお話しになりましたか」

「いえ」

「魚住さんとも？」

「はい」

「ご連絡もない？」

「やっぱり、優君を疑ってるんですね」

麻宮の目がかすかに険しくなった。

「話を伺うのが我々の仕事です。どんな小さな可能性でも潰していくんです」

津崎は誤魔化さなかった。胸には昨晩の永尾の姿がある。永尾は遺族を取材し、何かを得た。正面からぶつかったからだろう。永尾に自分を支える信念や理想があったからできたに違いない。自分にも、津崎庸介にも信念はある。

「警察はまだ魚住さんに話を聞けてません。他の同級生の方には、ほぼ話を伺えました。ですから、ご連絡があった際には教えてほしいんです」

「幼馴染といっても、もう何年も会ってません」

そんなものなのか。津崎には幼馴染がいない。ただ、中学時代に仲の良かった友人が転居した経験はある。以後、音沙汰なく、こちらも電話一本かけていない。

どたどたと足音がした。店主の宍戸だった。

「刑事さん、そろそろ開店ですので」

津崎は井上と目を合わせ、立ち上がった。麻宮は浅いお辞儀をしてくると、すぐにキッチンへと消えた。

店を出ると強烈な陽射しだった。津崎は額に手を当てて歩き出し、国領に電話を入れ、やり取りや感触を伝えた。国領は、指名手配の期限が迫る点には触れなかった。

電車に乗ると、網棚に報日新聞が置かれていた。最近では余り見かけない光景だ。今朝の報日を見て、片岡はどんな感想を抱いたのだろう。

「どうした？」

「あれです」津崎は網棚の新聞を指さした。「今朝はしてやられたなと」

「お見事だったな。まあ、切断された点までは表に出ても問題ない」

肝心な点は何で切断したのかだ。厚みがあり、簡単に肉や骨が切れる鋭さを持ち、家庭にあるナイフや包丁の類ではない刃物——。

ポケットの電話が激しく震えた。


永尾は佐倉城址公園駐車場に車を止め、外に出た。あっという間に全身の毛穴という毛穴から汗が滲み出てきて、木漏れ日でも肌が痛い。それでも辺りにはかすかに秋の兆しが漂っていた。風に揺れるススキがそこかしこに見え、トンボも飛んでいる。

被害者二人と同じ水泳部だった平山の住所が割れ、永尾が当たる役目になった。長谷川とのやり取りを思い返すと、勝手に頬が緩んでしまう。

——支局長が住所を割ったんですか。

——いやいや。支局に暇な人がいるんで、死にもの狂いで探してもらいました。取材力はなかなかでしたよ。腕が評価されなかったがために鬱屈し、暴走してたんでしょうね。

山浦が割ったのだ。あの山浦が必死になって方々に電話取材した。

永尾はなるべく日陰を歩いた。津田沼や船橋と違い、濃い土の匂いがする。

見覚えのある二人組が速足でこちらに近づいてくる。片方は、中田の葬儀で田渕とのトラブルを収めてくれた年配の警官だ。帳場も今日、平山に当たったのか？　話の持っていき方で、平山から捜査状況を勘取れるかもしれない。目礼し、すれ違った。警官は概して歩くのが速いにしても、かなり急いでいるようだ。永尾も歩みを進めた。

そこは、陰のある戸建てだった。外壁に絡まる蔦（つた）は夏の盛りだというのに枯れ、庭に置かれた自転車は錆（さ）びて、もう動きそうもない。表札には、平山の文字。間違いない。インターホンを押した。ややあり、はい、と女性の声がした。永尾は名乗り、用向きを述べた。

ドアが開き、三十代半ばの女性が戸惑い気味に玄関から続くスロープを歩いてきた。

「弟が何か？」

「いいえ、そういうわけではありません。ご在宅でしょうか」

「ええ。とにかく暑いので、中へどうぞ」

門扉が開いた。

エアコンの効いた居間に通された。庭の錆びた自転車が掃き出し窓から見える。勧められたソファーに座ると、ほどなく車椅子の男性が居間にきた。

「平山祐樹です」

長い髪が平山の額を覆っている。永尾が用件を告げると、平山は浅く首を傾げた。

「先ほども警察の方がいらっしゃいました。話せることはありませんでしたよ」

「捜査では必要なくとも、新聞記者としては伺いたいこともあるんです。お二人とのエピソードや人となりなど」

そうですか、と平山はゆっくりと窓の外に目をやり、数秒たってから戻してきた。

「もう付き合いはなく、ここに引っ越して以来、電話もしてません。いい奴らでしたね」

「いい奴というと具体的には？」

平山の話は、これまでの取材で得た内容と重なった。

居間のドアが穏やかに開き、平山の姉がアイスコーヒーを持ってきた。すでにグラスの表面には細かな水滴が浮いている。グラスを受け取った平山が、興味深そうに言った。

「警察は犯人の目星をつけてるんですか」

「どうでしょうね。私には何とも言えません」

「取材で警察より先に突き止められる場合も？」

「そんなケースは稀でしょうね」

「そうですか。私、新聞記者になりたかったんです。全国を飛び回って、いろんな事件を取材してみたかった。事故で怪我して諦めたんです」

平山が顔の右半分にかかった髪をなにげなくかき上げると、額の大きな傷痕が露わになった。はらはらと再び髪が額を覆っていく。カラン、とグラスの氷が崩れて鳴った。

「永尾さん、驚きませんでしたね」

「え？　何を？」

「顔の傷痕です」

「驚く必要がありますか?」

平山が、かすかに笑った。

「魚住の質問はいいんですか。警察はしてきましたよ」

やはり帳場は同級生から魚住の情報を集めているらしい。

「どんな方でした?」

「違うクラスだったので付き合いがなく、何とも言えません。警察は魚住、相澤、中田の間柄も気にしてましたけど、私は三人が一緒にいたとこを見た覚えはありません」

取材を終えると、永尾はアイスコーヒーを飲み干し、腰を上げた。平山は居間に残り、姉が見送りに出てきた。

「あんなによく話す祐樹を見るのは久しぶりでした。事故以来、あまり話さなくなって」

「事故はいつ?」

「祐樹が中三の時です。夏休みに入ったばかりの頃でした」平山の姉は口を閉じ、数秒置いて開けた。「祐樹は自転車で家を出た時、車が近づく音が聞こえ、止まろうとした。でもブレーキが利かず、飛び出て……。車に乗ってたのは父でした。出先から帰ってきたんです。父は慌てたんでしょう。ブレーキだけで良かったのにハンドルを切り、電柱に衝突して——」

平山の姉が溜め息をついた。

「呆気ないものでした。ハンドルに体を強く打ち、父は内臓破裂で亡くなりました。祐樹は電柱と車に挟まれたんです。顔を怪我した上、右足の骨と神経がぐちゃぐちゃになって」

記者は日常的に悲劇を見聞きするが、やるせなさには慣れない。いや、慣れてはいけない。

「自転車のブレーキは切られてたんです。誰がやったのかはわからなくて」

永尾は庭の錆びた自転車に目をやった。

「あの自転車はひょっとして」

「ええ。母は転居を機に自転車を捨てたがった。でも、祐樹が自分の足が自由に動いてたのと、父が生きてた証だと言って止めました。だからせめて修理したんです」

近くでアブラゼミの鳴き声が息苦しそうに途絶えた。

「あの頃、変な出来事が続いてたのに、何も手を打たなかったのも悪かったんです。車がパンクしてたり、飼ってた柴犬が首の骨を折られて殺されたり」

「首の骨？　酷い。犬は吠えなかったんですか」

「小さい頃から誰にでもお腹を見せて寝転がる人懐こい子でした」

「警察には届け出を？」

「いえ。父が悪戯だって取り合わなくて。さすがに犬の時は哀しんだし、気味悪がってましたけど、『様子を見よう』と……」平山の姉の顔が曇る。「警察に言えばよかったたんです」

　こんなに偶然は重ならない。何者かが平山家を狙い、対象が物から動物、人間に移り、悪質さもエスカレートしたのではないのか。

「事故の二週間後、ここに引っ越しました。元々は母の実家です」

　平山の姉は二度目の溜め息をついた。

「すみません。お引き留めしちゃって。祐樹の傷痕についても、ありがとうございました。傷で化け物と言われ、転校した中学を登校拒否したんです。高校も通信制で。祐樹は傷痕を象徴として見てるんです。今も父が死んだのは自分のせいだと責めてるんでしょう。突き刺すような目で鏡に映る傷痕を見る時があって」

「今のお話は警察にも？」

「いえ。急いで出ていかれたから」

　陽が翳り、平山の姉がおもむろに空を見上げた。つられて視線を振ると、風で流れた入道雲が太陽を覆っていた。

「署の中も見ておいて下さい」

「中？　出禁ですよ」

「承知してます」長谷川はさらりと言う。「こういう時に日頃の署回りの成果が試されるんです。今日、永尾君には出さなきゃいけない原稿もないですよね。少々時間を食っても構いませんよ」

「やってみます」

中田の人となりの原稿は明日の出稿予定なのだ。電話を切り、時計を見ると、五時を過ぎていた。夕陽が車のフロントガラスに真っ直ぐ射してくる。船橋中央署に向け、エンジンをかけた。

永尾は平山を取材した後、魚住たちの同級生の佐伯千佳に当たった。妹の葬儀で泣きじゃくる麻宮を、魚住がずっと慰めていた姿を今も憶えているそうだ。もっと魚住にまつわるエピソードを深めておかないと。特に幼馴染の麻宮には、もう一度会うべきだ。

谷津干潟にさしかかり、車の方向を変えた。幅広な市道に路上駐車し、中田が殺害された遊歩道に向かう。まだきちんと現場を見ていない。

谷津干潟は夕陽で赤く染まり、辺り一帯に磯のニオイがした。風でさざなみが立つ海面には時折、小さな野鳥が舞い降り、飛び立っている。干潟脇の遊歩道を家族連れが笑顔で歩いていく。

殺人事件の痕跡（こんせき）はもうなかった。しかし、たとえ事件が解決しても、遺族の胸には生々しい傷痕が残るのだろう。付近に暮らした人間なら、谷津干潟には思い出の一つや二つはあるはず。そんな場所で死んでいく時、人はどんな心境に至るのか。永尾は五分間その場に立ち、汗を拭（ぬぐ）った。

車に戻り、次は相澤が殺害された船橋の現場に寄った。

そこも見事に血のニオイが消えた、ただの空き地だった。伸びるに任せた夏草の間に、錆びた空き缶と古タイヤが転がっている。もの淋しい光景を目に焼きつけ、永尾はその場を後にした。

船橋中央署に到着すると、正面から署に入った。なんとかなるだろう。当直体制に替わる頃合いで、一階は混雑していた。受付に黙礼し、ざっと見回す。異変はない。

長椅子には東洋の大谷だけがいた。

「平穏みたいだな」

「結構じゃないですか。警察もサツ回り記者も暇な方がいいんです」

「田渕が来ないうちに、トイレに行っておくよ」

「その方がいいですね」

大谷が微笑んだ。

用を足し、トイレを後にすると、署長室を覗いた。開けっ放しのドアの向こうに人影がある。永尾は大谷に軽く手を挙げて署を出て、正面玄関と裏口が見渡せる位置に立った。しばらくして正面玄関から加茂が出てきた。大谷は署内で取材したのだろう。

「永尾さんはここで待ち伏せ、か」

「おかげさまで突発性の下痢も治りましたし、出禁なんで。進展はありましたか」

「さあ。私は知らないよ」

加茂の目に何かを物語る色はない。口調もいつも通りだ。周囲を窺う。誰もいない。

「同級生が容疑者ですよね」

「そうなの？」

物柔らかな面容のまま、加茂が歩き出した。永尾も並んで歩き出す。

「魚住さんという同級生です」

「へえ。憶えておくよ」

歯牙にもかけない口振りで、言質は取れそうになかった。永尾は足の運びを速めた。

加茂は歩くのが速い。質問の角度を変えてみよう。

「俺は近々夏休みがとれますかね」

「記者に夏休みなんてあったっけ」

「あっても三日間くらいです。今回の事件に目途がつくまでは休めませんけど」

「ふうん」

逮捕の目途は立っているのかどうか、まるで見当がつかない。それからいくつか質問を投げたが、何も得られないまま署長官舎に到着した。最後にぶつけてやれ。

「指を切断した道具は何です？」

「知らない」

「ナイフ？」

「知らない」

「包丁？」

「しつこいなあ」加茂は苦笑した。「知らないよ」

じゃあね。加茂はそう言い残して官舎に入り、永尾は足元に伸びる自分の長い影を見た。もう一段階、感度を上げたい。走って車に戻った。

十五分足らずで到着した。この津田沼署で無線を拾ったのが始まりだった。今日の当直主任も内藤。もう当直当番が一回りしたのか。

内藤は当直主任席で、六時半という早い時間帯での夕食中だった。ざる蕎麦(そば)といなり寿(ず)しだ。蕎麦の表面は乾いている。早めに注文したのだろう。事件が起きれば、注文する暇もなくなる。時間が経っても味がさほど変わらない品を注文するのは、新聞記者も同じだ。永尾も泊まりや夜勤の時は、ざる蕎麦か親子丼を頼む。

「油売ってていいのかよ」内藤が箸(はし)を止めた。「殺しの取材はどうした」

「その前に内藤さんの顔を見ようかと。平たく言うと、ご機嫌伺いです」

「気持ち悪いな。さっさと船橋中央署に行け」

「県警の施設に出禁なんで」

「ここも警察だぞ」

内藤が呆(あき)れたように眉を寄せる。永尾は内藤の正面にある長椅子に座った。

「長引きそうですか」

「俺が知るかよ」

「津田沼署からも帳場に捜査員が入ってます。刑事課長として人員面でも気になるんじや？」

「もちろん気にはなるけど、外野には何も漏れてこないよ」

建前だ。内藤は完全な部外者ではない。刑事課長にはそれなりの報告が入る。

「このまま食わせてもらうぞ」

ずずっ、と内藤が威勢よく蕎麦をすするなり、永尾の腹が盛大に鳴った。

「食え」

内藤が二個のいなり寿しが載った皿を、永尾の前に無造作に置いた。

「もらえませんよ」

「こっちが心置きなく食えないんだよ」と内藤はうっすらと笑った。

永尾はありがたく厚意を受け取り、一個を腹に入れた。内藤が顎を振り、もう一個を示す。永尾は遠慮なく食べた。咀嚼しながら、周囲に目をやる。他に食事する当直員はいない。内藤は当直時間中に事件事故が発生した際は責任者になり、食事どころではなくなる。それに備え、誰よりも早く腹ごしらえしているのだ。

「今日は平穏ですね」

「なによりさ。心配すんな。現時点では何もない」

実際、当直員の誰もがのんびりとしている。

「近々、弾けそうですか」

弾ける。唇に心地よい響きだ。犯人逮捕などの動きがあるのか、という意味になる。

「何度も言わすな、知らないよ」

「捜査員はいつ戻ってくるんです？　もうすぐ？」

「そりゃ、一期が終われば戻ってくんだろう」

捜査は一ヵ月を一期という単位で称し、二期、三期を迎えるたび、帳場から専従捜査員が減っていく。

「帳場は容疑者を割ってるんですよね」

「知らん」

内藤が蕎麦を無愛想にすすり、顔をおもむろに上げた。

「参考までに憶えておけ。できる刑事ってのは人殺しの気配を感じる。やむにやまれぬ事情の殺し、利害が絡む計画的な殺し、カッとなった挙げ句の殺し、どんな殺しでも、ホシは人殺しの気配をまとうんだ。非科学的だろうけど、こいつは否定できない」

「先入観に繫がって、誤認逮捕や冤罪に至りかねませんよね」

「いや」内藤が箸を顔の前で振る。「目に見える光景、聞こえてる現実。これらも額面通りに受け取っちゃいけないよな？　見えるものだけが全てじゃないんだから。同じように鼻が利く人間は殺しの気配を嗅ぎ取っても、無条件に受け入れない。優秀なら優秀なほどな」

「どんな気配なんです？」

「鼻につく、嫌ァな気配だ。別に態度が悪いっていうんじゃない。永尾も気にしとけ」

「会った瞬間に感じる臭いなんですか」

内藤は箸を蕎麦にのばし、つゆにつけた。

「嗅ぎ取れる時もあれば、後から気づく時もある。どっちにしても、わからない人間には一生わからん」

「俺はどっちですかね」

「わかる方だな」

即答した内藤が勢いよく蕎麦をすすった。

いなり寿しの礼を述べ、駐車場に戻ると、セミの声より、秋の虫の声の方が大きく響いていた。今のところ弾ける予兆はないとの感触を、内藤からも得られた。あとは急展開に備え、夜回りまで船橋中央署を張っておこう。

永尾は運転中、津崎の問いかけを脳裏に呼び起こした。

報道と捜査機関のどちらが大事か――。

両方と答えられた。今回の事件を取材しなければ、自分はこの答えを導き出せず、ずっと借り物の言葉で、借り物の正義を語ったのだろう。空回りしていると認識したとしても。

今回だって連続殺人とはいえ、十年後も市民の記憶に残っている類の事件ではない。今後も日々新たな事件が起こり続ける。殊に牛乳配達車の事故なんて、世間的にはもっと取るに足らないもの。自分が変わるきっかけなんてそこかしこにあり、あとは気づけるかどうかなのだ。

昨年の今頃の自分とは明らかに違う。永尾は胸の中心を強く意識した。胸の奥にある熱と思いを大事にし、今回の経験を次の事件取材でもぶつけていこう。一つ一つの取材に真摯に向き合っていこう。そうすれば、自分に蓄積される熱は、文字にはならなくても行間に反映されていくのではないだろうか。

船橋中央署の駐車場に到着して、帳場の窓を眺めていると、署の正面エントランスから首都通信の田渕が出てきた。携帯を握っている。通話を終えた田渕が、こちらににやりと笑みを向けた。

周囲を嘲るような笑みだった。

19

午後十一時過ぎ、帳場は昂揚感と期待が入り混じった熱気で満ちていた。

船橋市北部の元廃棄物処理施設敷地内のプレハブ小屋に、魚住がいたと思しき形跡があったのだ。中田が魚住に電話を入れたおおよその地点を内勤班が割り出し、二人に関連しそうな施設や建物を絞り込んだ成果だった。元廃棄物処理施設は中田の父親の持ち物で、十年以上前に閉鎖され、小屋のドアには暗証番号式の錠がかけられていたが、破壊されずに開けられていた。物品の押収については、中田の父親に了解を得ている。不法侵入の被害届を出してもらった。

遺留品には最近飲み食いしたと推測されるカップ麵の容器やペットボトルのほかに、ナイフもあった。ナイフは魚住の所有物という線が濃い。津崎がビストロ宍戸から世田谷に転戦し、魚住に車を貸した友人に写真データを見せて確認すると、メーカーや柄に残る深いひび割れが彼の記憶と一致した。

——それもウオのです。ドイツの山奥で一緒にキャンプした時、傷がついて。

——それも？

——ウオはドイツ旅行で、もう一本買ったんです。写真のと違って、刃がぶ厚い小型ナイフです。日本では売ってないでしょうね。

また、小屋では板張りの床があちこちで剝がされ、置きっぱなしの机や棚の中も荒らされていた。埃の具合からして、荒らされたのはごく最近。鑑識は少なくとも三人の足跡を発見している。

「小屋にDNA鑑定できそうなブツは残されてたのか」

興奮する捜査員たちをよそに、米内は落ち着き払っていた。

「はい」国領が直ちに応じる。「カップ麵や飲み残しのペットボトルの唾液から」

「指紋は？」

「ナイフなどから検出しています。ただし比較対象がありません。魚住が触ったと確定できるブツがあれば、照合可能です。なお、小屋からは中田のモンも出てます」

「足跡(ゲソ)は少なくとも三つなのに、モンは二種類なのか」

米内が抑揚もなく言った。

「いえ、元々は事務所ですので、大量に見つかってます。残念ながら中田以外、県警が保有する指紋データと一致するものがないんです。錠には中田のモンだけがついてました。残り二人の侵入者は手袋でもはめてたんでしょう」

鑑識が返答すると、米内がおもむろに腕を組み、悠然と眼を瞑(つむ)った。

帳場の空気は波立っている。ようやく核心に近づけそうな手がかりを握れたのだ。米内が眼を閉じたまま言う。

「周辺道路の防犯カメラ映像の解析は？」

「鋭意進めてます。まだずばり特定できる映像は見つかってません」

米内がゆったりと眼を開けた。

「小屋にいた一人が魚住だと仮定する。状況からして、最悪は起こりそうにないんだな」

最悪とは自殺のことだ。

「ええ」国領が言った。「魚住がホシだとしても、そこまで追い詰められたと感じる要素はないでしょう。死ぬ気なら、小屋で死んでますよ」

一人の捜査員が手を挙げる。

「中田は魚住に電話をかけてましたよね。魚住が中田に何らかの事情で脅迫されており、そのタネが小屋にあったとの見方は取れませんか。つまり、魚住は隠し場所を聞き、殺害した上でブツを探した――」

片岡の面貌が険しくなった。

「もう一人のゲソはどう見る？」

「魚住の共犯」

津崎は心がざわついてきた。

片岡が捜査員を見回した。

「誰か、他に小屋の件で思い当たる節はないか」

捜査員は仕入れた情報の全てを捜査会議で明かさない。自分の手元に止めておき、いざという時に手柄に直結させるためだ。改めて振り返れば、糸口を見出せる場合もある。

誰も声をあげない。津崎は机に左右の肘をつき、両手の指を組んだ。念のため、自分もこれまでの聞き込み捜査を反芻してみるか。プレハブ小屋にまつわる話は……。

たちどころに記憶が跳ねた。

会話を円滑に進めるためにした話の数々――。本筋とは関係ないので、会議では言及していない。隣に座る井上の横顔を見ると、目で制された。

ほどなく捜査会議はお開きとなり、津崎は小声で井上に言った。

「明日、はっきりさせに行きませんか」

「そうだな」

「マフラーの件がどうなったのかを国領さんに確かめた後、申し出ましょう」

頃合いを見計らい、津崎たちが国領のもとに向かうと、片岡が近寄ってきた。双眸には冷ややかな光がある。

「指名手配まであと一日だ」

「承知してます」

「七光りってのは、どんな気分だ？」

片岡は「津崎学校」の生徒ではない。前から津崎を目の仇にしている。

「いいよな。下駄を履いてる奴は」片岡は鼻で笑った。「今回、お前は何かしたか」

津崎は拳をきつく握った。片岡に対する感情ではなく、自分に対する情けなさが胸中で渦巻いている。

「今のところ、お前はミスしただけだ」

言い捨て、片岡は帳場を足早に出ていった。

「ったく、あの野郎は」国領がかぶりを振る。「今日は色々と悪かったな」

「いえ。俺のヤマですから」

ほう、と国領がかすかに目を広げる。

「麻宮のマフラーだろ？ 妹のさやが首吊り自殺に使用したと記録にあった。酒を飲んだ上、多めに睡眠薬を服用した自殺らしい。所轄が血中成分を一応検査していた。自殺する際の苦痛を減らすため、酒と薬でなるたけ意識を飛ばそうとした——と推量されてる」

マフラーという一言で、麻宮の面つきが硬くなったのも納得できる。

明日朝一番で東京に行く許可を国領に得ると、津崎は二人と別れ、三階に下りた。このままの気分で帰宅したくなかった。

薄暗い廊下には誰もいない。自動販売機でアイスコーヒーを買い、長椅子に座る。氷がやけに多くて冷たいだけで、無味無臭だった。汗臭いな、と自分を思った。肌にこびりついた汗と湿気の粘り気は消えない。今日一日でペットボトル何本分の汗が出たのやら。津崎はふくらはぎを手早く揉んだ。今回のヤマを解決しても、この疲労はいつまでも体の奥底に残る。疲労が消える間もなく、次の捜査に加わるからだ。いくら事件を解決しても犯罪は減らない。警察の仕事とは何なのか。これほど生産性のない仕事も珍しいのではないのか。事件を解決しても給料が高くなるわけでも、死んだ人間が戻ってくるわけでもない。

自分には捜査以外に何ができるのだろう。警察が、自分が相手にできるのは過去。では、現在や未来を相手にできる職種は――。

足音が近づいてきた。顔を向けると、米内だった。

「ねぐらに帰らないのか」

「ここのコーヒーが飲みたかったんです」

口に出してから自分で笑ってしまった。何を言っているのだろう。

「ほう。俺も付き合おう」

短く笑い、米内はカップコーヒーを買うと、廊下の壁に寄り掛かった。米内はブラックを買ったのに、マドラーでコーヒーをかき回している。

「癖、変わりませんね」

「あ？　まあな」

昔から米内は砂糖もミルクも入れないのにコーヒーをかき回すのが癖で、家に来ると、何度も父親にからかわれていた。

米内がコーヒーに口をつけた。

「確かにこのマズさは、飲む価値がある」

自動販売機の低い唸り声が廊下に響いている。無言のままコーヒーをお互いに口にやる時間が続いた。

「一つ言っておく。片岡は優秀だ」

「知ってます」

「ならいい」米内が一気にコーヒーを飲み干し、カップをゴミ箱に捨てた。「しっかりやれ」

マンション前に報日の永尾がいた。津崎が手で追い払う仕草をしているのに、永尾はみるみる近寄り、食い下がってきた。

近々、弾けますか。容疑者を特定してますよね——。

津崎は無言で質問を受け流した。永尾も返答を期待していないだろう。それでも丁寧に質問をぶつけてくる。

「中田さんは嘘のつけない性分だったそうですね」

三宅にもそう聞いているが、津崎は何も言わなかった。

「今日、相澤さんと中田さんと同じ水泳部だった平山さんに会いました」

この記者はやる。労力を惜しまずに働き、足で稼いだ材料でこうして話を途切れさせない。いくら若くても、体力的にはきついはずだ。

永尾が平山一家について話し出した。耳に引っかかる部分があった。殺された犬。今回の捜査で似た話があった憶えがある。何だったか。

「指を切断した道具は特殊なんですか」

津崎は無言を貫き、歩調を緩めずに進んだ。

「魚住さんと被害者二人は、大学時代にも接点があったんですね」

船橋競馬場近くの空き地で魚住が麻宮さやに声をかけられた場面か？　永尾なら取材していても不思議ではない。

「魚住さんは幼馴染の妹を、付き合ってた男性のもとから連れ戻しに行ったそうですよ。そこに相澤さんと中田さんもいたとか」

初耳だ。歩調をいくらか緩め、急き込まぬよう喉の力を抜き、顔を永尾に向ける。

「誰に聞いた？　付き合ってた男にか」

　三宅の名前は出せない。永尾が三宅を知っているとは限らない。

「いえ。取材に行っても、にべもない対応でした。録音機を出せと言われたくらいで。中田さんの遺族に教えてもらったんです。この話、帳場も掴んでませんよね」

「なぜそう言える？」

「中田さんの遺族が思い出したのが今日なので」

　永尾は今夜もいい目つきをしている。試されている気がした。

「その場所は」

「海浜幕張の野球場に近い道路です。このトラブルも今回の事件と絡むんでしょうか」

「さあ」

　永尾が恩を売ったと捉えているかは知らないが、津崎は借りを背負った気持ちだった。

　エントランスのガラス戸に手をかけた。背後で永尾の足音が止まり、影がガラス戸に映っている。今の自分と永尾との距離を測ってみるか。足を止め、向き直った。

「今朝の特ダネはお前だろ」

「ええ」

「誤報騒ぎの後だ。少しは胸がすいたか」

「いえ。事件取材の特ダネです。事件である以上、誰かが傷ついてます」

「綺麗事、優等生の嫌味だと受け取る奴もいるだろうな」

「言いたい奴には言わせておけばいいんです」

永尾が微笑んだ。

「お前、いつもシャツが綺麗だな」

「新しいのを買ってるんで、シャツが増えて増えて。津崎さんは？」

「家内が洗って、アイロンをかけてくれてる。助かってるよ」

今回も旅行で自分がいない日数分を急遽用意してくれた。

「家族っていいですよね」

「ああ」

津崎はガラス戸を開けた。ガラスには、津崎の背中に頭を下げる永尾が映っている。永尾との距離は明白だ。今の自分には綺麗事を吐く資格はない。綺麗事は真剣にそれを求め、結果を出した人間にのみ許される行為だ。そう。だからこそ父親は、警官の心構えなどを息子に言わなかったのではないのか。未解決事件の捜査責任者だったのだ。どうしたって綺麗事に聞こえるそれらを語れるわけがない。

20

……携帯が鳴っている？　うっすら目を開けて壁掛け時計を見ると、午前四時前だった。

永尾は瞬時に神経が覚醒した。記者にとって、この時間の電話の意味は一つ。そっと携帯を手に取った。案の定、液晶に支局の番号が表示されている。

「こんな時間に悪いな」

泊まりの記者だった。いえ、と応じて永尾は目をきつく閉じた。一瞬の間があく。

「連続殺人の件、首都通信に抜かれてるぞ」

やっぱりか。あらかじめ悟っていても、全身からどっと力が抜けていく。

「内容は？」

「県警が重要な情報を持つ同級生を追ってるって」

血の気が引いた。魚住の話だ。紙面にした以上、容疑者と断言したに等しい。しかるべき立場の人間が認めたのか。

「一報が地方部からＦＡＸで流れてきただけだから、詳細は不明だ」

通信社の抜きネタは大抵、まず根幹の数行だけが配信される。詳細が何にせよ、県紙やブロック紙は配信を食っただろう。永尾は呆然と天井を仰いだ。

「交換紙はどうですか」

「きてない」

全国紙は大阪本社同士で真夜中に紙面を交換しあい、「抜かれ」はそこで判明する。

「とにかく朝刊が届いたら、また連絡する」

電話が切れた。エアコンの稼働音が遠くから聞こえる。もう眠れない。のろのろとべッドから下り、カーテンを開く。まだ暗い。ベッドに戻り、倒れ込むように大の字で寝転ぶと、永尾は動けなくなった。昨晩の津崎や加茂とのやり取りを再点検していく。やり取りに、魚住逮捕を仄めかす言動はなかったのか。

ぐるぐると思考が巡っていくうち、永尾の体温は上がっていた。いつしか敗北感も消えている。ガバッと身を起こした。

解せない。報日の人員は少なく、県警の施設へも出禁中だが、すべき取材はして、押さえるべき取材相手も押さえている。永尾にはその自負がある。魚住逮捕の兆候があったとは思えないし、服部と橘も見逃すはずがない。反面、首都通信は配信している。

堂々巡りの長い一時間が過ぎ、新聞配達のバイクの音が聞こえた。速やかに身支度をし、マンションを出た。

五時半の、日曜日の幹線道路はがら空きだった。

支局の駐車場に入ると、ちょうど橘が車から降りていて、永尾も急いで車を出た。声をかけるとぎこちない笑みが返ってきて、服部の車も駐車場にやってきた。

服部が車から降り、無言のまま三人は顔を見合わせた。橘も服部も目が血走っている。きっと自分もそうなのだろう。敗北に打ちひしがれている顔つきではない。

支局のドア前に朝刊各紙が山積みされていて、永尾が抱えて支局に入った。デスク席脇のソファーセットに各紙を置き、まず永尾が首都通信の配信を多く受ける、千葉日日新聞を捲った。ばさり、と乾いた音が散る。

あった――。

次にブロック紙の関東新聞を橘が捲った。

あった――。

交換紙で「抜かれ」の連絡はなかったが、念のために服部が東洋などの全国紙を次々に確認していく。

ない。不幸中の幸いか、特落ちではない。

記事を目で追った。魚住の名前こそないものの、読む人間が読めば、県警の捜査対象者が魚住だと類推でき、容疑者だと仄めかす書き方もしている。

「逮捕、の文字がないですね」

橘が訝しげに呟き、服部が会話を継いだ。

「重要参考人とも書いてないな」

この手の抜き原稿なら「一両日中に逮捕」「近く逮捕へ」と締め括るのが常で、そこに実質的に容疑者と示す「重要参考人」という一語で重みを加える。裏返せばそこまで詰めていないと、いくら個人名を記載しなくとも、原稿で察せられる個人を貶めてしまいかねない。県警が身柄を確保しているのも記事化の条件だ。報道を見た容疑者が高飛びしたり、自殺したりする恐れが生じる。

「腑（ふ）に落ちないのは三人とも一緒だよな。朝駆けで掴もう」

服部は粛とした語調だった。

六時、三人は朝駆けに出かけた。永尾はまず第一線の捜査員に探りを入れるべく、津崎のマンションに向かった。三十分後、津崎はエントランスから出てきた。

「おはようございます。千葉日日か関東新聞はご覧になりました？」

津崎は憮然とした面構えで口を開かない。永尾は畳みかけた。

「魚住さんは逮捕されるんですか」

無言のまま津崎が歩き出し、永尾は隣に並んだ。

「あの原稿はアタリですか」

二歩、三歩。津崎が不意に立ち止まった。

「報日は凶器の誤報があっただろ。あれは裏を取らなかったのか」

「ええ」

そうか、と津崎がまた歩き出した。永尾も追いすがるように足を動かす。

「終わりだ」

津崎の背中を見送り、永尾は車に小走りで戻った。魚住と麻宮が、麻宮の妹を連れ戻しにきたという道路も通り、船橋に向かった。

七時半、加茂の署長官舎前は若手記者で溢れていた。首都通信を除いた各紙の一年生記者がいて、どの顔も険しい。抜かれた腹立たしさと自分の不甲斐なさが入り混じったそれぞれの感情が、ただでさえ蒸し暑い空気をさらに熱しているようだった。

東洋新聞の大谷がよろよろと近寄ってくる。

「ぼろぼろですよ。報日にやられまくって、今度は首都通信ですもん」

「俺は田渕より大谷の方がいい記者だと思うけどな」

「慰められても嬉しくないですよ」

大谷が泣くように笑った。

永尾は本心だった。昨晩、田渕が向けてきた笑み。あの時点で、田渕は抜きネタが出るのを知っていた。本人のネタかどうかはともかく、凌ぎ合う記者を嘲笑する程度の人間なのだ。

官舎のドアが開いた。シャツとスラックス姿の加茂が眉を顰め、記者に背を向けると慣れた手つきで鍵を閉めた。門扉から出てきた加茂を、記者が囲んだ。

「みんな、日曜の朝からご苦労さん」

「千葉日日と関東新聞はご覧になりましたよね」

誰かが急き立てるように言い、まあね、と加茂が肯定した。

あれはアタリですか。飛ばしですか。逮捕はいつですか。矢継ぎ早に質問が飛んだ。

永尾は加茂の顔をじっと見つめた。いつもと異なる顔の動きはない。

「さあ」加茂は肩を大きく上下させた。「帳場じゃ、私は飾りだよ。みんなも知ってんでしょ。他の所に行ったら？」

「じゃあ、日曜の朝からどこに行くんですか」

「カイシャだよ」

「やっぱり、今日中に逮捕するんですか」とすかさず硬い声が飛ぶ。

「みんながこのままここにいたら近所迷惑だろ。だからカイシャに逃げんの」

イエスかノーで言って下さい。国民には知る権利があるんじゃないですか。記者の声は次第に尖っていく。

「だから、知らないって」

署長、といくつかの激する声が合わさった。

誰も引き下がらない。引き下がれるわけがない。永尾は各社の様子を後ろから見ていた。加茂が歩き出すと、記者団も一斉に歩き出した。示し合わせたように大柄な記者の一人が加茂の前に回り、歩く速度が上がらないようにした。

「署長が知らないはずありません。逮捕が近いなら書類が回ってくるじゃないですか」

「知らないものは知らないよ」

気になる言い方だった。知らないものは――。

「署長はご存じないんですね」

永尾は声を発していた。

やおら加茂が立ち止まり、いくつかの後頭部越しに目が合った。

「そう。私は知らない」

加茂が再び歩き出し、記者団の足音とセミの鳴き声が返事の余韻を掻き消した。記者が次の質問を浴びせていく。

加茂が記者団をいなしていくうち、署に到着した。

署内は静かだった。加茂が署長室に入っていくのを、永尾は記者団から見送った。記者それぞれが支局に報告するため、一斉に携帯を耳に当てている。永尾は署を出ると、服部にかけた。出ない。切った途端、橘からの着信が入った。永尾は、加茂とのやり取りを簡潔に伝えた。

「そう。こっちは『かもしれないな』の一点張り」

橘は管理官の片岡を回っている。玉虫色だ。だからこそ、日頃のやり取りが重要になる。声色、顔色、気配。その全てで発言の裏を察するのだ。

「感触はどうですか」

「ノー。永尾っちは？」

「ノー」

あとは服部さんだね、じゃあ支局で。橘が小声で言い、電話を切った。

まだ見定める手段がある。署を出て、永尾は車に飛び乗った。さほど距離はないのに、やたらと赤信号に捕まった。

ようやく魚住のマンション前に着くと、素早く辺りを見回した。

いた。マンション近くに、まだ警察車両がある。もし今日の逮捕なら、もう部屋に踏み込んでいるはず。容疑者を逮捕する時は陽が昇ると同時に踏み込むのが、警察の典型的なやり方だ。やはり首都通信は飛ばしなのだろうか。いや、正確には飛ばしではない。

帳場が魚住を追っているのは事実だ。あんな原稿を打った以上、首都通信は魚住逮捕の言質を取っているに違いない。

なのに、加茂も片岡も感触はノー。一課長の米内が首を縦に振った？　けれど、ここには首都通信がいない。普通なら逮捕場面を写真に撮りにくるだろう。警官がいる以上、身柄はまだ確保されていないのだ。

待て。もう一つ可能性がある。首都通信は原稿にしておきながら、帳場が追う男の素性を魚住だと割っていない──。

電話が震えた。服部だった。前置きもなかった。

「橘に聞いた。永尾も感触はノーなんだな」

「はい」

「こっちもだ。支局で話し合おう。日曜だ、どうせ夕刊はない」

「アタリだとすれば、署を張った方がいいんじゃ？」

「大丈夫。京葉の丸本さんが出番だから、署にいてもらう」

三十分後、県警チームは支局で顔を揃えた。デスク席脇のソファーセットを囲むと、服部が思案顔で口火を切った。

「今朝、配信記事を読んでも釈然としなかったよな。印象通り、抜かれの感触はない。けど、誤報だっていう言質もない。もちろん、追いかけようと思えばできるだけの材料はある。追っかけるなら、早いうちにウェブでやらないといけない」

結論の出ない時間が続いて、いつの間にか九時になった。ドアが緩やかに開き、入ってきたのは長谷川だった。日曜の当番デスクは昼前の出勤が相場でも、抜かれたので早く出てきたのだろう。

「服部君、どうですか」

「正直に言って、判断がつきません」

ふむ。長谷川がデスク席に端然と座り、椅子が軋む。

「では、三人の感触を教えて下さい」

服部、橘、永尾の順で話した。

「なるほど」長谷川が無表情に続ける。「追いかける必要はありません」

言い切った……。なんで断言できる？

「いくつか理由があります。まず、一課長が逮捕を明言しない点。次に署長も明言しない点。そして管理官が曖昧な発言を繰り返す点」

長谷川がひとつ頷く。

「山浦デスクに誤報の経緯を聞きました。管理官の曖昧な発言の裏を取らなかったのが原因です。今回も同じ構図ではないでしょうか。ウチへの仕掛けは、魚住さんは管理官という立場を利用して、報道を操るのが好きなようです。片岡さんは管理官という立場を利用して、報道を操るのが好きなようです。ウチを干上がらせようとしたんだと読めます」

裏取り。朝駆けで、津崎は報日の誤報を持ち出した。いま長谷川が言った指摘を示唆したんじゃないのか。

「魚住さんのマンション前で首都通信を見かけなかった疑問も、この解釈で説明がつきます。管理官は魚住さんの素性までは明かしてない」

警察がそんな手段を？

永尾君、と長谷川が目を向けてくる。

「膠着した事態を動かすため、報道を利用する警官は多い。いや、警察だけじゃないな。政治家も官僚も経済界も我々を利用しようとします。彼らの思惑を見抜けるのか、見抜いた上であえて利用されるのか。記者の手腕が問われるんです。その辺はそのうち身につくでしょう」

「身につかなければ？」と橘が恐る恐る問うた。「そもそも見抜く目だって、持てるとは限りません」

「その時は利用されるだけ利用され、捨てられるだけです」

長谷川はあっさり言うと、服部、橘、永尾の順にゆっくりと視線を配った。

「自分自身や属する組織のために他人を欺いたり、踏み台にしたりするケースなんて、社会では掃いて捨てるほどある。個人的な意見を言えば、そういう連中は下衆（げす）です。他人を利用するなら私利私欲のためでなく、己の本分を全うする場合に限るべきでしょう。私たちで言うなら記者の本分です。そこが人間としての一線なんです」

カチ、カチ、カチ。秒針の音が生々しく聞こえた。

長谷川がもの思わしげに顎に手をやる。

「どうして管理官が曖昧な返答をしたのかです。ウチに仕掛けた罠を踏まえると、今回も狙いがあるはず。橘さん、管理官はどんな人ですか」

「インテリヤクザと言われてます」

長谷川が目を閉じた。口だけが動く。

「昨晩は管理官を回りました？」

「ええ。囲みだった上、何も言わずに家に入ってしまいましたけど」

「普段、首都通信は誰が管理官担当を？」

「サブキャップです」

「一課長は誰」

キャップです、と服部が応じる。長谷川が目を開けた。

「昨晩の一課長は囲みでしたね」

「ええ。その後、いつも通りに個別が一分ずつ」

「囲みではどう言ってました？」

「俺が言える進展はないと。あっ、そうか」

え？　なんですか、と橘が戸惑い気味に聞いた。服部が腕を組む。

「一課長が言える進展はないが、違う人間が言える進展はあったんだ。米内さんが口にするのはいつも絶対的な確定事項だ。つまり、確定できない程度の進展はあった。米内さんはそう仄めかした。それを受け、個別の時に首都通信は打つと仁義を切った」

待ってください、と橘が小さく手を挙げる。

「うちも魚住さんは摑んでました。当てた時の反応はどうだったんです？」

「重要参考人かと問うと、違うと明言された。今朝の個別だってそうだ」

何らかの進展はあった。ただ、魚住を重要参考人と明言できるほどではないのだ。記者に当てられれば、米内が微妙な言い回しで答えると見越した上で、曖昧さを片岡が利用した。筋は通る。首都通信は重要参考人という語句を使わず、それでいて容疑者だと仄めかしている。二人への取材を意訳し、勝負に出たのか。

「管理官は事態を動かそうとした。おそらく早い解決を望んでるんでしょう」長谷川が再度目を瞑った。「我々は愚直に取材を重ねるしかありません。愚直に夜回り、朝駆け、地取りを繰り返すからこそ、見えてくる真実もあります。取材も捜査と同じですよ」

津崎は捜査車両を運転しながら、今朝の県警本部での出来事を振り返っていた。

七時過ぎ、県警本部に入った。帳場の捜査用車両に空きがなく、本部の車を取りに行ったのだ。絶対に車がいる日だった。都内に赴いた後、県内に戻り、あちこちに転戦しないとならない。手続きを終えたのは七時半で、多少時間が余った。井上とは八時に一課部屋で待ち合わせていた。廊下でアイスのカップコーヒーを買い、飲んでいると、検視官の宗島がやってきた。今日もスーツにネクタイ姿だった。

よう、と一声かけてくると宗島は百円玉を自動販売機に投入した。

「進展は？」

「まだ何とも」

コーヒーの注入が終わったのを告げる音が鳴り、宗島がカップを丁寧に取り出す。

「動機は？」

「浮かんでるのは中学時代の恨みです」

「中学時代の恨みで今さら人殺し？　しかも二人も」

宗島が眉を顰める。津崎も改めて引っかかりを覚えた。

「首を絞めた紐から足取りは辿れないのか」

「はい。大量生産品のようです。指を切断した道具も、特定されてません」

「殴り、首を絞め、指を切断。殴る場面さえクリアすれば、力の弱い女子供にも可能だな」

魚住は当然、その中に入る。

「殺害現場は二ヵ所とも、ガイシャが中学時代によく行ってたとこか？　それとも一言で伝わる場所か」

「なぜです」

「動機が中学時代のトラブルなら、共通認識があっても不思議じゃない。ガイシャも現場まで出かけてんだ。ホシにしたって縁もゆかりもないとこに呼び出すなら、相手にいちいち説明しなきゃならん。恨みを晴らすために殺そうって時、そんな手間をかけるか？」

　津崎の頭にはなかった意見だった。

「なんだ、その目は。米内さんは何も言ってないのか」宗島が頬を軽く緩める。「あの人らしいな。こんな見立て、とっくに頭にあるだろうに。お前らの頭を鍛えるためか。片岡も国領も一人前だが、あと半歩足りない。今日あたりの会議で言うんだろう」

　宗島がコーヒーを一口飲み、双眸に険しさを滲ませた。

「今朝の報道で容疑者は潜るな」

　報道を見れば、魚住は現在乗っている車の使用を止め、Nシステムにも引っかからなくなる。手がかりがひとつ消えた。

　宗島が窓の外を眺めた。

「今日も暑そうだな」

「スーツを着て、ネクタイを結んでるとさらに暑さが増しそうですね」

「そりゃな。けど検視官は県警を代表し、まず遺体と向き合う。礼を失してはならない」

　だから真夏でもスーツ姿なのか。

「ところで、津崎は在庁開きで熱心に祈ってんのか」

　在庁班となった初日の朝、班全員で捜査一課の神棚前に並び、いい事件に当たるよう祈る習わしを『在庁開き』と呼んでいる。県警捜査一課に続く古い伝統だ。

「恰好だけです。神頼みはどうも」

「ふうん。持って生まれた体質らしいな。お前はデカいヤマに当たる傾向がある」

そうかもしれない。これまでもいい事件に当たった。いつどこで、どんな規模の事件が発生するかなど誰にも予知できない。一生、殺人事件を捜査しない警官だっている。

「体質を活(い)かせよ」

宗島は来た時と同じように靴音も立てずに去っていった。

事件にあたる体質――。

「何だ?」と助手席の井上が言った。

「独り言です」

都内に車を走らせ、マンション前に行き、電話を入れた。十分後、三宅は額の汗を拭きながら出てきた。

「ご苦労様です。今日はなんでしょうか」

「以前小屋を隠れ家にしたと仰(おつしや)った件で少々。中田さんの実家の持ち物でしたよね」

重要な事柄だ。電話ではなく、直に反応を見たかった。

「ええ、船橋の」

詳しく聞くと、魚住がいたと思しい小屋だった。

「小屋に何があったのか憶えてます？」

「特には……スチール机と大量の書類があったくらいで。あそこで何かあったんですか」

「捜査中なので何とも。大学の頃、小屋の鍵はどうされました」

「えーと、ああ、中田が開けてました。番号式の錠でしたね。私も相澤も番号を憶えてましたけど。二五三六。簡単な番号だったんで今でも憶えてますよ」

「他に開錠番号を知っていた同級生は？」

「同級生で？　知りません」

「魚住さんは、開錠番号をご存じだったでしょうか」

「魚住？」三宅はやや首を捻ると、口元を手で覆うように押さえた。「さあ」

「小屋にいる時、中田さんや相澤さんはどんな様子でした？」

「特に。ひょっとして魚住が潜伏してたとか？　何をやったんです？」

「誰がいたかなんてわかりませんよ。船橋の小屋には麻宮さやさんもご一緒に？」

「何度か。男の隠れ家なんて連れていきたくなかったですけど、かなりせがまれて」

麻宮を揺らすべく、些細な材料でも欲しい。そのための質問だった。

「仲が良かったそうですね。麻宮さやさんは、三宅さんが贈ったマフラーをとても大事にされてたそうで」

「壁に飾ってくれてました」

「魚住さんが、麻宮さやさんを連れ戻しに来た時もあったとか」

「ああ、ありましたね」

「相澤さんと中田さんは何か仰ってました？」

殺人に繋がるトラブルがあったとすれば、悪口の一つや二つはあるだろう。

「特には」

「話は変わりますが、相澤さんと中田さんが亡くなった二ヵ所は、何か中学時代の思い出にまつわる場所でしたか」

「いえ、特に」

「行ったことは？」

「中学時代はないですね。相澤が殺された方のとこは大学時代、よく行きましたよ。私の車を囲んでただけですけど。滅多に人が来ないので馬鹿話をして騒ぐには、もってこいで」

「中田さんが亡くなった辺りに行かれたご記憶は？」

「歩いて通り過ぎる程度なら」

三宅が腕をさすった。腕の生傷はまだ消えていない。それから十分ほど話を聞いたが、新たな収穫はなかった。

「そろそろいいですか。明日から仕事なので準備をしたいし、娘とも遊びたくて」

「娘さんはおいくつでしたっけ」と井上が柔らかに問いかけた。

「五歳です」

息子と同じ歳だ。今頃、鹿児島旅行でどんな顔をして、はしゃいでいるのだろう。はたまた疲れ果てて眠っているのか。束の間、津崎は親の頭になった。

ご協力ありがとうございました、と井上が言った。小走りでマンションへ戻る三宅の背中を、津崎は見つめた。

車に戻ろうとぎらつく陽射しの下を歩いていると、津崎のポケットで電話が震え、液晶には見慣れない番号が表示されていた。

「あの」重たい女の声だった。「佐伯千佳です。相澤君と中田君の件で話を聞かれた」

魚住と麻宮が幼馴染だと教えてくれた同級生だ。名刺に携帯番号を書き、渡していた。

「ああ、その節はありがとうございました。どうされました？」

一拍の間があいた。

「魚住君が、相澤君と中田君を殺害したんでしょうか。実はそんなメールがきたもので。魚住君が犯人らしい、と」

首都通信の配信記事が発端か。読み手次第で魚住と目星をつけられる中身だった。

「警察は容疑者を特定しておりません」

普通なら捜査に関する質問は一蹴（いっしゅう）する。今回は内容が内容だ。ただでさえ、首都通信の配信記事がある。これが口外できる限界だろう。

「差出人はどなたでしょう」

「槇村美里さんです」

魚住と被害者二人との間にトラブルがあったらしい、と言っていた女だ。

「メールはどれくらいの方に送られてるんです？」

「昔あった同窓会に出た人間のほとんどに。一斉送信です」

一斉メールの送信先にある名前を読み上げてもらった。魚住の名前はなかったが、どこからか伝わりかねない。通話を終え、井上に簡潔に伝えた。

「嫌な世の中だな」

井上は口を尖らせた。

首都通信にリークしたのは片岡に違いない。やり口が報日の時と似ている。犯人が魚住でなければ、県警は遠回りしたとの印象を招き、批判の口実を与えるも同然。それを考慮していないはずがない。デメリット以上のメリットが？

「国領さんの耳に入れておこう」井上が小声で言った。「いずれ報道が嗅ぎつける」

今朝首都通信に抜かれた各社は、今頃、該当人物を血眼で割ろうとしている。当然、同級生にも当たる。

槇村が新聞を読み、魚住が犯人だと断定したメールを送った？　ゴシップ好きだったとはいえ、あの記事でここまで踏み切れる度胸があるとも思えないが。

ドアが少しだけ開き、短髪で、眉の太い初老の男がぬっと顔を出した。取材拒否を貫いていた相澤の父親だ。

「入りな」

お邪魔します、と永尾は一礼した。

エアコンでよく冷えた客間に通され、ガラストップのテーブルを挟み、ソファーで対座した。相澤の父親は疲労が滲んだ顔をしている。

「悪いな、もてなしはできない。妻が倒れてんだ」

それでも、テーブルには冷えた麦茶が出されていた。

一時間前だった。首都通信の記事を無視する方針が決まり、中田の人モノ原稿の補足取材に出ようとした時、携帯が鳴った。当の中田の母親からだった。

――相澤さんのご両親とは会った？

――いえ。取材を拒否されてるので。

――そうなんだ。永尾さんのこと、話してみようか？

今朝の報日新聞で相澤の人となりが書かれた記事を読んだものの、遺族のコメントがないため、中田の母親は疑問を抱いたのだという。早速動き、話をつけてくれた。

「お時間を取っていただき、ありがとうございます」

「俺はマスコミが嫌いなんだ。アンタには悪いけど、人の不幸にたかって、騒いでるようにしか見えなくてな。中田さんに説得されてよ」

毒づく声にも力はない。

永尾は少年時代の相澤について質問した。

「勉強ができなかった分、運動は得意でな。エネルギーが有り余ってたのか、小さい頃はよく歯向かってきた。友達に誘われてバドミントンもやった。結局は水泳の方が楽しかったんだろう。バドミントンは誘いを断り切れなかったそうだ。あいつらしいよ。断って相手が傷ついたらどうしようってさ」

相澤の父親は一息に流れるように話した。誰かに話したかったのだろう。この気持ちが理解できるから、中田の母親は紹介してくれたのか……。

「そういう性根は大人になっても抜けるもんじゃない。最近、ウチで建てたマンションの屋上を緑化したんだ。環境緑化って知ってるかい？」

「屋上に庭をつくって、断熱材代わりにする工事ですよね」

「へえ、やっぱり記者ってのは物知りだな。俺は息子に言われるまで知らなかったのに。ウリになるんだ。マンションは早々に入居者で一杯になった」

「環境意識が高まってるんでしょうね」

「かもな。最初は息子が友達の会社に提案されたんだ。結構工費が高くてさ。『友人だから値切れない』ってぼやいてたよ。俺も調べてみたんだ。その会社の工費は、他社より三割くらい高かった。質が良く、丁寧だとしてもな」

ふう、と相澤の父親が肩で大きく息をつく。

「緑化マンションを継続すんのが何よりの供養なんだろう。息子は友達と大口の話を進めてたんだ。先方から昨日電話があってよ。寝耳に水だし、結構な額だけど、引き継ぐつもりさ」

「私が口を挟む筋合いじゃないんですが、他の会社と組む選択肢もありますよ。費用面からみて、継続的な緑化事業に取り組みやすくなるのでは？」

「それがよ」相澤の父親はおもむろに身を起こした。「書類を整理してたら、別会社の見積もりもあって、そっちの方が安かったんだ。そりゃ一円でも安い方がいい。でも、息子は友情をとった。遺志を尊重したくてな。先方とは盆休み明けに話し合う」

どの新聞にも出ていないエピソードだ。相澤の人モノ原稿はもう掲載された。どうやって中田の記事に盛り込もうか。

永尾は麦茶で唇を湿らせ、尋ねた。

「ご友人はどなたです？」

「三宅さん。前はこの辺で造園業をやってたんだ。拠点を東京に移したんだと」

あの男か。もう一度当たろう。相澤の父親に聞いた話だと言えば、無下にあしらえないはずだ。

「驚いたよ。三宅さんって相当厳しい人みたいでさ」

「というと？」

「一緒に仕事をするなら相手の人となりを知ってた方がいいから、色々と噂を集めたんだ。この業界も広いようで狭いから、そういうことができてね。でな、たとえば、ある社員が奥さんと幼い子どもさんが急に熱を出したから休ませてほしいって申請しても『あなたの家族の事情は自分には無関係だから』とすげなく却下したり、じいさんかばあさんのどっちかが危篤になった職員にも『納期が迫っているので無理です』と認めなかったり。割と昔気質の業界だけどよ、ブラック企業って言われても仕方ねえよな」

意外だ。永尾が三宅の自宅を訪れた際、かなり娘に甘い様子だった。

「三宅さん以外、息子さんのご友人にはどんな方がいらっしゃいましたか」

さあ、と相澤の父親は無理もない返答だった。三十歳を超えた息子の交友関係を知っている親なんてまずいない。

「友人は結構いたんじゃねえかな。仕事の流れでウチに泊まった時、夜中に電話してやがると思ったら、なんでか手袋を持って飛び出てった時もあった。殺される何日か前でさ。警察にも話したけど、何も言ってこない。事件とは関係ないんだろうな」

テーブルの上で、相澤の父親の携帯電話が鳴った。ん？　太い眉が寄せられる。

「警察だ」

どうぞ、と永尾は促して、相澤の父親が携帯を耳に当てる。え？　ああ、構いませんよ。短い会話があり、相澤の父親が怪訝そうに電話を切った。

「ありったけの息子の靴を貸してくれだってよ。なんなんだ？」

相澤宅を辞した後、中田の同級生を回り、船橋中央署にも顔を出して、永尾は夕方に支局に戻った。しばらくノートパソコンに向かっていると、橘が支局に戻ってきた。

「お疲れ。原稿どう？」

「目下作成中です」

「頑張って。私はもう一度、麻宮さんの店に行こっかな。弾けた時に備えて、魚住さんのエピソードを集めないと。今晩は署の張り番も京葉の丸本さんに任せられるし」

「ほんとは食事目当てですよね」

「まあね」橘がニッと笑う。「今日は原稿の心配もないもん」

「明日の心配がありますよ」

「明日は明日の風が吹くよ。一人であの店で食事ってのもなあ。とりあえず、キャップに了解だけとってみよっと」

橘は服部に電話を入れ、すぐさま得意げにブイサインを向けてきた。通話を終えた橘が支局をぐるりと見回す。日曜の支局は出番も少ない。山浦も今日は休みだ。

あっ、と橘は椅子を弾くように立ち上がり、反町に走り寄った。橘が熱っぽく説明して、反町の顔も綻(ほころ)んでいる。二人は長谷川のもとに行った。

橘と反町を見送り、永尾は原稿に集中した。中田を中心に、聞いたばかりの相澤の話も加えるか。三宅に再取材する時間はなかったが、ネタは充実している。各エピソードがぼやけないよう、文章も構成も簡潔に仕立てていく。

七時半に原稿を送稿した。

長谷川が疑問点を挙げ、永尾が答えるやり取りが三十分続いた。ようやく原稿が完成してモニターが出た時、橘から電話が入った。

「今日、麻宮さんは急病で休みなんだって。原稿で補足取材すべき点があっても、聞けないよ」

「食事はしてくるんですよね」

「当たり前でしょ。店主の宍戸さんからまた何か引き出せる見込みもあるじゃん」

ご機嫌な声で通話が切れた。永尾はモニターを何度か読み返し、大丈夫です、と長谷川に告げた。

「ご苦労様。では、のびのび夜回りしてきて下さい」

ネタを取ってこいという指示だ。永尾は心中で苦笑した。今晩は自分が泊まりだし、夜勤の反町も出ているが、出番の他の記者に電話番や発生モノの取材を任せ、支局を出た。

21

「三日前、船橋市内のショッピングモールの公衆電話を利用する魚住の姿も、防犯カメラの記録に残ってました」

今日の戦果に帳場の空気はさらに昂揚した。捜査会議は午後十時に始まっている。内勤班はNシステムで魚住の足取りを洗い、捜査員の多くは日中、防犯カメラ映像を集めた。東京から戻った津崎組も、渦中のプレハブ小屋を見た後、収集作業に加わった。

片っ端から集められた映像を特命班が解析していくと、いくつかのコンビニや大型ショッピングモールのカメラに、魚住らしき人物が映っていたのだ。いずれも中田の父親が所有する小屋の近くだった。店員たちは何も憶えていなかったが、魚住が小屋にいた確度は高まっている。

次、と国領の強い声が飛び、別の捜査員が立ち上がる。

「小屋にあったゲソの一つが、相澤の靴跡と判明しました」

帳場がかすかにどよめいた。相澤の父親によると、相澤は夜中に手袋を持って飛び出ていった時もあった。錠に相澤の指紋がない理由ではないのか。

「また」と捜査員は続ける。「船橋市内で、件の小屋に至るまでの国道に設置されたNシステムを洗い直しました。相澤殺害一週間前の深夜、相澤本人が運転したと思しき乗用車も記録されてました。その一時間前に、相澤は中田に電話を入れてます」

帳場がさらにざわつく。津崎はこめかみを強く押した。あの小屋には何が――。

次に魚住宅を張る班が、報道各社がマンション前に陣取っている現況を知らせた。

捜査員の報告がひと通り終わり、片岡が立ち上がる。

「盆休みも今日で終わりだ。魚住も明日は出社だ。会社には二組を張りつける。魚住の出社状況次第で、指名手配するぞ」

すうっと帳場から音が引いた。ひな壇に座る米内も国領も何も言わない。津崎は後頭部にいくつもの視線が刺さってくるのを感じた。

「魚住の携帯に電源が入れば、即、通信会社から一報が入る手続きも踏んだ。各自、瞬時に動ける状態を整えておけ。今日は解散」

片岡は語気鋭く締め括った。

十一時半、津崎は帰路についた。マンション前には永尾がいた。ひと気はない。津崎は追い払うべく、手を振った。永尾は隣に並んできた。

永尾は臆せず声をかけた。

「進展はありましたか」

津崎はちらりとこちらを見てくるだけで無言だ。

「魚住さんですか」

津崎の口は開かない。

いつも通り、無愛想な反応だ。日付が変わる前に帰宅したのだから、動きはないのだろう。

永尾の脳裏には夜回り前に見た光景もある。魚住のマンション近くに各社集まっていた。魚住逮捕に備え、一問一答を取りに来たのだ。記者は口々に「魚住が犯人らしい」

と情報交換していた。首都通信の配信原稿だけでなく、魚住の同級生にもそんなメールが出回っている。魚住のマンション前を十時まで永尾が張り、以後の張り番は、船橋中央署にいた丸本に転戦してもらった。橋も東京から戻っており、夜回りに出ている。

「そういえば今日、相澤さんの遺族にも会えました」

津崎がまたこちらを一瞥した。それで？　そう促されている。取材力を試されているのだ。信用をもぎ取らねばならない。今後ネタのやり取りができる望みが出てくるし、もう遺族に取材できる時間ではない。津崎が他社の記者に漏らすとは思えないが。

相澤の父親は故人の遺志を継ぎ、三宅の会社に引き続き緑化工事を発注する意向だ、と話した。三宅が経営者として従業員に厳しい態度を示すことも述べた。

「そうか」

津崎は素っ気なかった。次の話題を持ち出そうとした時、津崎が立ち止まった。

「蠅が花粉を媒介して咲く花もあるんだろうな」

蠅――。記者という意味だろう。花とは？

アッ。

永尾は気づいた。抜き合い最中の記者としては失格だとしても、その話をしてみたい。自ずと姿勢を正していた。

「咲かせられる花の量は、どんな蠅かによるんでしょう」

永尾は、田渕や落武者たちの顔、彼らが吐いた正論を思い起こした。

「蠅には、蠅だという自覚が必要なんです。自覚すれば、より多くの花粉を運ぼうという意志が芽生えます。自覚のない蠅は、身勝手にうるさく飛び回るだけです。自然界の蠅とは違って、記者は花粉を——ネタをむしり取らなきゃいけない」

「永尾はどれくらいの花を咲かせられると思う？」

「かなり」

「自信があるんだな」

「自分の能力というより、事件持ちなので」

「事件持ち？」

ええ、と永尾は深く頷いた。

「持ち場で、大きな事件事故がよく発生する記者の呼び名です。県警にはそういう呼び方はありますか」

「ないな」

「そういう人はいます？」

「ああ」

「津崎さんは？」

かすかに津崎の口元が引き締まった。

「事件持ちだよ」少し間があく。「事件持ちには、その体質を活かす責任があると俺は思う。事件に自分を捧げる覚悟とも言えるな」

事件持ちの責任と覚悟――。

「終わりだ」

津崎が追い払う手つきをした。永尾はマンションに入る津崎を見送り、車に戻ろうと踵を返した。捜査情報は得られなかったにしても、雑談を交わせるようになってきている。

車に鍵を差し込んだ時、背後でエントランスのドアが開く音がして、反射的に目をやった。

津崎だった。顔がきつく強張っている。一旦、帰宅したのにすぐ出ていく……。

永尾は全力で駆け寄った。

「弾けたんですね」

単刀直入に尋ねると、津崎が立ち止まった。これまでにない険しい眼つきだ。たじろぎそうになるが、永尾は踏ん張った。

永尾、と津崎が低い声を発する。

「お前の出る幕じゃない」

津崎が歩き出した。いつもより足運びが数段速い。走るように歩いている。隣に並びすがるだけでも、永尾は息が乱れた。

「容疑者の確保ですか」

返事はない。

「第三の事件ですか」

やはり返事はない。

「県警の近くまで送りますよ」

津崎は口を真一文字にして、黙している。今晩も熱帯夜なのに、津崎の周りだけが凍りつきそうなほど冷えている。

津崎が大通りでタクシーを拾うのを、見送るしかなかった。

何事だ。永尾は車に駆け戻った。飛び込むように乗り、携帯電話を取り出した。


津崎は、ざわつく帳場に入った。ひな壇にはすでに米内、片岡に加え、加茂もおり、いずれも引き締まった面つきだ。三人とも一旦、帰宅していた。記者の夜回りを受け、何事もないと応対し、取材の波が引けたところで帳場に戻ってきたのだ。

おい、と国領に鋭い声で呼びかけられ、津崎は大股で歩み寄った。

「連絡した通りだ。しらみ潰しにいく。イノさんと回ってくれ」

「担当区域は」

こっちに来い、と国領が地図の広げられた長机に向かい、津崎は追った。井上が帳場に駆け込んできた。息を切らしている。こっちです、と津崎は手を挙げた。

長机の前に立つと、国領が人さし指を落とした。

「谷津干潟の西側。この区域を二人で張ってくれ。五十メートルごとに人を配置する。船橋中央署の警邏も回す。これ以上人数が多いと、眼につくだけだ」

「どっちにしても」片岡は冷静な声だった。「今は谷津干潟周辺を張るしかない」

どっちにしても？　意味不明だが、現状、他に網を張れる場所はない。津崎は国領を見た。

「マスコミは？」

「今さら現場付近を張り込んでる連中はいない」

「いきましょう」

津崎は、食いつかんばかりに井上に言った。

ああ。井上はもう息を整えていた。


支局には行き場のない熱が籠もり、永尾は自分の荒い息遣いをただ聞いていた。すかさず受話器をすくえるよう、机に前のめりでいる。現在支局には三人しかいないのに、息苦しささえ覚える。今日は永尾が泊まり勤務だが、夜勤の反町に残ってもらった。事件が弾けたら、直ちに飛び出ていくためだ。長谷川はデスク編集機の前で腕を組み、目を瞑っている。

電話が鳴った。すぐさま受話器をすくい上げる。

「服部だ。何かあったのは間違いない。一課長の奥さんは『さっき寝た』と言ってるけど、そう答えろと指示されたんだろう。表玄関の仕掛けが外れてた」

「仕掛け？」

「俺の後に他社が夜回りに来てないかを、朝に確かめる仕掛けだよ。門の下に小石を置いておくんだ。門が開けば、小石は弾かれる。その小石が見当たらない。今日の個別は俺が最後だった。俺の後に他社が来たんなら、仁義を切りに来たんだ。どこも来てないなら、事件に動きがあり、米内さんが出た。どっちにしても確かめないとな。ネタ元のとこに行ってくる」

ぶつっと電話が切れ、永尾は長谷川に報告した。

もどかしかった。こういう時のネタ元が永尾にはいない。

長い時間が続いた。電話が鳴り、即座にとる。新聞勧誘の苦情だった。この時間は販売所にかけても誰も出ないので、支局に回ってくる。すみません、と声を出さずに目顔で謝り、永尾は苦情対応を反町に任せた。もう零時を過ぎている。動きがあったとしても、締切に間に合うのか？　焦りが込み上げてくる。

電話が鳴った。間髪を容れずに取る。服部だった。

「俺のネタ元も家を飛び出してる。奥さんが言うには、『行方』という一語が漏れたそうだ」

行方？

「橋から連絡は？」

「まだです」

「管理官は居留守か、本当に不在なのか。なにせ奥さんを亡くして以来、独身だからな」

もう我慢できなかった。永尾は受話器を握り直した。

「署に行かせて下さい。様子を見たいんです」

「了解。何か摑めたら連絡をくれ」

永尾は長谷川にやり取りを簡潔に告げ、鞄を肩にかけ、支局を勢いよく飛び出した。


津崎は闇に目を凝らした。街灯はなくても、すぐ脇の東関東道の灯りがほのかに闇を緩めている。雲の流れが速く、空模様が怪しい。そういえば今朝のテレビで、今晩は一部地域で強風を伴った豪雨の恐れがあると伝えていた。

谷津干潟の西側遊歩道はひと一人が通るのがやっとの細さで、片側には干潟が、もう片側にはフェンスで区切られた東関東道の橋脚が並ぶ敷地がある。津崎と井上は西側遊歩道の中間地点にある、窪地にいた。かろうじて人が隠れられる大きさで、背丈ほどの草が茂り、左右のどちらから人が来ても彼らが特別気にしない限り、こちらの影は見つけられない。逆にこちらからは見える。誰かがやってくれば音もする。西側の遊歩道は木製で、歩くと少々軋むのだ。

津崎は顔の周りを手で払った。無数の羽虫が飛び交っている。

　じりじりと時間が過ぎていく。会話はできない。東関東道を走る車の音がひっきりなしに頭上でしているが、話し声は風に乗って遠くに飛ぶ場合がある。耳につけたワイヤレス無線も無音のままだ。汗が額から頬を伝い、顎から落ちた。津崎はハンカチで額や首の後ろも拭う。たったそれだけの衣擦れが妙に響いた。

谷津干潟は漆黒に染まり、あちこちから秋の虫の声が立ち上っている。湿り気と潮の香りをたっぷり含んだ風が吹き、秋の虫の声も聞こえなくなった。

津崎は思考を巡らせた。

相澤が殺害されたのは谷津干潟にほど近く、かつては三宅らもたむろした人目につかない空き地。

中田が殺害されたのは、この対岸の細い通路。

二ヵ所には、彼らに馴染み深い土地という共通点がある。

津崎はなおも闇に目を凝らしていく。

永尾はなにげなく、周りを見回す。零時半。船橋中央署に記者の姿はない。当直員がめいめいの席で書類仕事をしているだけだ。酔っ払いの訪問や喧嘩の仲裁も一息ついた頃か。

当直員の何人かと目が合うも、彼らは恬淡とした顔つきで書類に目を落としていく。声をかけてこないのは、自分が記者として署に食い込んでいる証明だ。

「トイレ、借りますね」

誰ともなしに言い、腹を括った。

トイレに向かいつつ、目だけを動かす。背後にも気を配り、不自然な動きにならないよう歩みを進めていき、トイレのドアを開けた。視線を振る。誰もこちらを見ていない。今なら——。

脇に飛び込んだ。

……咎める声は飛んでこない。うまくいった。足音を殺して、階段を駆け上がっていく。目指すは五階の大会議室。誰かに見つかれば、つまみ出される。下手をすれば捜査妨害とみなされ、報日新聞にさらなるペナルティが科される。一つの思いが永尾の体を突き動かしていた。報道にできること——。

独材で世間の人の目が報日新聞に向けば、中田の母親の胸中を記したような原稿が、より多くの人に届きやすくなる。

会計課などがある二階を過ぎた。緊張が高まり、ドクドクと耳元で大きく脈が波打っている。三階、四階。足が浮つきそうになるも、堪え、足を進めていく。

辿り着いた。手すりの陰に素早く身を隠す。深呼吸で息を整え、顔をそっと出した。暗い廊下には誰もおらず、帳場のドアも閉まっているが……。

帳場で大勢が動いている気配がある。ドアのわずかな隙間から灯りが漏れ、灯りが濃くなったり薄くなったりしている。やはり何かがあった。加茂に当たるしかない。この時間なら官舎か。

一階に戻ろうと、身を返そうとした時だった。襟首をむんずと無造作に摑まれ、永尾の心臓は大きく跳ねた。

「コソ泥じみてるね」

加茂の声だった。まるで存在に気づかなかった。なるようになれ。

「出禁の延長は覚悟の上です」

加茂の手が襟首から離れた。振り返ると、きっちりした服装の加茂は早くも階段を下っている。

「ついてきて」

二階に着くと、加茂は薄暗い廊下を進み、突き当たりのドアを開け、電気を点けた。黒革のソファーセットが置かれ、いま抜けてきたドアに対面する壁にもドアがある。永尾は後ろ手でドアを丁寧に閉めた。

加茂がソファーの背に手をかけ、立ったまま口を開いた。

「何を見たの」

「暗い廊下を」

「何を聞いたの」

「何も」

「何しに来たの」

「確かめに」

永尾は腹に力を入れた。先刻、津崎は緊張感を漲(みなぎ)らせていた。さらに帳場では人が蠢(うごめ)き、こうして加茂も出てきている。

「弾けたんですね」

加茂は顔色を変えなかった。

「だとすれば？」

「取材するだけです。いずれ誰かが帳場を飛び出していくでしょうから、ついていきます。残りの県警チームは、魚住さんが立ち寄りそうな箇所を片っ端から当たるしかありません」

革が擦(こす)れる音がした。ソファーに置く加茂の手に力が入ったのだ。

「永尾さん、今晩は動かないでほしい」

アタリ——。誘拐取材ではない。協定がない以上、加茂が何を言おうと警察に取材を妨げる権利はない。時間的にもまだ書ける。書けば、独材になる。

「まだ朝刊には間に合います。他社が捜査員の動きを嗅(か)ぎつけてるかもしれません。取材しないわけにはいきません」

「嗅ぎつける？　そんな芸当ができるのは、報日だけだよ。現に署に誰もいない」

加茂の意見がどうあれ、他社が動いている懸念はある。新聞社の仕事はニュースという材料での紙面作り。大きなネタに手をかけたのだ。是が非でもむしり取りたい。

「筋違いの要望だってのは承知してるんだ」

加茂は厳たる面持ちだ。現場を荒らされるのを嫌がっている？　ぶつければ、必ず何が起きているのかを言うはず。

「何があったんですか」

永尾はじっと見据え、微細な動きも見逃すまいとした。加茂の眉根に力が込められる。

「魚住が県内にいると判明した。ある人物を呼び出したと睨んでる」

県内、判明、呼び出し。三つの単語が脳を駆け抜けた。

「魚住さんの携帯に電源が入り、ある人物に電話をかけたんですね」

「そう」

「魚住さんは第三の犯行を？」

「わからない。でも、この時間の通話なんだ」

かといって、呼び出したと推測できるか？　瞬間、思い至った。

「相手の行方も摑めないんですね」

「その通り」

「どの辺りを張ってるんです？」

「一件目と二件目の発生現場を踏まえれば、見当がつくでしょ」

谷津干潟だ。となると三件目も？

「永尾さん、ここまで話した意図を察してくれ」

加茂の眼光はいつになく鋭い。加茂は記者に捜査機密を話す義務も義理もない。それにもかかわらず、こうして語った真意は明らかだった。

「人命に関わるんですね」

「そう。膠着状態はいつまで続くか定かでない。明日の朝まで続く事態もありうる」

だから加茂は言質を取ろうとした。引き換えに捜査本部の手の内を明かした。紛れもなく、また一面を張れるネタ。この手でむしり取れた。

永尾の体はぶるっと震えた。

——あんた、それでも人間か。

中田の父親の声が頭の奥で聞こえている。

——私たちの生活なんてどうだっていいんですか。

牛乳配達車の事故原稿を問い合わせてきた女性の声も、耳の奥にある。

瞼の裏には中田の母親と相澤の父親の顔が蘇っている。

この事件は報日のヤマ、自分を成長させてくれた哀しいヤマ。記者に、新聞社に、報道に、自分にできること。しなければならないこと——。

三十秒ほど二人の沈黙が続き、永尾は長い瞬きをした。真っ直ぐに加茂を見据え直し、口を開く。

「今晩は取材を自制します。記事にもしません」

甘い判断かもしれない。記者は事象を取材し、報じてなんぼの世界だ。けれど、何のために報じるのか。

世の中を良くしたい——。

この絵空事のような一点に尽きる。少なくとも永尾はそうだ。目標実現のため、あえてネタを寝かせる決断も時には必要ではないのか。人命を左右するなら尚更だ。たとえ周囲が何を言おうとも、本義は貫きたい。偽善めいたヒューマニズムだと非難されようとも。

「恩に着るよ」

加茂が深々と頭を下げてきた。

やめて下さい、と喉元まで込み上げた一言を永尾は呑み下した。口に出しては、加茂の心遣いを無下にしてしまう。

「そろそろ、支局に戻ります」

「こっちに」ゆっくりと頭を上げた加茂は、入った方とは逆のドアに向かった。「一階のトイレ脇の部屋に繋がるんだ。一緒に出れば、私を取材してたと思われる。コソ泥の真似をしてたなんて、誰も考えないよ」

永尾は加茂に続いた。階段を下りながら、背中に尋ねた。

「取材を続行すると言ったら、どうする気だったんです？」

「持ち物を取り上げ、さっきの部屋に閉じ込めておくつもりだった」

振り返る素振りもなく、加茂はこともなげに言った。

22

津崎は闇を凝視し続けていた。

今晩、船橋市内で魚住の携帯に電源が入り、電話がかけられた。相手は三宅。当の三宅も姿を消した。通信会社に緊急依頼をして位置情報を特定すると、着信時には三宅も千葉県内にいたと判明した。今、二人の携帯は微弱電波も途絶えている。

魚住はなぜ三宅に電話を？　捜査では二人のトラブルは浮かんでいない。しいていえば、麻宮の妹を連れ戻しに行った時、口論したかどうかという程度。被害者二人と魚住の間にあった、県警が把握していないトラブルを三宅が知っていて、魚住が口封じのために呼び出した？

荒々しい破裂音がした。

すぐさま視線を振った。闇に複数の野鳥が飛び立っていて、夜空を黒い点が遠ざかっていく。津崎は深呼吸した。昂ぶっているのか。落ち着くためにも、もう一度今回の捜査を再点検していこう。

二件の殺人が魚住の犯行だと睨めるのは、細いながらも動機が推し量れ、行方もくらませているためだ。船橋の小屋にいた点も、動機にまつわる何らかのブツをそこで探していたと見ると、筋は通る。いまだ正体を特定できない、指を切断した刃物のこともある。魚住は日本で未発売の小型ナイフを所持している。

相澤と中田の殺害現場は谷津干潟周辺。魚住なら土地勘はある。第三の犯行も谷津干潟周辺で計画しても不思議ではない。しかし、県警が谷津干潟周辺に捜査網を敷くのは誰だって予想できる。

津崎は漆黒の谷津干潟を見据える。暗闇に沈む事件の輪郭を見定めようとする。

帳場は魚住を中心に動いてきた。そして中学時代の同級生に捜査の輪を広げた。集めてきた情報に、魚住が現れそうな場所のヒントはないのか。根本から検討しようとした瞬間だった。

背中に電流が走り、ぐらりと脳が揺れる感覚に襲われた。津崎は目を広げる。

輪の中心……。

周囲から雑音が消えていき、自分の息遣いだけが聞こえた。唾を飲んだ。鉛の弾を呑んだようだった。

「どうした」

井上が小さな声を発した。

手の平に汗が滲んでいる。津崎はズボンに手の平を押しつけた。

「現場になるのは、ここじゃありません」

「見当がついたのか」

　頷いた。ただし、この場を離れられない。ここに現れる確率もゼロではない。

「行け」

「ですが」

「帳場に掛け合って、人を回してもらえ。携帯で言えよ、無線は使うな、俺は残る。一人は残ってないとな。車を使え」

　今まさに応援要請が入る可能性もある……。津崎は腹を括った。

「離脱します」

　一礼し、持ち場を離れた。谷津干潟の暗闇を背に、走るように歩いていく。駐車場に止めていた車に乗り込むなり、エンジンをかけた。

　どっちにしても、と片岡は帳場を出る時に声をかけてきた。こういう意味だったのか。なんで捜査会議で示唆しない？　今はそれどころではない。携帯を耳にあてた。井上の指摘通り、無線は使えない。津崎は国領の携帯に直接かけ、推測を告げた。

　すうっ、と大きく息を吸う音が携帯越しにした。

「ノブさん組を応援に行かせる。これ以上の人は割けない。そっちは携帯で連絡を取り合え」

　即決。国領の独断を、津崎は噛み締めた。無線を使えば誰もがやり取りを耳にでき、的外れだったら捜査方針への反旗として捉えられる。無線を通さずとも確保がなされれば、独行の不問を押し通せる。ただ三人。少なすぎる。

「明確にここだと特定できません」

「捜せ」

強い口調だった。通話はそれで終わった。

津崎はアクセルを踏み込んだ。多くの会社が夏休みを終える、日曜の真夜中。道路は空いている。昼間はいつも渋滞して三十分はかかる距離を、十分で進めた。

捜査車両を路上に止め、飛び降りた。目に飛び込む光景を前に、津崎は我知らず、いっとき動きを止めた。中央分離帯を挟んだ片側三車線の道路は幅広で、見通しはいいが、付近には隠れられる場所が多い。大きな公園、ホテル、幕張メッセ、野球場、大型スーパー、地下駐車場の出入り口。ひと気がないとはいえ、たった三人で捜せるのか？

携帯が震えた。ポケットから手荒に抜き出す。見知らぬ番号。誰だ？　帳場の人間の番号は全て登録している。佐伯千佳の電話があった後、魚住らの同級生も登録した。今は見知らぬ人間と話す時間はない。無視して、視線を飛ばしていく。この時間、ここに来る以上は車だろう。ホテルの駐車場、近くのコインパーキング。くそっ、確認すべき箇所が多すぎる。

電話が切れるなり、また震えた。今度は伸武だった。

「今どこだ」

「野球場と幕張メッセが見える辺りです」

「こっちは、あと十分はかかる」

息が止まった。十分もの間、ここを一人で張るのは絶望的だ。

「すっ飛ばして下さい」

「できる限りはな。だが」伸武は声に苦渋を滲ませた。「パトランプは回せない。犯人がいれば逃げられちまう。パトランプもなく、ぶっ飛ばす車も怪しまれる」

通話を切り、津崎は深々と息を吸い、湿った熱気を肺に溜(た)めこんだ。今は一人でやるしかない。目を凝らし、耳を澄まし、鼻を利かし、肌に触れる空気の揺れにも注意を払う。どこだ。どこにいる。どこから出てくる。自分一人でやれるのか。そもそもここで何をする気か定かでないのに、自分に何ができる？

──警察は起きた事件にしか対処できない組織だろ？　お前に何ができる？

突然、人を小馬鹿にしたような問いかけが耳の奥で響き、津崎は正面を睨みつけた。

うるせえッ──。

小声で吐き捨てた。利口なリアリスト気取りかよ。現実論……いや、しみったれた現実追従論なんて引っ込んでろ。自分が思う理想の社会に近づけるため、警官として、いま自分がすべきことをやるだけだ。そんな今を積み上げていった先に、警察が犯人逮捕以外にできる役割を見つけられるかもしれない。記者として化けた、永尾の顔が胸裡(きょうり)をよぎる。負けてられるか。

ふっ、と内なる声が消えた。

ビュウッ。急に強風が吹き、津崎はその場で立ちすくむ恰好を強いられた。目を剝き、周囲を注視する。己の矜持を試されている気分だった。上等だ。津崎は腹の底が熱かった。

握っている電話が震えた。振動がやけに大きく感じられる。液晶には先ほどの見覚えのない番号。さっきから、こんな夜中に誰だ。無視していると、やがて切れた。

徹しろ。己に言い聞かせる。

何分経った？　伸武はまだか。蒸し暑い。それなのに手足が冷えていく。息を吐く。息は熱い。頭上では暗雲が立ち込めて夜の闇が濃くなっていた。

時間だけが過ぎていく。違うのか。ここじゃないのか。他にどこがある？　荒くなりかける息を抑えつける。ここ以外、共通点がある地を思いつかないのだ。だったら黙ってやれ。頭の中から疑念の言葉が消えていく。

……耳が捉えた。一気に全身が覚醒する。何だ？　空気が揺れている。風ではない音がする。猫？　違う。

叫び声。言い争う声――。

遠い。背中を突き飛ばされたように津崎は駆け出した。

息が弾む。目を凝らす。木々の陰、街灯の下、ガードレールの向こう側、片道三車線の幹線道路。どこにも人影はない。

ぼつ、と額に重たい水が打ち当たった。アスファルトに黒い点が次々に生まれ、たちまち大粒の雨が全身を叩きつけてきた。風も吹き荒れはじめる。天気予報通りの暴風雨だ。こんな時に……。

津崎は額に手を当てて視界を確保しようと試みる。豪雨で十メートル先も見えず、猛々しい雨音しか聞こえない。先ほどの言い争う声も掻き消された。

前方の道路に人影らしき黒い塊が転がり出してきたのが、どうにか見えた。断言はできないが、あの輪郭は。

三宅か――。

三宅らしき影は道路に崩れ落ちるように膝をつき、飛び出してきた辺りの闇を見ている。二つの光の点が三宅らしき影の向こうにちらついた。この横殴りの激しい雨だ。ワイパーをフル稼働しても、目前に迫らないと運転手は人影を認識できない。

「戻れッ」

津崎は走りながら叫んだ。

反応はない。ライトが次第に太くなっていく。車が近づいてきている。三宅らしき影は動かない。怪我をしているようだし、走行音がまだ耳に届かず、ライトも眼に入っていないのだ。三宅らしき影の顔が向く先から、もう一つの人影が道路に現れた。

女。津崎は目を見開いた。強風の関係で一瞬だけ雨が吹き飛び、男と女の顔が遠目でも見えた。

男は三宅。女は。

麻宮──。

やはりか。相澤の殺害現場は三宅らがたむろしていた空き地で、中田殺害現場は麻宮の父親が倒れた路上だった。一連の輪の中心を魚住から麻宮に移すと、二ヵ所には麻宮家という共通項があった。そしてこの場にも。

片岡は、魚住が共犯かはともかく麻宮が関わると読んだのだ。だから、『どっちにしても』と曖昧な言い方をした。

「戻れッ」

津崎は再度叫んだ。

三宅は動かない。動けないのか。くそ、遠い。ここからまだ三十メートル近くはある。どんどんライトが迫ってくる。速度はまったく落ちていない。豪雨のせいで、運転手は三宅の姿を認めていないのだ。

麻宮も三宅に向かっていく。止めを刺すつもりか。あのまま放っておけば、三宅は轢かれる。だからその前に自分の手でという一念が麻宮を支配しているとしか思えない。それほど強い復讐心なのか。津崎の頭はめまぐるしく動く。麻宮が容疑者だと示す要因を考察していく。

父親と妹が死んだのは──三宅、相澤、中田のせいだと受け止めているのだろう。そう見極めた根本に、妹と三宅との交際を反対していた事由が絡むはずだ。

金？　麻宮の妹が三宅に貢いでいた？　父親の工場の運転資金となる金までを？

資金繰りに奔走する父。その金を持ち出す妹。過労死した父。それからほどなく自殺した妹。妹の自殺は、自分の行為を悔いた挙げ句の悲劇なのか。

だとすると、三宅のオープンカーも傍証だと解釈できる。いくらアルバイトしようとも学生が買える値段ではない。実家の造園業も厳しかった、と三宅本人も語った。麻宮の父親と親友だった宍戸の話もある。父親がかき集めた金が口座から消えたトラブルがあった、と。娘なら暗証番号を調べられる。

津崎は暴風雨に抗い、走り、ガードレールを一気に飛び越える。

麻宮に大の男を殺せるだろうか。

できる……。麻宮は料理人で、指を切断するくらい容易にこなせる。特殊な刃物——料理用の刃物も持っている。

相手を昏倒させるほどの後頭部への打撃も説明がつく。

テニスだ。麻宮はテニスをしていた。何かを強く振るのには慣れている。

妹は首を吊っての自殺。

相澤と中田は絞殺。

符合している。なぞらえたのではないのか。麻宮は日頃、料理で紐を使い慣れている。手口の地蔵担ぎも足腰がしっかりしていれば、女性でもできる。

津崎は駆ける。全力で駆ける。豪雨の中でも、エンジンの轟音が鼓膜を揺らした。車影が朧に見えた。近づいてくる車は大型のトラック。

ようやく二人の姿がそれなりに見えてきた。弾かれたように三宅が両手をアスファルトにつき、這って道路脇に行こうとしている。動きは鈍い。両足を痛めているのか？　三宅は止まり、ぎこちなく体の向きを変えた。這って中央分離帯へ逃げていく。すかさず麻宮が小走りで回り込んだ。両者が対峙する。トラックの太い光が二人を照らした。

麻宮の右手が光る。

刃物――。

急ブレーキの音。甲高い音が暴風雨に負けずに耳をつんざき、世界が止まったようだった。

世界でもう一人だけ動く人間がいた。その影が道路脇から突進してくる。

「魚住ッ」

津崎は声を張り上げた。

トラックが急ハンドルを切る。魚住が己の体を投げ出すように、麻宮と三宅を突き飛ばす。

ドンッ。魚住が撥ねられた。津崎は血の気が引いた。それは一瞬だった。今度は反動で血が大きく波打った。津崎は足を動かし続ける。

魚住は造作もなく吹っ飛び、道路に叩きつけられ、ゴムボールのように転がっている。

しばらくしてトラックが止まり、津崎は魚住のもとに駆け込んだ。

頭から血が流れ、目は虚ろだ。動かしてはならない。

「しっかりしろッ」

傍らに膝をつくと、津崎は吠えていた。

「……二人は」

魚住がか細い声を漏らし、津崎は視線を振る。大粒の激しい雨に打ちつけられた麻宮は茫然としていて、三宅は道路の隅からこちらの様子を窺っている。

「大丈夫だ」

「良かった」

魚住が緩やかに目を瞑った。まずい。津崎は握ったままの携帯で一一九番にかけた。荒ぶる雨音と強風に負けまいと声を張り上げ、現在地と用件を言う。

「もう通報が入っています」

誰だ？　今はいい。すぐに切った。

風雨ではない音がした。魚住のトートバッグの口が開き、一枚の紙が半ば出かけ、風でばたばたと揺れている。津崎は魚住をその場に残して、走り寄った。携帯も道路脇に転がっている。放り出された衝撃で鞄から飛び出たようだ。携帯は録音データの再生画面になっていた。

トートバッグから出かかっている紙は写真だった。雨を防ぐため、写真を覆い隠すようにしゃがみこむと、津崎は自身の携帯電話の光を当てた。

写真の画像は粗く、薄暗くて鮮明ではない。どこかの家？　建物に見覚えはないものの、周りの様子はどこかで目にした……。

この写真――。

カチ、と頭の中で歯車が嚙み合う音がした。

23

いつの間にか弱まりつつある雨に打たれるがまま、永尾は立ち尽くしていた。次々に起こる光景を前に、一一九番通報するのが精一杯だった。カメラを構えることすらできず、それを思いつきもしなかった。

東洋の大谷と交わした会話が胸にあった。取材をしていれば、犯人と行き当たる事態もありうる。犯人が誰かを襲っているのを見た場合、取材を続行するのか、あるいは助けに入るのか。その時にならないと何とも言えない、と永尾は返答した。答えがさっき出た。

何もできない――。

手の平にじわりと汗が滲んでくる。ほんの十数メートル先で、魚住がトラックに撥ねられた。現場には麻宮と三宅がいる。三宅が傷ついており、麻宮の手には刃物。麻宮が犯行に及んだ？　相澤と中田を殺して、三宅まで……。とてもそんな風には見えないのに。

永尾の近くに車が止まり、二人が慌ただしく降りてきた。一人は、中田の葬儀会場で田渕とのいざこざを収めてきた、年配の刑事だ。年配の刑事は津崎に急ぎ足で歩み寄ると一言二言交わし、立ち尽くす麻宮の方に駆け出した。

津崎はこちらに背を向け、電話を入れている。帳場への急報か。津崎は魚住が撥ねられる直前、どこからともなく現れた。

麻宮が二人の刑事に挟まれ、覚束ない足取りで歩いてくる。刑事の一人の手には、麻宮から取り上げた刃物を入れたビニール袋もある。

吹き抜ける強風で小さな雨粒が顔や腕に当たり、遠くからサイレン音がした。それはあっという間に間近でけたたましく膨れ上がり、すっと消えた。二台の救急車が相次いで到着して、飛び出してきた救急隊員が魚住と三宅の応急処置を始めた。

ドアの開閉音がした。麻宮が覆面車の後部座席に乗り込んでいる。永尾は救急隊の動きに視線を戻した。ただじっと見た。眼前の出来事が、どこか遠くで起きているみたいだ。ぐったりした魚住が担架で運ばれ、苦痛に顔を歪める三宅も救急車に収容されていく。

足音がした。津崎だった。津崎の目が束の間、永尾のカメラに向いた。

「今の場面、撮ったのか」

「いえ」

「なぜだ」

「撮れなかったんです」

永尾は右肩にかけたカメラのストラップを握り締めた。麻宮はまだ目の前の車にいる。以前田渕が行ったように、窓からフラッシュを叩き込めば麻宮の姿を撮影できる。その気持ちが起きない。一般人でさえ、いつでもどこでも誰にでも無遠慮にカメラを向けるご時世だというのに。

永尾はトラックや救急車などが止まる幅広の道路を、やっつけで撮影した。再びけたたましい音をたて、救急車が走り去っていく。

「救急車を呼んだのは永尾か」

「ええ」

「なんでここにいる？」

「津崎さんが電話に出なかったので」

加茂に、県警は谷津干潟を張っていると聞いた帰り、車中で思案していると、ある疑問が生まれた。自分が犯人なら、谷津干潟にはもう近づかない。県警は他に網を張るべき地点を割り出せず、谷津干潟を選択したのだろうか、と。そう考えた矢先、脳に閃光が走った。

魚住と麻宮が、麻宮の妹を連れ戻しに行った場所を思い出したのだ。相澤と中田が当時そこにいた点と、夜はひと気が無い点が引っかかった。人命に関わる、と加茂に教えられたからだろう。警察が網をかけているのかを確かめたかった。けれど、署に電話を入れても加茂とは話せず、携帯番号を知っているネタ元もいない。そのため、魚住のマンションのドアに挟まれた名刺から写し取った津崎の番号に、何度もかけた。津崎は出なかった。途中で引き返して、念のために来た。自分が行動しなかった結果、誰かが傷つくのはご免だ。

永尾は自分がここにいる成り行きを、加茂の名を出さず手短に説明した。

「あの番号は永尾か」

ええ、と応じ、なにげなく時計に目をやる。一時過ぎ。ドッ、と全身の血流が速くなり、たちどころに頭の芯が熱くなった。まだ突っ込める——。

「連続殺人の容疑者を確保ですね」

「さあな」

津崎はまじろぎもしない。否定ではない。明確な言質がほしい。もう捜査の行方を気にする必要もない。

「連続殺人事件との関連を追及しますよね」

「さあな」

「現逮ですか、緊逮ですか」

現行犯逮捕は、今まさに犯罪を行っている人間、犯罪を行い終えたばかりの人間を令状なしで逮捕する行為だ。一方、緊急逮捕は被疑者が重罪を犯したと疑う理由があり、緊急を要する場合に令状なく逮捕すること。つまり麻宮が緊急逮捕なら、連続殺人の容疑者としてなのかを切り込める。現行犯逮捕なら傷害か殺人未遂しかない。

津崎が一瞬、身構えた。目つきが鋭くなる。

「話は聞く」

何だ？　眼が言外の含意を語りかけてきているような……。永尾が質問を継げずにいると、津崎は重々しい足取りで離れていった。

永尾は支局に電話を入れた。長谷川にあらましを述べていく。向こうからはキーボードを叩く音が聞こえた。即座に原稿化しているのだ。

「原稿になりますか」

「ええ。本来なら一課長や幹部に言質をとるべき話。でも、勝負どころです。麻宮さんが犯人かどうかは見通せなくても、県警が身柄を確保したのは間違いない。連続殺人事件との関係を仄めかしつつ、県警が女性から事情を聴く——という原稿なら嘘になりません。断定しないのは逃げを打つようですが、仕方ないでしょう。服部君と橘さんには私から連絡します。捜査幹部には一報が入ったはずです。仔細を確かめられるかもしれない」

素直に肯じられなかった。原稿にするべく津崎に食い下がった……。長谷川の言う原稿なら誤報にもならないし、また一面を取れる公算も大きい。人命の危機も去っているのに。

うっ、と小さな声が喉の奥から漏れ出た。

眼だ。先ほどの津崎の眼。

あの眼に加えて、津崎の気配。この感覚を手短に長谷川に伝えるのは不可能だ。この感触は現場の人間にしか得られない。そういえば、津崎は魚住の鞄の傍にしゃがみこみ、数秒後、表情を強張らせていた。

打っていいのか？　打てば、麻宮が連続殺人犯だと断定するに等しく、明朝にはその記事を六百万人以上が読む。永尾の全身は粟立ち、背筋に震えが走った。

「どうかしました？　紙面に突っ込みますよ」

激しい心音が耳元で唸っている。携帯を握り締めた。口が勝手に動く。

「もう少し待って下さい」

「どうして」

穏やかなのに、荒々しさを含んだ語調だった。

「飛ばしの危険性があります。現逮か緊逮かの言質もとってません」

「だから原稿では『逮捕した』とは入れないんです。県警は女性の身柄を確保し、事情を聴いているとすればいい。首都通信の飛ばしとは違います」

歯痒い。違和感を端的に言い表せないのが、もどかしい。雰囲気や感触は受け手の感覚によって変わる。だったら打つべきだろうか。

「十数分後に知らせてくれれば、紙面に入りませんでした。見送りたいなら、なぜそうしなかったんです？」

「頭にありませんでした」

率直に言った。そんな計算は心中を掠めもしなかった。

「あと三分待ちます。それが限界です。こちらから電話します」

電話がぷつりと切れた。

三分の猶予。短い。どうすればいい。永尾は額の汗を手の甲で荒っぽく拭った。全身から汗が滲み出てくる。豪雨はいつの間にか止み、風も途絶えている。断を下せないまま、時間だけが過ぎていく。

津崎が戻ってきた。永尾が口を開く前に、津崎が機先を制した。

「まだ書くな」

判断するのは、こちら側です。そう言おうとした時だった。

「よく話を聞く必要がある。全員からな」

津崎の眼差しは先ほどよりさらに鋭さを増し、深みも帯びていた。その迫力に永尾が動けずにいると、赤色灯を回したパトカーが次々に到着した。津崎はパトカーに一瞥をくれると、永尾に向き直り、心持ち頬を緩めた。

「お前には事件持ちの責任感があるんだな」

「え？」

「時計を見た後、急に記者魂が覚醒したように見えた」

「意識的に時計を見たわけじゃありません」

「なら、生まれつきの性分さ」くるりと津崎が背中を向けた。「夏だからって濡れたまだと風邪ひくぞ」

永尾は慌てて声をかけた。

「これから帳場ですか」

「さあな」

背中越しに津崎の素っ気ない返事があった。電話が震えた。支局からだった。長谷川は前置きもなく言った。

「私は打とうと思う。永尾君の意見は」

俺は——。

頭に浮かぶのは、たった一語だけ。返答にはそぐわなくても……。意を決して、喉を広げる。

「怖いんです」

甘ったれてんじゃねえッ——そんな怒鳴り声が返ってくるのを予想して、身構えた。

ふう、と長谷川が息を吐く音がした。

「了解しました。見送りましょう」

永尾の視界から、津崎と麻宮の乗る車が静かに去っていった。

支局に戻ると、服部と橘が自席に座っていた。夜回りを中止して戻るよう、長谷川の指示があったのだという。

「皆さんこっちに」

長谷川がデスク席脇のソファーセットを手で示した。

三人が座ると、長谷川は麻宮の件について掲載を見送った経緯を話し、おもむろに居住まいを正した。

「永尾君が感じた怖さを分析しましょう。その前に一つ話しておきます。私は永尾君が何を言おうと、紙面に突っ込めた。では、なにゆえ突っ込まなかったか。見送る方が、うまみがあると踏んだんです」

うまみ?

長谷川の目が永尾に据えられる。

「恩を売るんです。あえて書かなかったとするんです。麻宮さんは県警にとって重要な参考人。いくら身柄を確保していても、発表前に紙面にされるのは県警も避けたい。麻宮さんが逮捕されても、まだ報道発表しないはず。県警と交渉し、発表前に他社に先駆けて報じられる約束を取り付けて下さい。書ける立場にいるからこそ、できる交渉です。それにここで書けば、逮捕が近いと他社に示すも同然。最終的に同着の恐れも生まれてしまいます。だったら、確実に大ネタで勝てる方法を選ぶ方が読者サービスにもなる。交渉は皆さんに任せます。ただし、勝負の日は近い」

……自分は恐怖で、紙面化を避けたかったにすぎない。

いいですか、と長谷川が続ける。

「物事には色々な側面があり、最後は同じ結末に至るにしろ、永尾君みたいに正面から近くで見た場合と私のように遠くから全体像を見た場合とでは、行動の根拠が異なってきます。色々な角度から物事を吟味できる記者になって下さい。そして、記者の覚悟を忘れないで下さい」

覚悟。見送った俺には……。

「今回、君は支局への報告時間をずらそうだなんて思いもしなかった。堂々たる記者の覚悟の表れです。図らずも覚悟を問われたんでしょう」

自然と動いたのは確かだ。それが記者の覚悟？　津崎にもそう言われたが、自分ではわからない。永尾は顎を引いた。自分で見極めていくしかない。

「では、君がなんで見送りたいと思ったのかを検討しましょう。現場でのやり取り、雰囲気をなるべく細かく教えて下さい」

永尾は話した。津崎とのやり取りや見聞きしたこと、現場の空気感を。うまく語れたのかはともかく、正確を期して話した。

話し終えると、しんとした。

「それってもしかして」

服部が静寂を壊すように呟いた。

え、何ですか。橘が誰ともなしに言う。

「永尾君」長谷川が低い声を発した。「君はホンボシを摑んでますよ。示唆されたんです」

24

身柄確保が真夜中だったので、調べはやや遅い午前十時に始まった。三宅には被害届を千葉県警に出させている。津崎が調べ官となり、相棒は井上だ。聴取を始めてすぐだった。

「私が三宅君の太腿を刺しました」

麻宮は落ち着いた物腰で、はっきりと言った。完全に腹を括っている。津崎はねじ込むように問い返す。

「なぜ刺したんですか」

「揉みあった際に腕を引っ張られた弾みです」

「そもそもどうして刃物を？」

「三宅君に対抗するためです」

「揉み合いの原因はなんですか」

「それは……」

麻宮が言い澱んだ。津崎はすかさず突いた。

「魚住さんに気を遣っていらっしゃいますね」

麻宮の目が一瞬だけ泳いだ。

「あの、優君の容体は？」

「意識もあり、命に別状はないそうです」

よかった、と麻宮が細く息を吐いた。

交通事故の影響で、魚住をまだ聴取できていない。担当医にも、今日の午後までは様子を見たいと言われている。

「麻宮さん、警察を余り信用されてないのでしょうね」

「なぜです？」

「自殺なんかしない、と妹さんについて仰った（おっしゃった）と聞きました」

「……ええ。警察を信用してません。妹の件は、今でも納得してません」

「マフラーは保存してありますね」

核心を確かめた瞬間、麻宮の全身が引き締まったように見えた。意図が通じたのだ。

津崎は動悸（どうき）が高鳴った。麻宮は自分と同じ解に至っている――。

「はい。私の部屋にあります」

井上がそっと席を立った。ドアの向こうの捜査員に告げ、マフラー押収の段取りをつけるためだ。麻宮はまっすぐこちらを見ている。津崎は眼を逸ら（そら）さなかった。麻宮の警察不信には充分すぎる理由がある。一人の警官として受け止めねばならない。

席を立った時と同じように、井上がしずしずと戻ってきた。魚住の鞄から飛び出た一枚を。津崎はビニール袋に入った、一枚の写真を机に置いた。

「このお宅に見覚えはありますか」

「はい」

「あなたは昨晩、なんであの場にいたんです？」

返事はない。躊躇（ためら）いの様子が見て取れる。津崎は腹の奥深くから声を発した。

「警察を信用してくれとは言えません。ですが、私を信用して下さい。私は人を死に追いやるような犯罪者は、罰せられるべきだと信じています」

千葉支局の泊まり勤務は、夕刊帯が終わる午後二時まで続く。永尾の午前中は県警の報道連絡文を処理するうちに過ぎていった。十万円のひったくり、交通死亡事故、倉庫火災、コンビニ強盗。麻宮の報道連絡文はこなかった。

今朝は長谷川が早く支局に来てくれ、朝駆けに出られた。津崎には会えず、加茂の周りにも他社の記者がいて、核心に触れられなかった。服部と橘の朝駆けでも、他社がいたために真相を確認できていない。

二時半、各紙夕刊が届き、ひとめ見るなり永尾は言葉を失った。

千葉県警　同級生の女聴取

東洋新聞の社会面に太い活字の見出しが躍っている。記事は、長谷川が昨晩捻り出した内容とほぼ同じだ。交渉を優位に進められなくもなる。

永尾は重たい体を引きずるようにデスク席にいき、長谷川に東洋新聞を見せた。長谷川の顔色は微塵も変わらなかった。

「供述の抜き合いが始まりますね」

永尾は黙した。抜かれの悔恨や敗北感のみならず、今まで経験したことのない大きな喪失感に襲われていたのだ。

報道の意義、事件報道で目指すべき理想という大局的な観点に立てば、誰が特ダネを書こうが関係ない。人目につきやすくなる点に変わりはないのだから。しかし一人の記者として——一人のプロとして自分の持ち場の出来事については、己の手でネタを摑み、裏を取り、書き、世に出したい。第一、他社の記者よりこの事件に深く食い込んでいる自負もある。

自分が書いていれば……あの場で確証を得ていれば、違う印象を読者に与えられる記事を送り出せた。永尾は足元が崩れていくようで、この場で膝をつき、うずくまりたかった。

突然、体がぐらりと揺れた。手荒く胸倉を摑まれていた。

「てめぇッ」長谷川の怒号が目の前で破裂する。「気落ちしてる暇があったら、さっさと抜け。こんな小ネタなんか吹っ飛ばせッ」

永尾はたちまち全身に力が入った。脳髄に、体に電流が走ったような衝撃を受けていた。

長谷川の表情が緩み、胸倉を穏やかに放された。

「目が覚めたようですね。君はまだ青っちょろい洟垂れ小僧です。でも私は、君が昨晩抱いた恐怖を信じます。君はいい判断をした。現場に出ていない私ではできない、いい判断をね。それは君が仕事と真摯に向き合っているからです。仕事は気軽にできていいわけがない。この点は、どんな仕事も同じでしょう。仕事には緊張が伴う。昨晩の恐怖を忘れず、今後の記者人生を歩みなさい。そして記者の仕事は他社との勝負でもある以上、勝つんです。君は小さな勝負で負けた。今度は大きな勝負で勝たなきゃいけない」

「はい」

永尾は力強く頷き返し、鞄を肩にかけて支局を飛び出した。

そうだ。ここで立ち止まってはいられない。理想にたやすく近づけるほど、現実や世の中は甘くない——。

今後も何度となく引き倒され、ぶん投げられ、踏みつけられ、泥まみれになり、傷つくのだろう。その都度、這いつくばってでも歩みを再開すればいい。たとえ汚れても頭を上げて、少しずつでも進めばいい。

昨晩とはまるで違い、道路は混んでいた。四十分後、船橋中央署に到着すると、エントランス付近に各社揃っていた。皆、東洋に抜かれて殺気立っている。

なぜだか大谷もいた。永尾は歩み寄った。

「高みの見物か」

「まさか。オレも抜かれたんです。署の張り番はオレなのに、身柄が入る場面を現認してないんで。個人的に裏取りしないと」

大谷は目に力を漲らせている。今後、手強い記者になりそうだ。

「署長はいないのか」

念のための問いかけだった。いれば記者が取り囲んでいる。

「そろそろ戻る頃ですよ。地域の防災会議とかで」

二十分後、加茂が表玄関から堂々と入ってきた。すかさず記者が取り囲む。東洋の記事はアタリですか、女が犯人なんですね。矢継ぎ早に質問が飛ぶ。

「捜査中なんで」

加茂は物柔らかな調子で一言だけ残し、署長室に粛然と入った。

ありのままを言っているのだ。普段と変わらない口調がそう物語っている。これだけ報道の注目が集まる事件なら、帳場の立つ署内では取り調べないだろう。

永尾には心当たりが一ヵ所あった。

25

午後三時、津崎は津田沼署に到着した。魚住の病院に立ち寄った後、転戦してきたのだ。薄暗く、狭い廊下で捜査員の耳打ちを受け、現状を把握した。

眉根を強く揉み込み、取調室に入った。

「今度は私が伺います」

「今度は刑事さんですか？　もう何度もお話ししましたよ」

三宅は呆(あき)れ顔で肩をすくめた。その前にはカップコーヒーが置かれている。三宅が自分で購入したもので、すでに三杯目。何度か喫煙所にも行っているそうだ。昨晩麻宮に刺された太腿の傷は命に関わるものではないが、確かに長丁場になっている。

「ご協力下さい」

津崎は三宅の正面に浅く座り、傍らに井上が腰を下ろした。津崎は井上に目配せして両肘(りょうひじ)を机に置き、ゆるく指を組む。

「まず伺いたいのは、麻宮さやさんにプレゼントしたマフラーの件です」

「唐突になんです？　私が刺された事件と関係あるんですか」

津崎は反問を無言で受け流し、事務的に質問を継いだ。

「さやさんの部屋に飾ってあった、と知ってましたよね」

「ええ。それが何か」

「指紋が検出されました」津崎は三宅を見据えた。「さやさんが首を吊ったとされるマフラーに、しっかり残ってたんです」

布から指紋を検出できる技術が開発されてから、まだ十年も経っていない。だが技術は日々進歩し、なにより今回、麻宮がマフラーを丁寧に保存していたおかげで指紋を検出できた。

「は？　そりゃ、さやの指紋くらい残ってるでしょう」

「別人のものです。さやさんが自殺したとされるのは夏です。普通なら冬に使った分、つまり、今回検出された指紋の上に、さやさんの指紋が重なってるはず。実際は逆でした。さやさんの指紋の上に、別人の指紋が残っていた」

津崎は淡々と続ける。

「地蔵担ぎ」

「はい？」

「かつて首に縄をかけて地蔵を背負って運んだスタイルから、名づけられました。被害者の頸部(けいぶ)に背後からロープやマフラーをかけ、背中に担いで絞め殺す方法です。首吊り自殺と同じような皮膚変色が首に残ります」

「それが？」

三宅の吐いた息がいくらか大きく聞こえた。

「指紋の主が麻宮さやさんを絞殺し、自殺に偽装した——とも考えられます」

「は？」三宅が口元だけを、ぎこちなく緩める。「さやは自殺ですよ。警察がそう判断したんじゃないですか」

一、二、三、四と津崎は頭の中でゆっくり数えていく。あえて間を置き、空気を重たくするためだ。十まで数え終えると、組んだ指に力を入れた。

「相澤さんと中田さんも同じ手口で殺害されたと考えられるんです」

三宅、お前だろ——。

津崎は腹の底がぐらぐらと煮え立っていた。熱が溢れ出ないよう、冷めた頭を重石にして体内に抑え込んでいた。

相澤と中田が地蔵担ぎで殺害されたことに、各現場で引っかかりを覚えた。三宅は一度成功した殺し方を、二度目、三度目にも選んだのだ。窃盗や保険金詐欺など、一度成功した犯行形態を何度も繰り返す犯罪者は多い。

「関係者の一人として、一応、三宅さんの指紋を採らせていただけませんか」

「お断りします」

「残念です」

麻宮に見せた写真と携帯電話——魚住の鞄から飛び出ていたものを見せるのはまだ早い。三宅の口を割ってからだ。

「麻宮さん一家が習志野市でお住まいだった家を憶えてますか」

「何となくは」

壁をよじ登る黒い影――。

津崎は午前中の麻宮への聴取、そして先ほど終えた魚住への聴取を脳内で再生した。

＊

麻宮は真っ直ぐな眼差しだった。

「昨晩事故現場にいたのは、昨日優君から、『あの時間、あの場所で三宅君に会う』と連絡があったからです。あそこは、さやを連れ戻しに行った場所で、時間も同じ頃でした」

「魚住さんからのコンタクトは、彼の携帯からでしたか」

「いえ、公衆電話でした」

昨晩魚住の携帯に突如として電源が入り、三宅にかけられ、再び電源は切られている。その後、魚住は麻宮に電話を入れたのだろう。

「魚住さんとは、それまでにも連絡を取り合ってたんですか」

「はい。先週の木曜日に『マフラーはまだ残ってるか』と電話がありました。なんでそんなことを知りたいのか尋ねたんです。さやは三宅君に殺されたんだと中田君が告白し、証拠も残してあると言われ、とうとうそれを見つけた――という趣旨の説明をされました」

「中田さんはどうして魚住さんに？」

「私はそこまで聞いてません」麻宮は瞬きを止め、苦しそうに言った。「優君に、ごめんと謝られました。さやと三宅君が付き合ったきっかけは優君にあるんです」

麻宮はやるせなさそうに一度唇を噛み、話を継いだ。

「前にもお話しした通り、三宅君はさやの家庭教師でした。さやは三宅君に優君への恋を相談した。三宅君は優君が断ると予想しつつ、告白を促した。結局、優君が断り、さやは三宅君と付き合う羽目になった」

そういえば魚住の友人は、麻宮さやの素振りに幼馴染以上の感情があった印象を受けていた。

麻宮がそっと目を伏せ、数秒後に上げた。

「三宅君は傷心のさやにつけ込んだんです。さやは三宅君のために、父の会社の資金に手を出した。三宅君は『絶対に返すから』とさやを騙したんです。さやも私も銀行の暗証番号を知ってました。二人の誕生日を並べた数字です。父は自分のラッキーナンバーだと言ってたから」

ラッキーナンバーという発言は、津崎も聞いている。

「さやさん殺害の証拠を得たのなら、なんで魚住さんは警察に持ち込まなかったんです？　麻宮さんだって、警察に赴くよう魚住さんを促せました」

「優君が疑われてるのに？　さやが自殺じゃないことも見抜けない警察に？」

声色が穏やかな分、津崎は胸にこたえた。

「さやが死んだのは、優君と連れ戻しにいった夜です。思えば、さやはふらふらでした。あの時にはもう睡眠薬を飲まされてたんです。お酒のニオイに騙されました」

「さやさんは睡眠薬を常用していたのでしょうか」

「いえ。睡眠薬については当時も警察に言いました。自殺のために買ったんだろうと取り合ってくれなくて。自殺する事情なんてないと主張しても、自殺の動機は他人には推し量れないので遺書を残しておく方が稀だと言うばっかりで」

記録では、麻宮さやは長く苦しまないために意識をできるだけ飛ばそうと睡眠薬を多めに飲んだ後、首を吊ったと解され、箱や瓶は帰宅途中、どこかに捨てたと推測されている。

「今日、なぜ刃物を？」

「三宅君が怖かったんです。中田君の殺人事件も踏まえ、万一に備えたんです。中学時代も色々とありました。あれはやっぱり三宅君の仕業だった、と最近思った出来事があって」

「なんでしょうか」

「ある時、優君が突然同級生から疎外されだして、色々と変な噂も流れました。おしゃべりな女の子が言いふらしたんです。女の子も噂で聞いたと言ってたんですが、噂の出所が相澤君でした。相澤君はそんな陰口を言うタイプじゃないんです」麻宮が一呼吸置いた。「今回も優君が犯人だっていうメールが流れましたよね」

津崎は首筋が強張った。相澤の会社の悪い噂もネット上で飛び交っている。

「転校した平山君という同級生がいます。お父さんを事故で亡くし、同じ時に体に障害を負った男の子です」

仲武が会った同級生だ。捜査会議で報告があった。永尾にも話を聞いた。

「その事故の前、平山君が飼ってた犬が殺されました。なんで襲われてる時に吠えなかったんでしょう。私には連想される光景があったんです。塾の帰り、目の前で猫が車に轢かれる瞬間を見て……」

これだ。永尾が平山の犬が殺された話をした時、似たケースを耳にしたと思った。

「猫が飛び出した小路から走って出てきたのは、青い顔の中田君と相澤君でした。二人の後ろからはにやけ顔の三宅君も。猫は同級生の飼い猫でした。三人が猫を追った証拠はありません。でも、平山君の犬と照らし合わせて下さい。中田君と相澤君は平山君と同じ水泳部で仲も良く、お互いの家を行き来していました。二人になら犬は吠えないんじゃ？」

三宅に漠とした恐怖を覚えていたのか。妹との交際を嫌ったのも理解できる。

麻宮の顔が暗く曇った。

「中学の時に確かめておけば、さやは死なずに済んだのに」

麻宮は今後も折に触れ、こうして後悔していくのだろう。津崎はやりきれなかった。

あの、と麻宮が声音を緩めた。

「警察にも津崎さんのように、きちんと話を聞いてくれる方がいらっしゃるんですね」

津崎は絶句した。麻宮にとって警察が全面的に信頼できる組織であれば、魚住の電話があった時点で通報があった。麻宮が刃物を持ち出す事態もなく、三宅を傷つける状況にも至らなかった。

津崎は麻宮の一言を心に刻み込んだ。


魚住への聴取は一時半に始まった。魚住はベッドに寝たままで、頭にはまだ包帯が巻かれている。医師には、制限時間は十分と言われた。

「中田に話を聞いた時は半信半疑でした。船橋の小屋で写真を見つけて、録音機を再生すると、頭の中が真っ白になりました。俺の行動次第で、さやちゃんは死なずに済んだのかもって」

人生にタラレバはない。けれど、魚住は頭を悩まさざるを得ない立場になったのだ。

「俺は……」魚住が遠い目をする。「綾ちゃんが『さやは自殺なんかしない』って言った時には聞き流した。そりゃ、ショックでしたよ。でも、綾ちゃんは精神が乱れて、警察にも食ってかかってるんだと決めつけてたんです」

「今になって探ってみようと？」

「中田が殺されたからです。中田の話が事実かどうか突き止めるため、『証拠を隠した』と言ってた船橋の小屋に行きました」

「中田さんとはどんなやり取りをされましたか」

「『警察に行きたければ行け、証拠をどうするかは任せる。小屋の鍵は開いてる』と言われました。俺は中田も関わってるのかを尋ねたんです。『ああ』と力のない返事でした。どうして自分を破滅させるようなことを俺に明かすのかを尋ねたんです。『これは保険で、証拠の録音を聞けばお前に話したワケもわかる』って言われました」

「船橋の小屋に向かったのは、中田さんが殺された夜に？」

「ええ。その日には見つからず、簡単に発見できそうもなかった。だから腰を据えて探そうと翌日、友人に車を借り、宿泊道具も揃えたんです」

「中田さんは、小屋のどこに隠したのかまでは触れなかったんですか」

「はい。小屋にあるというだけで。中田が正確な隠し場所を言わなかったのは、本気なら探すだろうし、本気じゃないなら伝えても無駄だと考えたんでしょう。床下から見つけたのは翌日の昼前でした。その後、綾ちゃんにマフラーが残ってるのかを尋ねたんです」

津崎が初めて麻宮と会う直前くらいだ。あの時、こちらを警戒していた要因か。

「その日と翌日、今後どうするかを思案し、三宅を問い質すと決めました。中田が殺されたのを考慮してスタンガンも用意したり、どこに呼び出すかを選んだりしたんです。

録音機を再生して、音声を自分の携帯にも入れました」

「船橋の小屋を出た後はどこに？」

「あの辺りは子どもの頃に遊んだ空き小屋が多いんです。そこにいました。警察が私を捜してる――と綾ちゃんから聞いてたので、無駄な時間を取られたくなかったんです」

「なにゆえ、中田さんを殺した犯人が三宅さんだと？」

「中田は『三宅に会いに谷津干潟に行く』と話してたので」

「無駄な時間と仰いますが、なぜ警察に言わなかったんですか」

魚住の青白い顔が引き締まった。

「俺のせいで、さやちゃんが死んだんです。自分の手で決着をつけたかった……。録音されてた会話を思い出すと、ぞっとします。だからこそ俺がやらなきゃと」


（三宅）ほんと、あの時は参ったよな。オヤジが死んだのは自分のせいだって、うじうじ悩むのは勝手だけど、家族に言おうなんてさ。マジ勘弁。

（相澤）三宅に会社の金を渡したのを後悔したんだろうな。

（三宅）それが勝手だっていうんだよ。さやだって俺の車に乗って楽しんでたろ。

（中田）排水管を辿って二階の窓から入っていく三宅を見た時は、怖かったよ。

（三宅）麻宮と魚住が現れた時に腹を括ったのさ。あの日しかなかったんだ。運もあった。

(相澤)運か。そういや、夏だから窓も開いてたしな。

(三宅)そうだよ。俺がいなけりゃ、二人とも今頃どうなってたやら。眼が覚めれば、さやは金のこととか諸々を麻宮にちくってたぞ。訴訟でも起こされれば面倒だ。人生も狂っちまう。平山の一件にしても、うまくやれば警察の目なんて誤魔化せる。だったら実行あるのみだろ。

ケラケラと三宅の勝ち誇ったような笑い声があがった。

(中田)さやちゃん、睡眠薬は効いてたのか。

(三宅)ああ。あの場面で役立つとはな。ある意味で中田と相澤のおかげだよ。

(相澤)睡眠薬を盛ったのは、三宅だろ。

(三宅)酔わせるのも金かかるしな。ま、お前らにも楽しんでもらうためだ。女子高生とヤりたかったんだろ？ 散々俺のことを羨ましがってたもんな。

(中田)にしても、なんで俺と相澤にヤらせたんだ？ さやちゃんは恋人なのに。

(三宅)恋人？ ヤるだけの女だよ。あんな女のためにホテル代なんか払いたくない、車も汚したくない。で、中田の小屋の出番ってわけ。だったら、お裾分けしないと。

深い沈黙があった。

(中田)さやちゃん、本当に車の中で麻宮と魚住に金の件を話さなかったのかな。

(三宅)心配性だな。あの女は話せる状況じゃなかった。麻宮と魚住が来る前にもう一度、睡眠薬を飲ませておいたんだから。車でうとうとして、帰宅した頃には寝たはずだ。酒に酔ってるってことにしておいたしさ。現に警察も来ないだろ。

また他人を小馬鹿にしたような三宅の笑い声があがった。

「あの時に」魚住は重たい溜め息を吐いた。「俺がもう少し早く到着してれば、さやちゃんは睡眠薬を飲まされなかった。なんで車中でも気づけなかったのか」

「それで今回、あの場所に三宅さんを呼び出した？」

「ええ。さやちゃんの死について確かめたい、と言って。許すわけじゃないけど、観点を変えれば中田と相澤も被害者なんでしょう。じゃないと、こんな録音は残さない。三宅に説明を仕向けるように話を進めてますよね。さやちゃんの部屋に入る、三宅の写真もそうです。どちらも罪をなすりつけられた時の保険ですよ。『携帯のカメラでこっそりと撮影した』と言ってました」

画像の粗さにも納得がいく。相澤と中田が当時使用していた携帯は、スマートフォンではない。通信会社に確認している。二人はどこかのタイミングで悟ったのだ。自分たちを殺人の共犯に引き込んで支配するため、三宅は麻宮さやに睡眠薬を飲ませ、肉体を貪（むさぼ）らせたのだ――と。

「中田は電話の最後に、『ごめん』って言ったんです」

それで罪は帳消しにならない。ただ、相澤と中田の後悔と覚悟は透けて見える。二人は罪の重さを抱え、耐えてきた。相澤も中田も脛に傷を持つ身だ。警察に通報もできない。世界に自分の顔や行動を晒すSNSを利用しなかったのも、罪の意識からではないのか。二人ならひっそり生きていきたいと思うだろう。

「魚住さんは三宅さんと何かトラブルが？」

「いえ」

面白半分に人を貶める人間もいる。津崎は警察に入り、何人も見てきた。

「三宅さんを呼び出してどうする気だったんですか」

「証拠を突きつけ、出頭させようと」

それは警察の仕事です。言いかけて津崎は呑み込んだ。三宅を野放しにしていたのは警察だ。

「すんなり行くとは思ってませんでした。だから、綾ちゃんに二度目の電話をしたんです。昨日、三人の会話の元データが入った録音機を綾ちゃんに送りました。最悪の成り行き……俺が殺された時に備えたんです。綾ちゃんに電話した際、俺は、中田が電話してきた真意を汲み取れました。中田は、本音では綾ちゃんに電話したかったんですよ。でも女性です。それで幼馴染でもある俺に明かした」

「殺されるリスクがあるから？」

「ええ。俺も覚悟を決めました。相澤と中田も殺されてます。電話しておけば、俺が殺された場合に綾ちゃんは通報するのを躊躇わない。相澤も中田も録音の元データを使わなかったのは、最後に誰かが警察に突きつけられる余地を残すためだったんでしょう」

　魚住は目を閉じ、ゆっくりと開けた。

「叫び声がなかったのも、さやちゃんが睡眠薬を飲んで自殺した、という結論を後押ししたそうです。目が覚めないほどの深い眠りだったことを祈るばかりです。そうであれば、苦しまなかったかもしれない」

　津崎は堪（たま）らない気持ちになった。膝の上で拳を握る。

「相澤さん、中田さんが殺害された理由は思い当たりますか」

「いえ」

　あとは引き継ぎました――。津崎は胸の内で呟いた。

＊

　津崎は依然、黙る三宅を見据えていた。

　永尾には、麻宮について記事にしないよう仄めかした。新聞に出てしまえば、犯罪者として見られてしまう。しかも二人の人間を手にかけた犯罪者として。

　意を汲んだのか、何かの計算か、報日に記事はなかった。しかし、夕刊で東洋が書いた。どこかで漏れたのだ。悔しいが、津崎には手の届かないことだった。

　麻宮はしばらく誹謗（ひぼう）中傷に晒（さら）される。目の前の男がそうさせた。

三宅はいまだ口を開かない。我慢比べなら負けない。津崎は黙し、待った。

不意に三宅が挑戦的な目つきになった。

「私が犯人だと言いたいんですか。なんで私が三人を殺さないといけないんです。証拠はあるんですか」

津崎は、相澤と中田の事件発生日時を述べた。

「この時、三宅さんがどこで何をしていたのか、証明できる方はいらっしゃいますか」

家族に偽証させたとしても、いずれ割れる。

「憶えてません」

しらじらしい口ぶりだ。苛立たしいが、津崎は冷静さを保った。

「ご自身の発言を誰かに録音されたご経験がありますか」

「どうしてです？」

そういう経験がないと、取材を受けた時に録音機について言及しないからだよ――。

津崎は内心をおくびにも出さず、ただ平坦に問い直した。

「いかがでしょう」

「記憶にないですね」

三宅の顔色は微塵も変わらない。この期に及んで、しれっとしやがって。なおも津崎は冷静さを前面に押し出す。

「相澤さんの会社と、大口の取引交渉を進めてたそうですね」

「ええ。今は相澤の親父さんと」

「相澤さんとは、どうやって交渉してたのでしょうか」

三宅が訝しげに眉を寄せた。

「どういう意味です？」

「どこかでお会いになっていたのでしょうか。防犯カメラ映像を片っ端から集めますので、場所を教えて下さい」

「いえ、会ってません」

「では、電子メールですか」

「いえ」

「電話でしょうか」

「ええ」

「会社の固定電話同士で通話を？」

「主には。携帯もあるかと」

「変ですね。警察は相澤さんの通話履歴を調べてます。三宅さんの名前は浮かんでませんん」


永尾がこの取引の話をした時は、聞き流していた。

相澤の通話履歴には、プリペイド携帯の番号がある。番号は違うが、中田にもプリペイド携帯との通話履歴がある。現在、プリペイド携帯を買うには身分証がいる。かつては違った。通信会社に問い合わせると、どちらの番号も、購入時に身分証が不要な時に市場に出た古い型だと判明した。古いプリペイド携帯なんて、今でも地下市場でやすやすと手に入れられる。

「三宅さん、あなたの会社は資金繰りに窮してますよね」

その穴埋めのため、相澤に大型取引を持ちかけたんだろ？　自身の携帯や会社の番号が通知されれば、相澤は電話に出ない恐れがある。そこでプリペイド携帯で接触を図り、契約を迫ったものの断られ、追い詰める一手として、ネットに悪評を流したんじゃないのか？

相澤は中学時代の魚住への仕打ちを思い出し、三宅の仕業だと勘づいたのだろう。断り続ければ、もっと悪質な手を使ってくるとも想像できる。とはいえ、自身の会社も経営は苦しい。そもそも三宅が手掛ける緑化工事は割高。何としても断るため、いざという時のために用意していた録音データを持ち出した――。

「相澤さんは他の会社とも緑化事業の取引を進めてました」

「知ってます。現実としてウチの経営も苦しいけど、それで人を殺しませんよ」

お前が麻宮宅の壁をよじ登っている写真と、麻宮さや殺害について話す録音を突きつけられればどうだ？

まだ証拠は使えない。この男なら『証拠を見せられて、自白を強要された』『要求通りの供述をする以外ないと思った』などと公判で言いかねない。

お前は――津崎は鋭く見澄まし、声には出さずに問いかける。

相澤は取引に消極的だし、折々に自分が脅される危険もある。だから殺害を決意したんじゃないのか。

津崎は粛々と聴取を進めていく。

「相澤さんの携帯は指紋認証で開く設定でした。今では一般的な設定ですよね」

相澤にとっても自分の罪を示すデータだ。暗証番号だけでなく、より強固なセキュリティ対策として指紋認証を利用するのも当然。三宅が相澤の指を切断したのは、ロックを解除するためだったのだ。録音データを聞いて確認するには、それなりの時間がかかる。いくら周囲にひと気がなくても、犯行現場にいつまでも止まっているのは危険だ。だから三宅は、相澤の携帯もろとも持ち去った。乗ってきた車の中などでゆっくりチェックした後、携帯の電池も抜いたに違いない。

「腕の生傷は治りましたか」

中田の爪がつけた引っ掻き傷だろ？　お前は犯行後、自分の皮膚が中田の爪に残った難局に対応しようとした。だが、どの指に引っ掻かれたのかまでは判然とせず、いつ誰が通りかかるかも定かでないため、手早くすべての指を切り落とした。これ以外、中田の指を切り落とすいわれはないはずだ。お前の腕の傷が枝によるものかどうかは調べればはっきりするぞ――。

中田は相澤と違い、三宅との間に利害関係がないのに殺されている。鍵は、相澤から中田への発信履歴だ。麻宮さや殺害の証拠となる録音機が隠し場所にまだあるのかを、相澤は中田に確かめたのだ。もしもの時は後を託す発言もあったはず。中田が魚住にかけた電話内容を鑑(かんが)みれば、相澤も同じような心境だったとみるのが妥当だ。

相澤殺害後、三宅は中田にもプリペイド携帯で連絡をとった。録音データと写真を中田も持っているのかを探り出すために。中田も所持していると知り、かつ相澤を殺したのが自分だと見抜かれている状況も認識する。そのため、三宅は中田殺害を躊躇わなかった。

――中田は何かを誤魔化そうとする時、唇の右端がひくつくんです。

三宅が中田の携帯を盗まなかったのは、相手の性格を知っていたからだ。呼び出した際に三宅が質すと、中田は『携帯に録音データは入ってない』と言い、嘘も吐いていなかった。中田は自身の携帯を調べさせたのかもしれない。結局、最後まで中田は録音機の在り処(か)は頑として吐かなかったのだ。すでに魚住に託してもいた。

三宅には枝を造作もなく切り落とす技術があり、人間の指なんて楽々と切断できる。三宅自身、事故で指を落とすケースもある仕事だと言っていた。仕事道具には、『一般的な包丁やナイフではない、分厚い刃物』という鑑識が指摘した凶器もある。背後から殴りかかる凶器だって、絞殺するロープだって身近に存在している。

垣間(かいま)見えた性格も傍証だ。初めて津田沼駅近くの喫茶店で接触した際、三宅は図らずも自分を評した。ままならない自然を意のままに操れた時が格別であり、自分の狙い通りにならないと気が済まない——と。永尾が話していた、『従業員の家族が病気になったり、危篤になったりしても、三宅は仕事を優先させた』という点もある。厳しい経営状態から脱却するために必要な非情さではなく、生来の性質なのだ。三宅は己の身内以外には一切関心がなく、中学時代には同級生にとって家族同然だった犬や猫も遊び半分で殺したのではないのか。

こうした要素を結びつけていれば、三宅がホンボシだと見当はついた。もっと早く至っていれば、麻宮が三宅に刃物を向ける事態も、魚住が轢かれる事故もなかった。

また、三宅は魚住に呼び出された際、相手を殺害することも選択肢に入れたのだ。そうでないと、今時の人間がわざわざ携帯の電源を切って移動しない。

津崎は改めて正面を見つめ直した。

「三宅さんはA型ですよね。相澤さんと輸血しあえると仰っていた」

「それが？」

「相澤さん殺害現場で、相澤さん以外の血痕が検出されています。A型です」

「日本人に多い血液型じゃないですか」

「三宅さんを捜査線上から消すためにも、ＤＮＡ鑑定をしませんか」

「お断りします」

三宅は言下にいった。

この男のせいで多くの人生が狂わされた。そして、またも狂わされる。激するままに怒鳴りつけたいが、公判で完璧に有罪に持ち込むには、取り調べに瑕疵があってはならない。津崎は脳をフル回転させ、今までの三宅との会話から急所を探す。

三宅が腰を浮かす。

「付き合い切れませんね。家族が、娘が待ってるんで、失礼しますよ」

これだ――。

「三宅さん」津崎は抑えた口調で呼びかけた。「警察を甘く見ない方がいい。あなたの指紋やDNAなんて容易に採取できるんです。善かれ悪しかれ、警察力は強化されてる。けれど、捜査という名目で警察が何でもできる社会は好きでないし、なってもいけないと私は思う。これ以上、警察力が強まらないためにも、あなたは自主的に話した方がいい。あなたの娘さんのためでもある。超監視社会で娘さんに暮らしてほしいですか」

三宅の動きが止まった。津崎は三宅をじっと見返す。

胸にある理想の社会を実現するために、今の自分にできることは何か。

目の前の業務を全うし、それを積み重ねていくしかない。

この場では、三宅に自分の行いがもたらす影響を突きつけることだ。欠片ほどは残る三宅の善意を打ち抜き、落とす――。

津崎は眉間に、腹の底にぐうっと力を込めた。

「ご自身の行動を省みて下さい。娘さんに自分の過去を胸張って話せますか。今夜娘さんが、世間にどんな仕打ちを受けるか想像できますか」

　三宅は何も言わず、こちらを見たままだ。津崎の体は燃えるように熱かった。相手の心を揺らさんと、身を乗り出した。

「自供すれば、公判での心証も多少は良くなります。あなたのために言ってるんじゃない。娘さんのためです。冷酷非道な鬼畜の娘じゃなく、反省もする人間の娘だと、ちょっとは思わせてあげたらどうです」

　一語一語に体内の熱を叩き込み、ぶつけていた。

　津崎の脳裏には息子の顔があった。息子が大きくなる頃は、今よりもいい社会であってほしい。三宅も自分と似た願いを抱いている。以前、言っていた。

　――娘が大人になる頃には街中の屋上や壁面が緑化されて、環境問題がわずかにでも改善されてるようにね。

　津崎は喉が焦げつきそうだった。三宅、親としてすべきことをしろ。人間としてすべきことをしろ。そう念じ、荒くなりそうな呼吸を押し殺して、眼差しで相手を焼き尽くさんばかりに凝視し続ける。

　三宅の形相が一変した。苦しそうに顔を歪ませ、体も震えだしている。数秒後、三宅の上半身がスチールデスクにぐらりと崩れ落ちた。

26

裁判所の令状を持ってきた同僚を待ち、午前零時、津崎は三宅を殺人の疑いで逮捕した。

米内と片岡は記者の夜回りに備えて帰宅しているが、三宅の逮捕を受け、署に戻る予定だ。報道連絡は各紙朝刊の校了を迎えた二時を予定し、朝九時に記者会見を開く段取りらしい。三宅が署の留置所に向かい、津崎は井上と船橋中央署に戻るべく、刑事部屋を出た。

暗い廊下は蒸し暑く、二人の足音だけが響いている。津崎は取り調べを反芻(はんすう)した。

三宅は麻宮さや殺害を機に、相澤と中田とお互い会わないよう決めていた。自殺した恋人と一緒によくつるんだ二人と引き続き会うのは不自然だ、辛(つら)くてできないはずだ、と。

殺害理由と指の切断については、津崎の読み通りだった。いずれの犯行も、腰につけていた鋼鉄製ハンマーの柄で背後から殴りかかり、ロープで絞殺していた。柄で殴ったのは、ハンマーの頭部分で殴ればすぐに凶器が特定されると踏んだからだった。魚住が犯人というメールを流させたのは捜査の膠着(こうちゃく)、混乱を目論(もくろ)んだからだという。

津崎は最後に尋ねた。

「殺人に何の抵抗もなかったのか」

「特に。人なんて呆気なく死にますんで」

「自分の家族がどうなるのかを考えなかったのか」

「考えましたよ。だから家族のためにも、相澤と中田を殺すしかなかった。私が破滅すれば、家族も破滅する。破滅の危険因子は排除しないと」

身内や仲間とそれ以外、内と外……。近年、急速にこういう区別が幅を利かせている。むろん、身内や仲間を大事にすることは人間として大切だ。同時に、外の他者を受け入れて思いやる面も不可欠なのに、それが蔑ろにされている気がしてならない。

そうか。マスクをせずに咳をする人の周辺や、道いっぱいに広がって歩く者、マンションのベランダで煙草を吸う住民が気になった理由だ。彼らは他者の痛みに鈍くなっていて、自分はこの傾向に抵抗感があったのだ。

身内が副流煙を吸わないよう振る舞えても、彼らは隣近所にはお構いなしでいる。誰かが急いで道を通りたがる可能性も頭にない。自身が感染源となって他者に病気をうつす危惧を抱けず、咳をする人に白い目を向ける者も病人へのいたわりや気遣いがない。

他者の痛みや心中を想像できなくなった人間の成れの果てが、三宅ではないのか。

取調室はしんとしていた。

「逮捕されれば、それこそ破滅だろ」

「されないと思ってましたから」

三宅は無表情に嘯いた。

津崎は奥歯をきつく噛み締めた。平山の父親の死亡事故も、発端は三宅の仕業だろう。さらに麻宮さやへの犯行。この二件に捜査の手が及ばなかったことで、三宅は殺人へのハードルが一層下がったのだ。

午後七時過ぎに聴取を終え、令状を待つ間、津崎は津田沼署の刑事部屋で待機した。井上は溜め息混じりに言った。

「どうも三宅みたいな犯罪者が増えてきたな。外面はいい、きっちり社会人としての顔も持ってる。それなのに俺には信じられん手前勝手な動機で殺人に及ぶ。もちろん、いつだって犯罪者なんて身勝手だ。そこを加味しても十年前、二十年前と明らかに違う。今の連中は話を聞いても心の奥底が見えん」

津崎は虚を衝かれた。三宅の根底に巣食う、度を越えた『内と外の区別』を井上は感知していない？

おまけに、と井上が忌々しそうに話を継ぐ。

「連中には犯罪者のニオイがない。犯罪に踏み込む後ろめたさがまるでないんだろう。あっさり人としての一線を越えるんだ。そういう奴らが大量に生まれる、気味の悪い時代になっちまってる」

またもや意外な発言だった。今から思えば、初めて三宅と接触した時、鼻にツンとくるニオイがあった。人殺しのニオイ――。井上には嗅ぎ取れなかったのか。

けどな、と井上の声に力が入る。

「犯罪ってのは、どんな時代でもその時に生きる人間が犯す。三宅のような連中と同じ空気を吸い、育った世代なら嗅ぎ取る鼻を持つ奴がいる。津崎は鼻が利くはずだ」

世代、か。

津崎は顔の前に右の手の平をかざした。まだ全身が熱い。三宅を落とした後も、体内では熱が対流したままなのだ。この熱が動力となり、また自分を新たな事件に正面から向き合わせるだろう。

やらねばならない。一メートルでも、一センチでも、一ミリでも理想ににじり寄るために。

井上がぽんと肩を叩いてきた。

「前に警察の存在意義について話したよな。どこまでいっても犯罪と向き合う以外に能のない組織で、腐ったら終わり。俺はそう思ってる。津崎は津崎なりの答えらしきものを見つけてくれ」

「はい」

九時、米内が隠密裏(おんみつり)に署に顔を見せた。

「ご苦労だったな。気づいたか？　片岡はああ見えても同僚想いなんだ」

「え？」

「首都通信の記事だよ。あの時点で、片岡は麻宮を共犯と睨んだ。だから事態を動かそうとしたんだろう。誰のためかは、言わずもがなだ。片岡の筋読みが間違ってたにせよ、まだまだ勝てないな」

まさか俺のため？

「片岡は『津崎学校』の一員じゃない。それでも奥さんを失って以来、誰よりも校長を尊敬してる。片岡の奥さんの飛び降り事案は校長が管理官時代に起きた。上層部で唯一、片岡同様、事故でも自殺でもないと主張した。当時の課長や刑事部長は見向きもしないのに、校長だけは違ったんだ。最終的に自殺の断を下されて捜査は行われなかったが、恩を感じてんだよ」

そんな事情、まったく知らなかった。

津崎は思考にきりをつけ、薄暗くて狭い階段に足をかけた。まずは相澤殺害の件を固め、中田、そして麻宮さや殺害の捜査に進む流れになるだろう。

逮捕という区切りはついたのに、言いようのない敗北感がある。

県警は三宅に負けた。完敗だ。三宅の動機に繋がるのだ。今回の発端は、県警が過去に麻宮さや殺害を見抜けなかった点に尽きる。県警が『麻宮さやは自殺』という固定観念にとらわれて動いた結果、三宅は殺人鬼に堕ちてしまったとも言える。この失態は公表するしかない。県警はこれまで以上の非難を浴びるだろう。むしろ関係者が卒倒するほど非難を浴びた方がいい。警察に敗北は許されないのだから。

ロビーに出ると、エントランス前の長椅子に永尾だけが浅く腰掛けていた。

アイツは事件に、記者という仕事に自分を捧げている。日頃の取材を疎かにしていては、今この場にいられない。今回の事件についても、しっかりと伝えるだろう。

事件持ちが咲かせる花について、じっくり話し合ってみたい。一度だけ話を振ったが、深く言葉を交わせなかった。

井上いわく、気味の悪い時代。そんな時代を、自分も永尾も中心となって生きる。警官と記者として立場は異なるものの、時代と……犯罪と格闘する境遇は同じだ。今日のような熱帯夜は、戦うための熱を心身に溜め込むのに相応しい。

過度な監視社会――白い暗黒街にせずに犯罪を減らす。この理想を警察の手だけで実現させようなんて、ただの思い上がりだろう。社会全体に手を借りるべきだ。借りるなら、信用できる相手の手を借りたい。実際、今回の事件もともに戦ったのだ。

花粉をむしり取る蠅――。

津崎は永尾の強い視線を感じつつ、腕時計をちらりと見た。午前零時過ぎ。まだ間に合う。永尾に一瞥をくれ、シャツのボタンに手をかけた。事件持ち、俺の合図に気づけよ。

津崎はボタンを勢いよくむしり取った。

永尾が目を見開き、署の外に駆け出していった。

解説

川本(かわもと)三郎(さぶろう)（評論家）

若い新聞記者が殺人事件を追う。読者は読むうちにこの新聞記者に感情移入してゆく。苦労を惜しまず関係者に取材し、警察の動きに神経をとがらせ、事件を追う若い記者の熱意に惹(ひ)かれると同時に、この若者が終始「新聞記者とは何か」「取材とは何か」を自分に問い続けている、その誠実さ、真摯(しんし)さに心打たれるからである。

警察小説というものはある。そこでは新聞記者は傍役でしかない。それに対し、この小説は若い新聞記者を主人公にしている。新聞記者小説とでも呼ぼうか。その点で非常に新鮮である。作者自身、新聞記者をしていたというから、若い頃の体験、苦労が反映されているのだろう。

主人公は永尾哲平(ながおてっぺい)という二十五歳の新聞記者。報日(ほうにち)新聞社の千葉県の支局で働く。入社二年目。まだ仕事ずれしていない。いい意味で青臭いところがある。だから殺人事件を取材することになると、被害者の家族に取材する時に、相手の心を傷つけてはいないかと悩み続ける。その悩む姿がこの小説の芯(しん)になっている。

夏、殺人事件が起こる。千葉県習志野(ならしの)市にある谷津(やつ)干潟に近いところで男の絞殺死体が発見された。被害者は中田大地という三十一歳の会社員。ちょうど三日前に、船橋でも同じような殺人事件が起きた。こちらの被害者は相澤邦男というやはり三十一歳の会社員。手口が似ていたこと、しかも、被害者は同じ小中学校に通っていた。

警察は同一犯による犯行と考えて捜査を始める。永尾は警察の動きを視野に入れながら独自の取材を始める。

現場近くの住人に目撃者はいないか。永尾は夏の暑いなか、一軒一軒、回って歩く。特ダネは地道な取材でしか生まれない。しかし、殺人事件の取材は、人の心に踏み込むのだから簡単には進まない。

被害者の同級生だった男は「別に何も話したくありません。あなたたち、何様なんです？」と取材を拒否する。「人の不幸にたかって楽しいですか。大人のする仕事ですか」とまで言われる。殺人事件を取材する新聞記者が必ず一度は体験する取材拒否である。そこでつまずいては仕事は出来ない。といって仕事と割り切って「人の不幸」に立ち入ることも若い永尾には出来ない。「青臭い」とベテランの記者は笑うだろうが、永尾は仕事と割り切ることは出来ない。「仕事」と「人の不幸」のあいだで終始、揺れ動く。

この小説がいいのは、悩み続ける永尾の姿を決して否定せず、むしろ青臭い悩みを持ち続ける永尾に寄り添っていることだろう。

現在、新聞社は斜陽産業といわれている。部数はどこの社も減少している。ＩＴ社会に、足を棒にして歩きまわり取材する新聞記者は時代に合わないとされる。何よりも

「人の不幸」を取材することに心の負担がある。

永尾の後輩の一年生は、すでに二人社を辞めている。「誰もが嫌がる話を聞き出して、紙面にするのに何の意味があるんです？」と後輩に言われると、永尾は反論出来ない。自分でも「意味」が分からないままに、事件が起こると現場に駆けつけ「人の不幸」の取材をする。

加えるに、よかれと思って書いた記事が思いがけず当事者を傷つけることもある。永尾は数日前、牛乳配達車が若い女性をはねて怪我をさせた事故の記事を書いた。牛乳店の実名を書いた。その牛乳店の女性が抗議の電話をしてきた。実名を出されたために、朝から配達キャンセルの電話がやまないという。

牛乳店の女性は悲鳴のように言いたてる。「ウチを潰して楽しいんですか。新聞社は弱い者の味方じゃないんですか」「私たちの生活なんてどうだっていいんですか」。

永尾は思いがけない抗議に「頭を強く殴られたような衝撃を受けた。記者は原稿化された後の被疑者や被害者の人生を背負う必要はないし、できるわけもない。それでも」。「それでも」に込められた、言葉に出来ない思いのなかに、若い記者の悩み、苦しみがある。「報道の自由」「知る権利」と言った大義名分の裏には、新聞記者の無数の「それでも」がある。

殺人事件の報道には、被害者の家族の談話が必要になる。事件に打ちひしがれている家族の心に踏み込む。つらい仕事である。永尾は被害者の中田大地の父親に勇を鼓して、いまの思いを聴く。案の定、父親は怒った。

「あんた、それでも人間か」

新聞記者は「それでも」、この批判に耐えなければならない。

別の日、中田大地の葬儀が行なわれる。報道陣が集まる。遺影と遺骨を抱えた遺族におびただしいカメラのフラッシュがたかれる。なかには、車のボンネットに覆いかぶさるように身を乗り出し、車内の遺族にフラッシュを浴びせる他社の記者もいる。

その無神経な姿を見て、永尾は思わずその記者を力ずくで車からひきはがす。口論になる。「やめろ」「いい子ぶってんじゃねぇッ。仕事だッ」「だから、きっちりやるべきだッ」。永尾の若い正義感からの喧嘩だし、もしかしたら自分も時と場合によってはこの乱暴な記者のようになるかもしれないという怖れもあったかもしれない。ただ、いつも「新聞記者の仕事とは何か」を考え続けている永尾にとって、遺族に平気でカメラを向ける他社の記者が醜く見えたことは確かだろう。

後日、永尾は改めて中田の両親に会いにゆく。ためらいはあったが「当たって砕けろ――」しかない。そこで中田の母親から思いもかけない優しい言葉をかけられる。「永尾さんのおかげで、あの時は車を進められました」。あの混乱の様子を中田の母親は見ていた。そしてこう続けた。「あなた、哀しそうな眼をしてたもの」。この小説の感動的な一瞬である。記者のつらさをきちんと分かってくれる遺族もいる。「記者は現場から逃げ出さず、正面から踏み込んでいくべきなのだ。そして、事実を粛々と報じる。その先に待っているのが――」。ここでも作者は「――」と思いを言葉にはしない。それでも永尾の気持は読者に確実に伝わってくる。

人間らしさを時に失わないと取材は出来ないかもしれない。しかし「哀しそうな眼」を忘れては記者の資格はない。この小説は、若い永尾が殺人事件の取材という困難な仕事を通して成長してゆく物語になっている。

一方、この小説のもう一人の主人公は、津崎庸介（つざきようすけ）という県警捜査一課の刑事。妻と就学前の子供がいる。有能な刑事だが、永尾が「新聞記者の仕事とは何か」と問い続けているのと同じように津崎は、有能であるにもかかわらず「警察の仕事とは何か」を考え続けている。

父親は同じように刑事だった。以前、幼女殺人事件の犯人を挙げられなかったために世間の批判を浴びた。家にまで指弾の電話がかかってきた。少年時代に父親の苦しみを見ただけに津崎の「警察の仕事とは何か」の思いは強い。その疑問に作者は安易な答えを与えていない。ただ、かろうじてこう書く。

「たとえ結実せずとも、真（しん）に全身全霊をかけて物事に取り組む人間が非難されない社会であってほしい――という感情が（注、津崎には）芽生えた。この気持ちこそ、理想の原点ではないのか」。

永尾も津崎も悩み、苦しみながら自分の仕事に誇りを持って生きようとしている。二人が別々に語られてゆきながら、次第に相手を意識するようになったところで、事件は解決する。警察小説、ミステリではあるが、永尾と津崎の人間味豊かなキャラクターによって後味のよい作品に仕上がっている。みごとというしかない。さらに加えれば、永尾を「永尾っち」と親しく呼ぶ橘沙和（たちばなさわ）という女性記者が気持のいいコメディ・リリーフになっている。無神経な他社の記者と永尾がやりあったと知った時、彼女はいう。「それでこそ、男の子だと思うなあ」。いい同僚ではないか。

表題の「事件持ち」とは、「自分の持ち場でやたら大きな事件が発生する記者」のことだという。

本書は、二〇二〇年五月に小社より刊行された単行本を加筆修正のうえ、文庫化したものです。

事件持ち

伊兼源太郎

令和5年 8月25日 初版発行

発行者●山下直久

発行●株式会社KADOKAWA
〒102-8177 東京都千代田区富士見2-13-3
電話 0570-002-301（ナビダイヤル）

角川文庫 23769

印刷所●株式会社暁印刷
製本所●本間製本株式会社

表紙画●和田三造

●お問い合わせ
https://www.kadokawa.co.jp/（「お問い合わせ」へお進みください）
※内容によっては、お答えできない場合があります。
※サポートは日本国内のみとさせていただきます。
※Japanese text only

ISBN 978-4-04-113867-0 C0193

◇◇◇

角川文庫発刊に際して

角川源義

第二次世界大戦の敗北は、軍事力の敗北であった以上に、私たちの若い文化力の敗退であった。私たちの文化が戦争に対して如何に無力であり、単なるあだ花に過ぎなかったかを、私たちは身を以て体験し痛感した。西洋近代文化の摂取にとって、明治以後八十年の歳月は決して短かすぎたとは言えない。にもかかわらず、近代文化の伝統を確立し、自由な批判と柔軟な良識に富む文化層として自らを形成することに私たちは失敗して来た。そしてこれは、各層への文化の普及滲透を任務とする出版人の責任でもあった。

一九四五年以来、私たちは再び振出しに戻り、第一歩から踏み出すことを余儀なくされた。これは大きな不幸ではあるが、反面、これまでの混沌・未熟・歪曲の中にあった我が国の文化に秩序と確たる基礎を齎らすためには絶好の機会でもある。角川書店は、このような祖国の文化的危機にあたり、微力をも顧みず再建の礎石たるべき抱負と決意とをもって出発したが、ここに創立以来の念願を果すべく角川文庫を発刊する。これまで刊行されたあらゆる全集叢書文庫類の長所と短所とを検討し、古今東西の不朽の典籍を、良心的編集のもとに、廉価に、そして書架にふさわしい美本として、多くのひとびとに提供しようとする。しかし私たちは徒らに百科全書的な知識のジレッタントを作ることを目的とせず、あくまで祖国の文化に秩序と再建への道を示し、この文庫を角川書店の栄ある事業として、今後永久に継続発展せしめ、学芸と教養との殿堂として大成せんことを期したい。多くの読書子の愛情ある忠言と支持とによって、この希望と抱負とを完遂せしめられんことを願う。

一九四九年五月三日